KB071034

퀸의 대각선

퀸의 대각선

2

베르나르 베르베르 장편소설

전미연 옮김

제4막　　　　　　　　**니그레도 1 (계속)**

9

브뤼셀에 있는 엑셀시오르 호텔의 한 식당. 모니카가 가방에서 조그만 체스 세트를 꺼내 보드 위에 말을 배열한다. 그녀가 몇 번 기물을 움직이더니 신경질적으로 흑폰을 넘어뜨리면서 인상을 쓴다.

패배자의 말이야.

그녀와 마주 앉아 있는 소피 웰링턴은 이 제스처의 의미를 이해해 아무 말도 하지 않는다.

식당 한쪽 구석에 켜져 있는 TV 스크린 위로 참사 현장의 이미지들이 끝없이 지나간다. 바닥에 눕혀져 있는 사람들의 얼굴이 푸르스름한 색깔로 변해 있다. 페스트 같은 감염병이 한차례 휩쓸고 지나간 듯한 분위기다.

감염병이지. 인간의 어리석음이라는 감염병. 군집이 커질수록 악화되는 병.

모니카가 체스보드를 확 엎는다.

「당신은 어떻게 되길 바랐는데요?」

모니카는 분이 풀리지 않는 눈치다.

「천재인 당신이 역시 못지않게 천재적인 여성을 제지할 방법을 찾아 줬으면 했어요.」

「내가 어떻게 짐작할 수 있었겠어요? 니콜 오코너는 기습 공격의 대가란 말이에요. 첫 격돌에서 내가 패배한 이유가 바로 그것 때문이었어요.」

「그걸 깜빡했네요.」

「물론 두 번째 맞붙었을 때는 깨끗이 설욕했죠. 상대가 어떻게 나올지 알면 그에 맞춰 전략을 짤 수 있으니까. 하지만 이번에는 말들의 움직임을 예상조차 할 수 없었어요. 게다가 폰이 그렇게 많은 상황에서 내가 무슨 짐작을 어떻게 할 수 있었겠어요? 어디 그뿐인가요. 당신은 보호해야 할 타깃을 제대로 감시조차 못했어요. 그의 위치만 정확히 파악할 수 있었어도 상황은 이보다 나았을 거예요.」

웨이터가 주문을 받으러 테이블로 다가온다.

소피가 닭 대신 생선을 넣은 바터르조이를 주문한다.

모니카는 메뉴판을 들여다보면서 주문 내용을 상세히 설명한다.

「시저샐러드에 치킨과 구운 양파를 빼고, 크루통이나 드레싱은 얹지 말고 주세요.」

「그럼 생채소만 달라는 말씀인가요?」

웨이터가 놀라는 표정으로 묻는다.

「아니에요. 디저트용 딸기와, 물론 설탕은 뿌리지 마시고요, 오늘의 메뉴에 있는 고구마를 조금 같이 주세요. 절대 섞지 말고 따로따로 주세요. 혹시 포도씨유가 있으면 그것도 따로 그릇에 좀 담아 주세요.」

「음…… 가능한지 주방에 먼저 확인해야겠어요…….」

웨이터가 당혹감을 드러내며 돌아선다.

소피 웰링턴이 TV에 시선을 고정시킨 채 말한다.

「니콜 오코너가 작전을 짰다면 IRA 대원들이 영국 훌리건들과 관중석에 섞여 앉아 있었을 가능성이 높아요. 당연히 타깃에 쉽게 도달할 수 있었겠죠. 리버풀 레즈 팬 중 사망자는 그 사람 한 명뿐이에요.」

「니콜이 기획자가 맞다면 어쨌든 천재임은 인정해 줘야 해요. 사람을…… 죽이기 위해 군중을 활용하는 천재.」

모니카의 말에 소피가 고개를 끄덕인다.

「그래요. 그녀는 분산 효과를 이용했죠. 혼란이 벌어졌을 때는 살인이 일어나도 사람들이 모르고 지나가는 경우가 많으니까.」

「주삿바늘을 찌를 때 간호사가 일부러 살을 살짝 꼬집으면 환자가 덜 아프다고 느끼는 것과 같은 원리군요.」

소피 웰링턴이 설명을 이어 간다.

「잘 알려지지 않은 사실이지만, 전쟁 기간엔 유독 연쇄 살인 사건이 많이 일어난다고 해요.」

「많은 사람들이 죽는 상황이 살인의 충동을 부추기기 때문이려나요?」

모니카가 흥미로워한다.

「전쟁 상황에서 살인자들은 적을 향한 증오심과 희생자들의 고통이 야기한 집단적 감정을 이용해 눈에 띄지 않게 살인을 저질러요. 대중의 관심이 전투와 대량 학살에 쏠려 있는 것을 교묘히 이용하는 거죠.」

「집단 차원에서 큰일이 벌어지기 때문에 개개인의 작은 행동은 상대적으로 주목받지 못하는 것을 이용하는 거겠죠?」

「맞아요, 바로 그거예요.」

여전히 에젤 경기장 참사 장면들이 TV 화면을 가득 채우고 있다.

「살인자의 숫자도 희생자의 숫자도 너무 많아요. 완전 범죄예요. 들키지 않고 살인을 저지르는 데 군중만큼 효과적인 무기가 더 있을까요?」

아나운서가 뉴스 말미에 문화 관련 소식을 전하면서, 다음 달 아일랜드에서 대규모 록 콘서트가 개최될 예정이라고 말한다.

「받은 만큼 되돌려줄 아이디어가 생각났어요.」

모니카가 입꼬리를 살짝 끌어 올리며 희미하게 웃는다.

「철저한 사전 준비가 필요하겠지만 해볼 만한 게임일 거예요. 당신 말이 맞아요. 니콜 오코너를 감옥에 잡아넣을 수 있는 사람은 나뿐이에요. 그런 마키아벨리즘적 사고를 가진 사람이 생각하는 방식을 이해할 수 있는 건 나 말고는 없으니까.」

모니카의 시선이 다시 TV 쪽으로 향한다.

「수단과 방법을 가리지 않는다. 문제가 생기면 나 대신 당신이 책임진다. 이 두 가지를 약속해 줄 수 있겠어요?」

백과사전
적으로 다시 만난 두 친구

더러 절친한 친구가 무서운 적으로 변하는 경우가 있다. 플라비우스 아에티우스는 스키타이 출신 로마인 장교 아버지와 로마인 귀족 어머니 사이에서 태어났다. 호노리우스 황제의 궁정에서 자란 아에티우스는 아주 어린 나이에 로마 제국의 관리가 되었다. 외교 협약에 따라 그는 열세 살에 루가가 통치하던 훈족의 왕실에 인질로 보내져 3년을 살았다.

아에티우스는 거기서 루가의 조카인 어린 아틸라를 만났다. 아에티우스와 아틸라는 훈족의 왕궁에서 함께 지내며 금세 세상에 둘도 없는 친구 사이가 되었다. 그들은 함께 전투 훈련을 하고, 게르만족과의 전쟁에 나가 나란히 싸웠다. 두 어린 귀족은 서로에게 끈끈한 정과 존경심을 느꼈다.

기원후 423년, 호노리우스 황제가 사망한 뒤 아에티우스는 갈리아의 군사령관에 임명됐다. 이 직책에 맡겨진 가장 중요한 임무는 동쪽으로부터 오는 게르만족의 침략을 막아 내는 일이었다. 한편, 루가가 사망하자 아틸라는 훈족의 왕으로 등극했다.

451년 봄, 아틸라왕은 훈족과 게르만족을 연합한 대규모 군대를 이끌고 갈리아를 침공했다. 그해 4월, 아틸라의 군대는 메스를 포위해 함락한 후 주민들을 학살했다. 그는 랭스로 진군을 계속해 도시를 파괴하고 불을 질렀다. 아틸라의 군대는 파리를 우회해 트루아를 향해 남진하던 중 아에티우스가 이끄는 로마 군대에 가로막혔다.

아틸라의 군대와 아에티우스의 군대는 451년 6월 20일, 카탈라우눔 평원에서 격돌했다. 한때 친구 사이였던 두 지휘관이 벌이는 이 전투에 서양 세계의 운명이 달려 있었다.

아에티우스의 군대는 로마군, 로마 지배하의 갈리아 부족, 살리족, 부르군트족, 알란족, 아레모리카족, 서고트족이 이질적으로 혼합된 동맹군이었다. 아틸라 역시 훈족, 알라만족, 사르마트족, 튀링겐족, 헤룰리족, 동고트족이 복잡하게 섞인 연합군을 이끌고 있었다.

개전 첫날, 아에티우스는 기마 부대를 이용한 과감한 공격을 펼쳐 승기를 잡는 데 성공했다.

역사상 유례없는 격렬한 전투가 펼쳐졌다.

몇몇 역사가에 따르면, 카탈라우눔 평원 전투에서 30만 명이 전사했다고 하는데 이는 당시로서는 엄청난 규모다.

결국 아틸라는 아에티우스의 군대에 포위됐다. 그는 자신이 죽으면 시신을 불태울 수 있게 말안장을 장작더미처럼 높이 쌓아 두게 했다.

하지만 옛 친구는 그가 탈출할 수 있게 문을 하나 열어 주었고, 아틸라는 그 문으로 도망쳐 목숨을 구할 수 있었다.

이듬해, 아틸라는 대규모 군대를 일으켜 로마 북부를 침공했다.

한편, 훈족과의 전투에서 대승을 거둔 아에티우스는 로마 궁정에서 시기와 질투의 대상이 되었다. 그는 454년 9월

21일, 황제 발렌티니아누스 3세가 휘두른 칼에 찔려 죽었다. 발렌티니아누스 3세는 아에티우스의 원수를 갚고자 했던 호위병 두 명에게 살해됐다.

에드몽 웰스,
『상대적이며 절대적인 지식의 백과사전』

10

1985년 6월 29일, 더블린의 크로크 파크 경기장. 아일랜드 출신 록 그룹 U2의 공연 〈잊을 수 없는 불길〉을 보러 온 관객들로 경기장이 인산인해를 이룬다.

6만여 명의 관중이 거대한 공연장을 가득 채우고 있다. U2를 좋아해 이 공연만은 놓칠 수 없었던 니콜 오코너와 라이언 머피의 모습도 보인다.

니콜은 이 신화적 그룹의 최신 앨범 재킷으로 쓰였던 네 뮤지션의 얼굴이 박힌 티셔츠를 입고 있다.

에젤 경기장 특공 작전이 성공한 이후 IRA 내부에서 니콜의 입지는 확고해졌다. 그녀는 대원들 사이에서 투사로 인식되기 시작했다. 물론 전통적 방식과 거리가 먼 그녀의 작전 스타일에 여전히 의심의 눈초리를 보내는 대원들도 적지 않다. 일각에서는 IRA가 에젤 사건의 배후임을 공식적으로 밝히지 않은 걸 크게 아쉬워한다. 성공한 작전이 언론에 알려졌으면 큰 홍보 효과를 얻었으리라 생각하는 것이다. 〈우리가 적을 제거했더라도 기자들이 그걸 단순한 사고로 여기면 무슨 소용인가?〉라면서 거칠게 문제 제기를 하는 대원들도 있다.

하지만 라이언 머피가 나서서 예전 방식으로 작전을 수행

했으면 대원 수십 명이 검거됐을 것이라며 니콜을 감싸자, 비난하던 대원들도 결국 하나둘 마음을 바꿔 그녀가 하는 역할의 중요성을 인정하기 시작했다. 더군다나 그들의 보스인 라이언과 연인 사이가 되자 니콜은 IRA 리더로서 더욱 인정받게 됐다.

니콜은 이 〈늑대 무리〉가 벌써 자신의 새로운 가족처럼 느껴진다.

U2 콘서트장에도 그녀는 〈늑대〉 열댓 명과 함께 와 있다. 그녀는 무대 오른쪽, 측면 관람석 위쪽 자리에 앉아 관객들을 내려다본다. 수많은 눈들이 곧 밴드가 등장할 무대를 향해 있다. 니콜이 가방에서 소형 카메라를 꺼내 사진을 찍기 시작한다.

「뭘 찍는 거야?」

라이언이 궁금한 표정을 짓는다.

「군중을 찍고 있어. 난 저들을 관찰하는 게 재미있어. 나중에 인화한 사진들을 들여다보면 학교 강의에 사용할 좋은 아이디어가 떠올라.」

「가령 어떤 아이디어?」

「잘 봐. 관중들을 보고 있으면 마치 파도가 일렁이는 바다가 눈앞에 있는 것 같아. 머리들이 굼실굼실 움직이잖아.」

니콜의 말대로 무수히 많은 머리들이 파형을 이루며 움직이는 게 보인다. 위로 솟아올랐다 옆으로 미끄러지듯이 퍼지면서 사라지는 게 마치 물결이 일렁이는 것 같다.

「밴드가 무대에 등장하면 물결이 어떻게 움직이는지 잘 관찰해 봐.」

제일 먼저 무대에 모습을 드러낸 사람은 베이스 기타를 치는 애덤 클레이턴이다. 회색 군복 재킷을 입고 머리끝을 금발로 탈색한 그가 가볍게 인사를 하고 나서 무대 뒤쪽으로 가 기타를 잡는다.

순간 일렁이던 물결이 멈추더니 박수 소리가 터져 나온다.

곧이어 가죽 재킷을 걸친 래리 멀런이 걸어 나와 드럼 앞에 자리를 잡는다.

〈디 에지〉라는 애칭으로 불리는 기타리스트 데이비드 에번스가 금방 뒤따라 나와 무대에 선다. 마지막은 보컬인 보노의 차례. 그가 검은색 가죽 재킷에 몸에 딱 붙는 검은색 가죽 바지를 입고 역시 검은색인 커다란 중절모를 쓰고 무대 중앙으로 걸어 나온다.

자신들의 우상이 출현하는 순간 관객들의 홍분은 절정에 달한다.

보노가 관중을 향해 짧게 인사말을 하지만 금세 환호와 박수 소리에 묻힌다.

두둥둥 드럼 소리가 울리자 팔들이 일제히 위로 치솟아 리듬에 맞춰 좌우로 움직인다. 사람들이 팔짝팔짝 뛰기 시작한다.

「저거 봐. 예외 없이 똑같아. 주인공이 무대에 등장하면 수평으로 일렁일렁하던 움직임이 수직으로 바뀌어. 박자에 맞춰 위아래로 움직이지.」

베이스 기타가 저음을 깔자 일렉트릭 기타가 똑같은 음을 쟁쟁거리는 사운드로 내보낸다.

보노가 모자를 벗어 던지자 탈색한 장발이 펄럭펄럭 휘날린다. 그가 마이크를 양손으로 잡고 첫 곡인 「나는 따르리」를 열창하기 시작한다.

솜씨 좋은 음향 엔지니어가 스피커 이퀄라이저를 조작해 웅웅거리는 소리를 잠재우는 마법을 펼치자 일순간 군중이 함성을 멈추고 드럼에 맞춰 치켜든 팔만 움직인다. 무대 위의 보노가 격렬하게 허리를 흔들어 대자 앞줄의 열성팬들이 황홀한 표정을 감추지 못한다.

니콜이 계속 카메라 셔터를 눌러 댄다.

「참 대단해. 당신이 제일 좋아하는 밴드의 콘서트장에 와서도 여전히 사회학자로서의 반사 신경을 발휘하고 있으니.」

라이언이 놀라워한다.

새로운 전주가 흘러나오자 미처 보노가 부르기도 전에 관중이 곡을 알고 노래를 부르기 시작한다. 보노가 흡족한 표정으로 관중이 부르는 노래를 듣고 있다. 콘서트에 온 관객들 모두가 가사를 틀리지 않고 따라 부른다.

「잘 들어 봐……. 사람들이 완벽한 합창을 하고 있잖아.」

니콜이 신기해하며 말한다.

「가사를 다 아니까 그렇지.」

「아니…… 그거 이상이야. 귀 기울여 들어 봐. 정확히 박자에 맞게 부르고 있어.」

라이언이 미간을 모으고 집중한다.

「정말 그러네. 당신이 지난번 강의에서 학생들한테 노래를 시켰을 때와 똑같아. 이런 일이 어떻게 가능하지?」

「너무 높은 목소리와 너무 낮은 목소리가 섞여 중화되고, 너무 빨리 부르는 사람과 너무 늦게 부르는 사람 사이에 보완이 이루어지기 때문이야. 그 결과 전체가 정확한 음과 정확한 박자로 서로 어우러질 수 있는 거지.」

「가사가 정확한 건 어떻게 설명할 수 있어?」

「군중과 하나가 되길 원하는 사람들이 다른 사람들을 무작정 따라 부르기 때문이야. 남에게 맞추면서도 아무렇지 않아 해. 그러면 당연하다는 듯이 통일감이 생기지. 일단 파도에 올라타면 자연스럽게 올바른 방향으로 가게 되는 거야.」

「정말 신기해.」

「놀라운 사실은 말이야, 합창을 하는 한 사람 한 사람의 노래를 따로 들어 보면 음정과 박자가 다 달라……」

라이언은 여자 친구의 해박함을 새삼 깨달으며 감탄한다.

쉬지 않고 노래가 이어지면서 콘서트장의 열기가 더욱 뜨겁게 달아오른다. 관중들은 니콜이 예상하는 반응을 정확히 보여 주고 있다.

「이제 우리가 가장 아끼는 곡을 여러분께 들려드리겠습니다. 아일랜드를 위한 투쟁의 노래입니다.」

보노가 비장한 목소리로 말한다.

이미 짐작하고 웅성거리는 관객들을 향해 보노가 노래의 제목을 말한다.

「〈일요일 피의 일요일〉.」

순간 경기장에서 거대한 함성이 터져 나온다.

니콜이 눈을 감는다. 드럼이 마치 기관총을 난사하듯 포문을 열자 곧이어 디 에지가 연주하는 일렉트릭 기타 사운드가 소리를 이어받는다. 보노의 목소리가 슬픔과 절망을 노래하기 시작한다. 마지막 구절에 이르자 노래에 도취된 관중들이 후렴을 합창으로 따라 부른다.

　　일요일, 피의 일요일
　　일요일, 피의 일요일

　노랫말이 1972년 1월 30일에 일어난 사건을 얘기한다는 것을 모르는 사람은 아무도 없다. 그 유명한 〈피의 일요일〉에 북아일랜드 런던데리에서는 동등한 시민권을 요구하는 평화적인 시위가 개최되고 있었다. 그런데 시위 현장을 〈통제〉한다는 명분하에 영국군 낙하산 부대가 투입됐고, 비무장 상태의 시위대를 향해 실탄이 발사됐다. 그 결과 청소년 일곱 명을 포함해 스물여덟 명 이상이 죽거나 다쳤다. 도망치던 이들은 등 뒤에 총을 맞고 숨졌으며 군용 차량에 치이기도 했다.
　노래가 끝나자 군중이 하늘을 향해 일제히 주먹을 뻗으며 〈돼지들에게 죽음을〉이라고 외친다.
　「느껴져?」
　니콜이 라이언을 쳐다보며 묻는다.
　「뭐가?」
　「에그레고르. 수 세기에 걸쳐 자신들을 짓밟았던 잉글랜드인들을 저주하는 아일랜드인들의 혼이 모여 구름을 이루었어.」
　라이언이 눈을 감는다.
　「구름이라고 했어? 그래, 느껴져…… 어떤 강렬한 느낌이 와. 만질 수도 있을 것 같아.」

21

「보노는 양치기와 똑같은 힘을 가졌어. 무리를 하나로 만들 줄 아는 사람이야. 저기를 봐, 모두가 트랜스 상태에 빠졌어.」

그가 샤먼처럼 주술을 걸고 있어.

드디어 콘서트가 끝나고 밴드가 박수갈채를 받으며 무대에서 퇴장한다.

잠시 시간이 정지한 듯한 느낌이 들더니 6만여 명의 관객이 자리에서 일어나 천천히 출입구 쪽으로 이동하기 시작한다. 일찍 경기장을 빠져나와 벌써 주차장에 와 있는 니콜 일행의 귀에 스피커를 통해 안내 방송이 크게 흘러나오는 게 들린다.

〈조금 전 예기치 못한 상황이 발생해 관객 여러분께 죄송한 안내 말씀 드리겠습니다. 경기장 안에 폭탄이 설치돼 있다는 전화가 걸려 와 경찰 폭탄 제거반이 출동한 상태입니다. 곧 현장에 도착할 예정입니다만, 혹시 모를 상황에 대비해 서둘러 경기장 밖으로 나가시길 부탁드립니다. 차분히 출입구 쪽으로 이동해 주세요.〉

「이런, 젠장! 얼른 차 열쇠 이리 줘봐.」

그녀가 라이언에게서 빼앗다시피 열쇠를 받아 들고 차에 타더니 시동을 건 다음 출입구를 향해 돌진한다.

〈당황하지 마시고 차분히 출입구를 향해 이동해 주시길 간곡히 부탁드립니다! 다른 사람을 미는 행동은 절대 삼가 주세요!〉

또다시 안내 방송이 흘러나온다.

마지막 한마디가 방아쇠 역할을 하는 바람에 경기장 안에 남아 있던 사람들이 일순간 공포에 휩싸인다. 콘서트 동안에는 잔물결을 만들어 내며 일렁이던 머리들이 지진 해일로 돌변해 하나밖에 없는 출구를 향해 밀려가기 시작한다.

사람들이 서로 밀치고 짓밟아 아수라장이 된다. 곳곳에서 비명 소리가 터져 나온다.

〈여러분, 침착함을 유지해 주시길 다시 한번 간곡히 부탁드립니다.〉

스피커 속의 목소리가 어느새 애원조로 변해 있다.

이때, 차 한 대가 방향 지시등을 양쪽 다 켜고 경적을 울리며 경기장 출입구 바깥쪽에 나타난다. 자동차가 밖으로 나오는 군중과 반대 방향으로 천천히 움직이며 경기장 안으로 진입하자 사람들이 양옆으로 갈라진다. 10미터 가까이 그렇게 나아가던 차가 드디어 출입구와 평행으로 멈춰 선다.

급작스럽게 등장한 장애물을 피해 지나가느라 인파의 흐름이 느려진다. 충분히 참사가 벌어졌을 수도 있었던 상황은 덕분에 몇 사람이 발을 밟히거나 가볍게 넘어지는 것으로 마무리된다. 중상자와 사망자는 단 한 명도 없다.

11

「실패야.」

소피 웰링턴과 모니카 매킨타이어가 크로크 파크 경기장 인근에 세워진 크레인의 운전석에 앉아 망원경을 들고 상황을 살피고 있다.

「저 차 안에 분명히 니콜이 타고 있겠죠?」

모니카가 묻는다.

「그럴 거예요.」

「군중의 작동 원리에 대해서는 그녀의 지식이 나보다 한 수 위라는 걸 인정하지 않을 수 없네요. 그녀는 군중을 죽음으로 모는 방법만 아는 게 아니라 살리는 방법 또한 알고 있어요.」

두 사람이 위치한 관측 지점에서는 경기장 안팎 풍경이 세세히 눈에 들어온다. 경찰차 수십 대가 경기장에 도착한다. 그 안에는 폭탄 제거 전문가들도 타고 있을 것이다.

「이 방법으로 테러 집단을 일시에 제거할 수 있으리라 믿었던 내 판단이 틀렸어요. 애초에 폰을 이용한 작전을 쓴 것부터가 잘못이었던 거예요. 내가 그 분야에 전문가가 아니라는 사실이 이렇게 다시 한번 확인되는군요. 역시나 단점을 고치기보다 장점을 강화하려고 애쓰는 편이 현명한 것 같아요. 전혀 다른 각도에서 생각해 봐야겠어요.」

「이제 어떻게 할 생각이죠?」

소피가 망원경으로 현장을 살피면서 묻는다.

「니콜 오코너와 관련된 서류를 나에게 최대한 많이 제공해 줘요. 적을 알아야 이길 방법을 찾죠. 그녀에 관한 모든 걸, 가족과 건강 상태, 직업 활동, 연애사, 음식 취향, 별자리 같은 것까지 세세하게 알아야겠어요. 그래서 약점을 찾아낸 다음 당신 말대로 내 방식에 따라 행동에 돌입하겠어요. 폰이 아니라 퀸을 이용해서.」

12

푸르른 시골 들판이 끝없이 펼쳐져 있다. 대기 속에 풀 냄새와 토탄 냄새가 뒤섞여 있다.

라이언 머피와 니콜 오코너는 더블린에서 멀지 않은 라이언 사촌의 시골집에 와 있다.

U2 콘서트장에서 벌어진 사건 때문에 감정이 복잡해진 니콜은 라이언과 함께 며칠 휴가를 보내기 위해 이곳으로 왔다. 주방에 있는 높은 스툴에 앉아 간단하게 요기 중인 니콜의 눈앞에 한가로운 시골 풍경이 펼쳐진다. 집 앞 마구간에는 말이 몇 마리 묶여 있고 멀리 보이는 들판에서는 양 떼가 한가로이 풀을 뜯고 있다.

「궁금해서 그러는데 자세히 설명 좀 해줘. 경기장에서 어떻게 그런 기발한 방법을 생각해 낼 수 있었어?」

「예전에 비슷한 상황에서 아빠가 대처하던 방식을 떠올리고 그대로 따라 했을 뿐이야. 양 떼가 좁은 출구로 한꺼번에 우르르 몰렸을 때 아빠가 차를 몰고 오더니 출구와 평행으로 세우더라고. 그걸 보고 내가 그 이유를 물었지. 그랬더니 아빠가 양 떼를 안전하게 이동시키기 위해서 〈감속 장치〉가 필요했다는 거야.」

라이언이 고개를 갸우뚱하자 니콜이 말끝을 단다.

「백문이 불여일견이라고 했어.」

그녀가 유리 용기를 하나 가져와 깔때기를 끼운 다음 주방 찬장에서 쌀 봉지를 찾아 들고 와 붓기 시작한다.

금세 쌀알이 뭉쳐 구멍이 막혀 버리자 깔때기 밑으로 쌀이 떨어지지 않는다.

「모두가 한꺼번에 좁은 출구로 몰릴 때 벌어지는 현상이 딱 이런 거야.」

니콜이 깔때기를 다른 유리 용기로 옮겨 끼우고 나서 실험을 계속한다. 이번에는 손가락 하나를 깔때기 구멍 위에 올린 상태에서 쌀을 붓기 시작한다. 쌀알들이 손가락을 비켜 흐르자 떨어지는 속도가 느려져 깔때기 구멍이 막히지 않는다.

「정말 놀라워! 그때 비스듬히 세웠던 자동차가 지금 이 손가락과 똑같은 역할을 했다는 얘기잖아. 겁에 질린 군중들이 우르르 몰려 하나밖에 없는 출구가 막히면 사람들이 서로 밟고 밟히리라는 걸 미리 예상한 거야.」

그가 하던 말을 잠시 멈추었다 덧붙인다.

「……에젤 경기장에서 딱 그랬었지.」

니콜이 다시 쌀을 봉지로 옮겨 담는다.

「어떤 무기를 사용할 때는 그것의 반작용 또한 미리 고려해야 해. 극장이나 공연장에 갔을 때 출입구에 큰 기둥들이 서 있는 거 혹시 본 적 있어? 화재가 발생해 사람들이 대피할 때 감속 장치로 쓰이게 하려고 일부러 그렇게 설계한 거야.」

니콜이 쌀 봉지를 다시 찬장에 넣는다.

「자, 이제 누가 그 일의 배후에 있었는지 밝히는 일이 남았어.」

「알아보니까 얼스터 방위 연합의 소행이었어. 우리와 숙적 관계인 이 개신교 급진 테러 조직이 자신들이 협박 전화의 배후라고 공개적으로 밝혔대.」

「정말 그럴까……. 내 생각은 달라. 그 단체는 위장용일 뿐일 거야. 진짜 배후는, 우리의 진짜 적은 따로 있다고 난 확신해.」

「누구? 잉글랜드 정보기관? MI5?」

니콜이 가방에서 작은 체스 세트를 꺼내 주방 테이블에 올려놓더니 말들을 체스보드에 배열하기 시작한다.

「우린 지금 게임 상대가 누구인지조차 몰라…….」

「당신이 이 정도로 체스를 좋아하는 줄은 몰랐어. 솔직히 난 체스는 남자들이 하는 게임이라고만 생각했어.」

「그건 시대착오적인 이분법적 발상이야. 요즘은 체스를 즐기는 여성들이 많아. 나한테는 체스가 세상과 거리를 두고 바라보며 이해하는 한 가지 방식이기도 해. 우리 아빠는 세상만사가 전략의 문제라고 했어. 체스를 하다 보면 아빠의 그 명언이 실감 나지. 실제로 그렇거든. 세상에 일어나는 모든 일을 이 예순네 칸짜리 사각형 판 위에 그대로 재현할 수 있을 것 같아.」

「경우의 수가 무한한데 그게 과연 가능할까?」

「체스 게임도 마찬가지야. 게임이 진행될수록 그 복잡성이 더해지지.」

「게임…… 지금까지 내가 게임에 대해 갖고 있던 생각은 뭐랄까, 아이들이나 하는 거라고 생각했어. 솔직히 말하면

난 게임을 좋아하지 않아.」

「좋아하는 게임이 하나도 없어?」

니콜이 눈을 동그랗게 뜨고 라이언을 쳐다본다.

「응, 없어. 어릴 때도 사방치기 놀이가 한 번도 재미있게 느껴지지 않았어.」

니콜이 마치 안무가처럼 체스보드 위의 말들을 이리저리 움직인다.

「난 말이야, 인간은 게임하는 동안에만 온전히 자기 자신이 될 수 있다고 생각해.」

니콜이 체스보드를 내려다보며 말한다.

「감히 현실에서는 엄두를 내지도, 용기를 내지도 못하는 일을 게임에서는 할 수 있지. 자신의 잠재력을 발견해 발전시킬 수도 있어. 게임하는 동안에는 남에게 밉보일지 모른다는 두려움에서, 그리고 다른 사람들이 우리한테 내리는 가치 판단에 대한 공포에서 해방될 수 있어. 게임에 집중할 때는 유년기의 상처도, 직장에서 받는 스트레스도, 아픈 몸에 대한 걱정도 다 사라져. 오직 게임 그 자체만 남아.」

라이언이 고개를 숙여 체스보드를 가까이서 들여다본다. 니콜이 말을 잇는다.

「게임은 어른이 아이처럼 행동해도 되는 최후의 공간이자 유일한 공간이야. 그런 사실이 행복감을 가져다주는 거지. 또한 게임에서는 부당하고 사악하고 잔인한 행동도 얼마든지 허용돼. 그게 어떤 결과로 이어지는 게 아니니까. 게임이 끝나는 순간 모든 게 멈추잖아.」

「난 납득이 안 돼.」

「〈게임〉의 프랑스어 jeu는 그 어원이 웃음거리를 뜻하는 라틴어 jocus라는 거 알아? 모든 것이 금지된 세상에서 그나마 게임이 있기 때문에 우리가 좌절하지 않을 수 있는 거야.」

「지금 사회학 강의를 하는 거야?」

라이언이 살짝 비아냥거리는 어투로 말한다.

「아니, 매우 중요한 걸 당신이 이해하게 하려고 애쓰고 있어. 중국 공산당은 마약은 전면 금지하면서도 마작은 금지하지 않았어. 왜 그런지 알아? 그게 바로 마지노선이었기 때문이야. 중국 인민이 압력을 해소할 방법이, 욕구를 발산할 장치가 필요하다는 걸 공산당은 인지했던 거야. 로토, 카지노, 포커 게임은 하나같이 감정 폭발을 막아 주는 안정화 장치 역할을 할 수 있어.」

「게임에도 중독될 수 있잖아.」

「물론이야. 하지만 전체적으로 따져 보면 게임 중독도 단점보다는 장점이 더 많아. 라스베이거스와 마카오 같은 도시의 경제가 전적으로 게임 산업에 의존하는 걸 봐도 알 수 있지. 체스의 경우는 말이야, 위대한 정치인들이 이 게임을 즐겼다는 사실 또한 이게 단순히 어린아이들의 놀이가 아니라는 걸 보여 주는 증거라고 할 수 있어.」

니콜의 생각이 확고하다는 걸 눈치챈 라이언은 긴장을 유발하고 싶지 않아 어깨를 으쓱 추어올리며 얘기를 마무리 짓는다.

「사람마다 좋아하는 게 다르니까. 내 최대 관심사는 승마야. 마침 날씨도 좋으니 말을 타고 숲으로 산책이나 다녀와야겠어. 마구간에 말이 묶여 있고 날씨까지 화창한 건 매일 찾아오는 행운이 아니야. 지난번에 왔을 때 예쁜 오솔길을 몇 군데 발견했는데, 같이 가지 않을래?」

저 사람의 마음은 늘 구체적인 것을 향해 있어. 추상적인 개념을 이해하고 싶어 하지 않아. 전쟁과 아일랜드와 맥주와 망할 놈의 말이 존재 이유인 사람 같아.

너무 일차원적인 사람이라는 게 아쉬워.

하긴, 게릴라를 지휘하려면 복잡하게 생각해선 안 되겠지. 단순하게 생각하고 양심의 가책 없이 결연하게 행동해야 할 거야.

「미안하지만 난 관심 없어.」

「서러브레드종인데 한번 타보고 싶지 않아?」

그가 재차 권한다.

그래, 비슷한 사람보다는 차라리 상반된 사람이 나을 거야. 그래야 서로 보완해 줄 수 있지.

니콜이 흑나이트를 하나 집어 말갈기를 손으로 쓰다듬는다.

「사실 난 말을 전혀 좋아하지 않아. 말도 날 좋아하지 않기는 마찬가진 것 같고. 아빠 농장에서 가끔 탈 때가 있는데, 그럴 때마다 말이 날 싫어하는 게 느껴져. 그 때문인지는 몰라도 번번이 말 등에서 떨어지기까지 해. 난 집에서 조용히 강의 준비나 할 생각이야. 막 좋은 아이디어가 하나 떠올랐어. 다음 강의에서는 단체 게임과 단독 게임의 차이를 다뤄 봐야겠어.」

니콜이 체스보드 위의 나이트를 퀸 앞으로 옮겨 놓는다.

「웃긴 게 뭔지 알아? 난 체스 게임에서도 말을 좋아하지 않아. 나이트는 다른 기물들을 뛰어넘고 포크 전술을 구사할 수 있는 음험한 기물이거든.」

「포크 전술? 처음 듣는 말이네?」

「하나의 말이 두 기물을 동시에 공격하는 상황을 말해. 그렇게 되면 상대방은 한 기물을 포기할 수밖에 없지. 나이트의 특기야.」

니콜이 백폰 하나를 집어 손에 든다.

「내가 좋아하는 건 이런 폰이야. 뭐, 비숍까지는 봐줄 수 있다 치자. 하지만 퀸이나 나이트는 딱 질색이야.」

라이언은 무슨 말인지 이해하지 못하면서도 여자 친구의 기분을 맞춰 주기 위해 고개를 끄덕이고 나서 그녀의 팔을 당겨 끌어안는다. 연인은 오래 키스를 나눈다.

키 작은 빨간 머리 남자는 곧 승마용 부츠를 신고 모자를 쓴 다음 마구간으로 가 말에 뱃대끈을 단단히 맨다. 그가 말을 타고 주방 창문 앞을 지나가며 니콜에게 마지막으로 손 인사를 한다. 그녀는 여전히 주방에서 체스보드를 들여다보고 있다. 라이언이 속보로 말을 몰아 숲길로 들어간다.

니콜이 체스보드에서 고개를 들어 연인의 뒷모습을 바라본다.

라이언한테 게임을 가르쳐야겠어. 뭐부터 시작할까? 그래, 체커 게임이 좋겠어.

문득 돌과 나무로 지은 큰 집에 덩그러니 혼자 있기 싫다는 생각이 들자 그녀는 밖으로 나온다. 다행히 멀지 않은 곳에 술집이 하나 있어, 상쾌한 날씨긴 하지만 실내에서 시간을 보내기로 한다. 문을 열고 안으로 들어가자 나무 내장재에 칠한 왁스 냄새와 함께 시큼한 맥주 냄새가 코에 훅 끼쳐

온다. 니콜은 창가 테이블에 자리를 잡고 강의 준비를 위한 자료를 펼친다. 대부분 나이가 지긋한 손님들이 그녀가 알아들을 수 없는 지역 방언으로 대화를 나누고 있다. 혼자가 아니라 사람들과 함께 있다는 생각을 하자 마음이 편안해진다. 그녀는 전형적인 아일랜드 시골 주민들에게 가끔 시선을 던지면서 강의 준비에 집중한다.

방문객의 존재에 익숙하지 않은 주민들은 낯선 외지 여성이 혼자 편안하게 술집에 앉아 있는 모습이 신기하기만 한 눈치다. 생기발랄한 젊은이와 한 공간에 있다는 사실에 기분이 좋아진 단골손님들이 이따금 미소나 인사말을 건네 오면 니콜은 다정한 제스처로 응답해 준다.

그러고 나서는 이내 읽던 자료로 돌아와 강의 준비에 몰두한다.

한편 깊은 숲으로 들어선 라이언은 긴장이 풀어지면서 말과의 일체감을 느낀다.

오솔길에 나무줄기가 비스듬히 놓여 길을 막고 있는 게 보인다. 그가 말에 박차를 가해 장애물을 뛰어넘고는 잠시 구보로 말을 몰다가 다시 천천히 돌아온다. 속도를 높였다 줄였다 반복하며 나무가 빽빽한 숲길을 지나는데, 그때 멀리서 비명 소리가 들린다.

그가 말을 몰아 소리의 진원지에 도착하자 젊은 여성이 바닥에서 무릎을 감싸안고 고통스러운 표정을 짓고 있다. 그녀가 타고 온 듯한 말이 옆에 서 있다. 라이언이 말에서 내려 다가간다.

「말에서 떨어졌나 보군요? 어디 다친 데 없어요?」

그녀가 인상을 찡그린다.

「아무래도 발목을 삔 것 같아요.」

「어디 봅시다.」

그가 그녀의 승마 부츠를 조심스럽게 벗긴다.

그녀가 아파하며 신음 소리를 낸다.

양말을 벗기자 여자의 맨발이 드러난다.

「멍이 들거나 피가 나지는 않은 걸 보니 근육 손상인 것 같아요.」

그가 발목 주변 여기저기를 조심스럽게 눌러 본다.

「아야.」

여자가 소리를 지른다.

「발목이 삔 게 확실해요. 발목을 접질려 힘줄과 인대가 늘어나서 통증이 느껴지는 거예요. 다행히 그 이상 심각하지는 않아 보여요.」

그가 그녀의 바지를 더 걷어 올리더니, 미안하지만 아픈 곳을 확인해 봐야겠다면서 이곳저곳을 만지기 시작한다.

「여기가 분명해요.」

그가 통증 부위를 살살 문지르며 마사지하기 시작하자 그녀가 이를 앙다문다.

머릿속이 혼란스러워진 라이언이 손동작을 멈추고 고개를 든다. 그의 말이 여자의 말에 코를 비비며 인사를 하고 있다.

다친 여성이 상반신을 벌떡 일으키며 검은 머리채를 흔든다. 거울같이 맑은 은회색 눈동자 두 개가 그를 빤히 응시한다. 라이언은 숨이 멎는 듯하다.

「원스 어폰 어 타임 인 아메리카」에 나온 아일랜드 출신 미국 영화배우 제니퍼 코널리가 눈앞에 나타난 것 같은 착각이 든다.

그의 양손은 여전히 여자의 보드라운 피부에 머물러 있다. 말 두 마리가 서로 목을 감으며 히힝 하고 기쁨에 찬 울음소리를 낸다. IRA 우두머리는 당혹감을 느낀다.

그가 자신도 모르게 눈을 감는다. 그녀 몸의 향기가 느껴진다. 그가 참고 있던 질문을 던진다.

「당신 인생에 누구 들어와 있는 사람이 있나요?」

「짝 채우는 게 쉽지 않은 걸 보니 아무래도 전생에 짝 없는 양말이었나 봐요.」

라이언이 폭소를 터뜨린다.

「지금도 여전히 〈한 짝〉인가요?」

13

대체 어디 갔을까?

땅거미가 내린 지 한참이 지났는데도 라이언은 감감무소식이다. 니콜이 앉아 있질 못하고 창가에 서서 수시로 밖을 내다본다.

별일 없어야 할 텐데.

이 나라가 아니라면, 이 남자의 일이 아니라면 당연히 경찰에 신고부터 했을 것이다. 니콜은 그가 말을 능숙하게 타고 주변 지리를 잘 안다는 사실을 떠올리며 위안으로 삼는다. 테러 단체 우두머리의 일로 경찰에 연락을 취하는 건 득보다 실이 많다.

오랜만에 말을 타고 기분 좋게 숲속을 산책하고 나서 인근 마을 술집에 들러 거나하게 한잔하고 잠들었을 거야. 그 가능성이 제일 높아.

전에도 이런 일이 몇 번 있었지만, 다음 날 그는 약간의 숙취만 느낄 뿐 멀쩡한 모습으로 귀가했었다.

몸에 알코올 분해 유전자가 있는지 아일랜드인들은 술이 잘 받아. 술에 관한 한 다른 민족들은 우리의 경쟁 상대가 못 돼. 하지만 아무리 술이 세도 어느 선을 넘으면 뇌는 활동이 느려지고 몸은 땅으로 꺼지게 마련이지. 안 자고 버틸 도리가 없는 거야.

아침이 되면 소식이 오겠지 하면서 니콜은 침실로 향한다.

내일 아침에 돌아오면 체커 게임부터 가르쳐 줘야겠어.

침대에 누워 잠시 말똥말똥 천장을 쳐다보던 그녀는 이내 잠에 빠져든다.

닭 울음소리에 눈을 떠보니 아침이 됐는데 옆에 있는 베개는 봉긋한 상태 그대로다.

라이언이 외박을 했구나.

엄청 마신 모양이야. 하지만 한때 알코올 의존자였던 내가 그를 나무랄 입장은 아니지.

아직 날이 완전히 밝기 전이지만 그녀는 침대에서 내려와 커피를 끓인다. 정신을 차리려고 각설탕을 일곱 개나 넣어 휘휘 저은 다음 목으로 넘기며 밖을 내다본다.

곧 그녀는 옷을 입은 뒤 밖으로 나와 자전거를 타고 인근에 있는 술집들을 돌며 그를 찾기 시작한다.

찬 새벽 공기에 몸을 떨면서 가게들을 다 돌아도 그의 모습은 보이지 않는다.

니콜은 경찰에 실종 신고를 접수하려던 마음을 접고 집으로 돌아와 설탕을 듬뿍 넣은 커피를 한 잔 더 마신다. 그러면서 창가에 서서 수시로 대문 쪽을 바라본다.

이런 상황에서 지나친 걱정은 아무 도움이 안 돼.

괜히 쓸데없는 추측을 하며 마음 졸일 필요 없어.

문밖을 내다보던 그녀가 눈을 가늘게 뜨고 초점을 모은다. 우체통 밖으로 흰 봉투가 삐져나와 있는 게 보인다.

아까 새벽에 밖으로 나갈 때는 분명히 없었는데.

그녀가 달려 나가 우체통에서 봉투를 꺼낸다. 주소도 적혀 있지 않고 우표도 붙지 않은 봉투에 그녀의 이름이 적혀 있다.

내가 집을 비운 사이에 누가 꽂아 놓고 갔구나.

봉투를 열어 안을 들여다보니 편지가 아니라 사진이 들어 있다. 정확히 다섯 장. 첫 번째 사진은 숲속에서 망원 렌즈로 찍은 것이다. 턱수염을 기른 빨간 머리 남자와 검은 머리 여자가 함께 있다. 그들 뒤에 다정하게 목을 감은 말 두 마리가 풍경처럼 서 있다.

니콜의 심장 박동이 빨라지기 시작한다.

아니야. 그럴 리가 없어.

두 번째 사진은 인근 마을에 있는 호텔 앞에서 포착된 연인의 모습이다. 킹스베리라는 호텔 이름이 사진에 선명하게 찍혀 있다.

세 번째 사진은 호텔 식당에서 환하게 웃으며 식사 중인 두 사람의 모습. 네 번째 사진 속 한 쌍은 키스를 나누고 있다.

아니. 아니야, 아니야.

다섯 번째 사진은 킹스베리 호텔 전면을 다시 밤에 찍은 사진이다. 2층에 있는 방 하나에만 불이 밝혀져 있다.

니콜의 동공이 커진다.

믿을 수 없어. 그가 이럴 리 없어. 더군다나 상대가…… 〈그 여자〉라니.

웬만하면 감정에 휘둘리지 않는다고 자신해 오던 니콜 오코너가 지금 이 순간은 동물적 분노에 휩싸인다.

짓밟힌 여성 선조들의 혼이 일제히 그녀에게서 되살아나는 것 같다.

그 꼴은 못 봐, 상대가 그녀라니!

니콜이 2층 침실로 뛰어 올라가 라이언의 여행 가방에서 그가 직접 사용법을 가르쳐 준 총을 꺼낸다.

실탄 여섯 발을 장착 가능한 웨블리 Mk 6.

무게가 1킬로그램 가까이 나가는 권총이다.

그녀는 전화번호부를 뒤져 킹스베리 호텔의 주소를 찾아낸다.

자전거로도 얼마든지 갈 수 있는 거리다.

오전 10시. 혼자 자전거를 타고 아일랜드 숲속을 달리는 그녀의 심장이 빠르게 뛴다. 주머니에는 권총이 꽂혀 있다.

사진 속에서 본 호텔 전면이 눈앞에 나타난다. 말 두 마리가 출입구 근처에서 한가로이 풀을 뜯고 있다.

그녀는 길가에 선팅을 진하게 한 소형 밴 한 대가 정차 중이라는 사실은 의식조차 못 한다.

분노가 그녀를 삼켜 버린 것이다.

그녀에게서는 평소의 경계심을 찾아볼 수 없다.

호텔 안에 손님이 거의 없다는 사실도 그녀는 이상하게 여기지 않는다. 아니, 호텔 안은 텅텅 비어 있다.

안내 데스크에도 사람이 없기는 마찬가지다.

하지만 지금 그녀의 뇌는 오로지 감정에 의해 작동할 뿐, 합리적 판단 능력을 상실한 상태다.

호텔 계단을 뛰어오르는 니콜의 심장이 터질 듯이 뛴다.

2층에 도착하자 문 밑으로 불이 하얗게 새어 나오는 방은 딱 하나뿐이다.

니콜이 손잡이를 돌린다. 문이 잠겨 있지 않지만 놀라지도 의심하지도 않는다.

눈앞의 광경이 최소한의 분석조차 가로막았기 때문이다.

라이언 머피가 시트 위로 벌거벗은 가슴을 반쯤 드러낸 채 잠들어 있다. 그의 옆에는 레이캬비크에서 니콜의 목을 조르고 런던에서는 그녀에게 참패를 안겼던 검은 머리 여성이 누워 있다. 모니카 매킨타이어.

니콜이 주저 없이 그녀를 향해 권총을 겨눈다.

갑자기 니콜의 오른쪽에서 단단한 손이 나타나 조준선을 틀어 놓는다. 총알이 엉뚱한 방향으로 발사된다. 커다란 총소리가 방 안에 길게 메아리치며 울린다.

니콜의 눈앞에 슬로 모션 영상이 펼쳐진다.

침대에 누운 빨간 머리 사내의 이마에 새빨간 구멍이 뚫린다.

니콜이 상황 파악도 하기 전에 다시 그 굵직하고 단단한 손이 그녀의 손목을 잡아 비튼다. 양옆에서 사내 둘이 나타나 그녀를 꼼짝 못 하게 붙잡는다.

내가 라이언을 죽였어!

또 하나의 실루엣이 시야에 들어온다. 머리를 뒤로 묶은 어떤 여성이 방 안 풍경을 카메라에 담고 있다.

내가 대체 무슨 짓을 한 거야! 내가 라이언을 죽이다니!

라이언 옆에 있는 검은 머리 여성이 눈을 뜨고 주변을 살핀다. 전혀 동요하는 눈치가 아니다.

이건 함정이야.

계획대로 일이 이루어지고 있다는 듯이 모두가 놀란 기색 없이 차분하고 체계적으로 움직인다.

내가 저들에게 당했어.

죽은 라이언의 모습이 눈에 들어온다. 그녀를 빤히 쳐다보는 모니카의 모습도 보인다.

니콜이 발버둥을 치자 양쪽에서 그녀를 붙잡고 있는 사내들이 더 우악스럽게 그녀를 제지한다.

머리를 묶은 여자가 손에서 카메라를 내려놓더니 검은 자루를 들고 와 니콜의 머리 위에 씌운다. 이제 아무것도 보이지 않는다.

니콜의 두 팔이 뒤로 젖혀져 수갑이 채워진다.

이내 발이 땅에서 떨어지는 느낌이 들며 몸이 붕 뜬다.

그녀는 차에 태워진다. 엔진 소리가 들리더니 차가 움직인다.

다 연출이었어. 사진. 텅 빈 호텔. 열려 있던 방문. 내가 함정에 걸려든 거야.

저들이 처음부터 끝까지 다 촬영했어.

틀림없이 MI5의 소행이야.

내가 그렇게 순진하게 행동했다는 게 믿기지 않아.

저들은 내가 라이언을 죽이게 만들고 나서 나를 체포했어.

이런 악마적 시나리오를 대체 누가 짠 거지?

14

모니카 매킨타이어가 밴의 뒤꽁무니를 바라보고 있다. 앞서가는 차 안에는 마침내 체포돼 무력화된 그녀의 숙적이 타고 있다.

모니카 옆 운전석에는 소피 웰링턴이 앉아 있다. 운전대를 잡은 소피가 카 오디오를 켜자 구스타브 홀스트의 「행성」 모음곡, 그중에서도 〈전쟁을 가져오는 자〉라는 부제가 붙은 첫 번째 곡 「화성」이 흘러나온다.

「당신 말이 맞았어요. 그녀가 잘 모르는 분야를 공략해야 했어요. 군중의 사회학은 그녀의 전공이지만, 개인의 심리에 대해서는 잘 몰라요.」

「니콜 오코너는 폰들의 작은 움직임은 제어할 수 있을지 몰라도 퀸의 거시적 움직임을 꿰뚫는 눈은 없어요.」

모니카가 말을 잇는다.

「함정일 수 있다는 의심을 단 한 순간도 하지 않고 그녀가 그렇게 서둘러, 대책 없이 달려들었다는 사실이 지금도 믿기지 않네요.」

「감정은 마약이나 다름없어요. 화학적인 반응을 불러일으키죠. 웃음이든 분노든 오르가슴이든 간에 모든 감정에는 티핑 포인트가 존재해요. 그 지점부터는 생각이라는 게 불가능해지죠. 그냥 눈이 멀어 감정의 파도에 휩쓸려 갈 뿐이에요. 정신 체계가 더 이상 작동하게 않게 되고요. 그냥 폭주할 뿐이죠.」

소피가 기어를 바꾼다.

「어쨌든 우리로선 일석이조예요. IRA의 우두머리를 제거하는 동시에 그 테러 집단의 최대 자금줄인 〈속이 빨간 억만장자〉의 딸을 붙잡았으니까.」

「솔직히 고백하자면,」

모니카가 작은 한숨을 내쉰다.

「내가 그린 작전의 밑그림을 가지고 당신이 구체적인 실행 방법을 세워 설명해 줬을 때…… 반신반의했어요. 위험 부담이 너무 크다는 생각이 들어 머릿속이 복잡해졌죠. 니콜이 쏜 총알이 정말로 나한테 맞으면 어떡하지? 하는 생각을 떨칠 수가 없었어요. 어쨌든 총구의 방향을 트는 행위와 방아쇠를 당기는 행위가 시간차 없이 이루어지려면 굉장한 행운이 따라야 하니까.」

「그렇지 않아요.」

「그렇지 않다니요?」

「니콜 오코너는 공포탄을 썼어요. 우리가 미리 그녀의 집에 몰래 들어가 총알을 바꿔치기해 놨거든요. 실탄을, 그러니까 그 치명적인 한 방을 쏜 건 그녀 뒤에 있던 우리 측 대원이었어요. 그의 총도 그녀와 똑같은 웨블리 Mk 6였지만 소음기가 장착돼 있었죠. 오늘 우리가 실행한 작전은 내가 어릴 때 봤던 마술 공연과 흡사해요. 그때 마술사가 총을 쏘면 총 맞은 사람이 입에서 총알을 꺼내 보여 줬죠. 그러자 관객들은 그가 날아오는 총알을 이로 잡았다고 철석같이 믿었어요. 이 모든 것이 사전에 완벽하게 계획된 줄도 모르고 말이에요. 마술사는 공포탄을 쐈고, 총을 맞은 사람은 미리 혀 아래에 총알을 감추고 무대에 올라왔어요. 총알 잡기 마술은 1586년 문헌에서도 발견될 정도로 오래된 트릭이에요.」

모니카가 믿기지 않는다는 표정을 짓는다.

「마술이라고요?」

「그래요. 난 마술 덕분에 MI5 대테러 조직의 수장이 됐어요. 마술은 비밀 기관들에 필수적인 요소죠. 우리 아버지는 마술사셨는데, 영국 정보기관에서 아버지에게 위장용 무기와 용품의 제작을 의뢰하곤 했어요. 아버지의 작품들을 보는 순간 난 마술에 매료됐어요. 그래서 배우기 시작했고, 결국 정보기관에까지 들어오게 됐죠. 아버지한테서 이 직업에 대해 무수한 얘기를 듣고 자라면서 무엇보다 영웅적인 면에 끌렸어요. 어떤 의미에서 내 진로는 어려서부터 정해진 것이나 마찬가지죠.」

「그래서 당신들 조직을 〈인텔리전스 서비스intelligence service〉라고 부르나 보군요. 당신 참 대단한 사람이에요, 소피.」

「니콜은 자기 손으로 연인을 죽였다고 확신해 죄책감에 시달리고 있을 거예요. 우리 입장에선 다루기가 훨씬 쉬워진 거죠.」

두 여자가 앞서가는 밴을 쳐다보며 계속 얘기를 나눈다.

「난 모니카 당신이 니콜 오코너와 싸울 유일한 병기라고 믿었어요. 천재의 악행을 막을 사람이 천재 말고 더 있겠어요?」

모니카가 우쭐해 하기는커녕 걱정스러운 표정을 짓는다.

「무슨 걱정이라도 있어요, 매킨타이어 씨?」

「그 여자를 어떻게 할 생각이죠?」

「일단 국경을 넘어 북아일랜드로 데리고 갈 거예요. 그래 야 우리 뜻대로 신병을 처리하기가 용이해지죠. 자세한 건 거기서 우리 수감 시설에 넣은 다음에 결정하게 될 거예요. 니콜 오코너한테 입수할 수 있는 정보가 아주 많아요. IRA 조직원들에 대한 정보뿐만 아니라, 오스트레일리아 양모 산 업의 돈이 아일랜드 테러 조직까지 흘러들어 가게 되는 자금 흐름에 대해서도 알아낼 생각이에요.」

모니카가 창밖에 펼쳐지는 아일랜드의 황야로 시선을 돌 린다. 아무 일도 없다는 듯이 양들이 풀을 뜯고 있다.

「고문할 생각인가요?」

모니카가 시선을 창밖으로 둔 채 묻는다.

「농담이죠? 우린 그런 난폭하고 무식한 인간들이 아니에 요. 절대 물리적인 폭력은 없을 거예요. 더더군다나 여성을 상대로는.」

「그럼 어떤 방법으로 정보를 얻어 낼 생각이죠?」

15

니콜은 중학교 때 실험실에서 봤던 흰생쥐의 모습을 떠올린다. 지금 그녀가 딱 그런 처지다.

그녀 또한 혼자서 문을 열고 탈출할 방법이 없다.

니콜은 지금 사방 벽이 하얗게 칠해진 방에 갇혀 있다. 벽에는 완충재를 써 소음이 밖으로 새어 나가지 못하게 했다. 창문 하나 없는 방에 불빛이라곤 천장에 켜진 눈이 부신 형광등 불빛뿐이다.

다리 네 개를 바닥에 고정시켜 놓은 철제 침대 하나가 방 가운데에 놓여 있다. 다른 집기는 없고 구석에 세면대와 변기가 하나씩 있다.

천장을 올려다보니 한쪽 구석에 스피커가 붙어 있다. 반대쪽에는 카메라가 설치돼 있다. 빨간색 발광 램프가 깜빡깜빡하는 걸 보니 카메라가 작동하는 모양이다.

니콜이 카메라를 향해 소리친다.

「당신들은 날 여기 가둘 권리가 없어요. 변호사를 만나게 해줘요!」

스피커에서 찌지직 소리가 나더니 여성의 목소리가 흘러나온다.

「지금 당신이 있는 곳은 아일랜드 공화국이 아니에요. 여긴 영국 북아일랜드 영토에 있는 경계가 삼엄하기로 유명한 감옥이죠.」

여기로 데려오려고 날 차에 태웠었구나.

「변호사와 통화하고 싶어요.」

「공범들의 이름을 알려 주면 어떤 사람과도 통화할 수 있게 해주죠.」

「변호사와 얘기하고 싶다고요.」

니콜이 문을 세게 두드려 보지만 완충재가 충격을 흡수해 소리가 울리지 않는다.

「날 내보내 줘!」

천장 쪽에서 찰칵 스위치가 내려가는 소리가 들린다. 마이크가 꺼진 모양이다. 니콜이 악에 받쳐 벽을 주먹으로 치기 시작한다. 발을 구르고 소리를 지르며 벽을 때리다 결국 기진맥진해 바닥에 주저앉는다.

한참을 쓰러져 누워 있던 그녀가 벌떡 일어나 앉는다.

그리고 체포 직전 상황을 머릿속으로 복기하기 시작한다.

모니카가 라이언을 유혹해 같이 잤어.

당연히 계획된 일이었어.

둘이 호텔에 있는 사이 그들이 우체통에 사진을 꽂아 놨어.

난 그걸 보고 빨간 천을 향해 돌진하는 투우처럼 달려들었던 거고.

분노와 복수심에 불타 함정이 아닌지 확인할 생각조차 못 했어. 눈이 멀었던 거야.

완벽히 속아 넘어갔던 거지.

그들이 미리 호텔방에 와 기다리고 있었어.

철저하게 준비를 마친 상태에서 말이야.

그런데 난 아무것도 모르고 방아쇠를 당겼어.

간발의 차이로 내가 라이언이 아닌 모니카를 쏠 수도 있는 상황이었어.

그들은 어떻게 그렇게 한 치의 오차도 없이 민첩하게 움직일 수 있었을까?

모니카는 왜 죽을 수도 있는 위험을 감수했을까?

이제 다 끝났어.

내가 쏜 총에 연인이 죽었어.

내 손으로 IRA를 무력화시켰어.

머리를 뒤로 묶은 여자는 모든 과정을 촬영해 증거로 남겼고.

이 교묘한 함정의 배후에는 분명히 모니카가 있을 거야.

지난번 게임에서 그녀는 날 이기기 위해 일부러 나이트 둘을 희생시켰어.

이번에도 결국은 나이트가 내 참패의 원인이었어.

지난 일들을 한 장면씩 떠올리며 분노에 차 몸을 웅크리고 있는 니콜에게 문 쪽에서 소리가 들려온다. 그녀가 얼른 말한다.

「날 내보내 줘요, 변호사와 얘기하게 해달라고요.」

대답 대신 문 아래쪽 투입구가 열리더니 쟁반 하나가 안으로 들어온다. 플라스틱 접시와 물잔이 놓여 있다. 다가가 보니 접시에는 하얀 퓌레와 역시 하얀 식빵 한 쪽, 그리고 흰색 치즈 한 쪽이 놓여 있다.

포크와 숟가락 역시 흰색 플라스틱 소재다. 디저트용 요구르트 하나도 눈에 띈다.

니콜이 퓌레를 한 숟가락 떠 입으로 가져간다. 감자 맛이 전혀 느껴지지 않는다. 심지어 소금 간도 돼 있지 않다. 빵과 치즈도 밍밍하기는 마찬가지다. 요구르트에서는 단맛도 신맛도 나지 않는다. 점성만 좀 다를 뿐 네 가지 음식은 거의 차이가 없다.

그녀가 물을 한 모금 넘겨 목을 축인다. 물맛에서 미네랄기라고는 느껴지지 않는 걸 보면 증류수가 틀림없다.

「날 나가게 해줘! 당신들은 재판 없이 날 여기 가둬 둘 권리가 없어!」

카메라에서 여전히 빨간 불빛이 깜빡깜빡한다.

누군가 계속 날 지켜보고 있어.

니콜이 요구르트를 집어 카메라를 향해 던진다. 하지만 목표물까지 도달하지 못하고 바닥으로 떨어지며 쏟아진다.

그녀가 분에 못 이겨 주먹으로 벽을 짓뚜드리다 털썩 주저앉는다.

오늘이 며칠이지?

젠장, 끌려오는 동안 잠이 들어 시간 감각을 완전히 상실했어.

몇 시쯤일까?

아마 한밤중이 아닐까.

왜 불을 안 끄는 거지?

저 망할 놈의 형광등을 좀 꺼주면 좋겠는데.

그녀는 우리 속 짐승처럼 방 안을 빙빙 돌면서도 계속 카메라 불빛을 의식한다.

감각 박탈.

가장 악독한 심리 고문이지.

외부에서 유입되는 감각 정보를 모두 차단하는 거야.

시각.

청각.

촉각까지.

영국 놈들이 체포한 IRA 대원들에게 감각 박탈을 자행한다는 게 그냥 소문이 아니었어.

니콜이 어금니를 앙다문다.

우리 뇌에 전해지는 일체의 감각 자극을 차단하는 것만큼 잔인한 고문이 또 있을까?

타인과의 접촉.

냄새.

맛.

이 모든 지각이 박탈된 상태는 죽음과 하나도 다르지 않아.

그녀가 다시 문을 두드려 댄다.

「날 여기서 꺼내 줘!」

그녀가 벽을 발로 걷어차다 괴성을 내지른다. 자신의 목소리라도 듣고 싶은 것이다.

그러다 몸 여기저기를 킁킁거리며 냄새를 맡는다.

찌지직 소리와 함께 스피커에서 소리가 나온다.

「당신이 협조만 해주면 모든 게 끝나.」

「변호사를 불러 달라니까.」

「협조하면 당장 여기서 나갈 수 있어.」

「당신들은 재판 없이 날 구금할 권리가 없어. 변호사를 데려와. 난 오스트레일리아 국민이야. 오스트레일리아 대사관에 연락해 내 구금 사실을 알려.」

「협조하면 당신 요구 사항을 모두 들어주지.」

니콜이 어칠비칠하더니 바닥에 쓰러진다.

「에라 이 잉글랜드 돼지 새끼들아! 빌어먹을 놈들! 다 뒈져 버려!」

그녀가 다시 몸을 일으켜 문을 두드린다.

더 이상 응답이 오지 않는다.

그녀가 바닥에 쓰러져 끝내 울음을 터뜨린다.

이게 다 그 망할 모니카 탓이야. 여기서 나가면 내가 가만두지 않겠어. 고통이 뭔지 알게 해주지. 이제 우리 싸움은 체스 게임에서 끝나지 않아. 망할 계집애, 널 짓밟아 버리겠어. 복수하고 말겠어.

16

모니카 매킨타이어는 아일랜드인들이 롱케시라고 부르는 메이즈 교도소 인근 마을의 한 호텔에 투숙해 있다. 그녀의 숙적인 니콜이 그곳에 구금된 지 벌써 나흘째다.

그녀는 시간도 보낼 겸 차기작 집필을 시작한다.

책의 가제는 〈승리를 위한 분노〉.

모니카는 이 책에서 어리석은 집단적 견해에 맞서 자신들의 생각을 펼치기 위해 고난의 삶을 살아야 했던 잘 알려지지 않은 천재들의 삶을 소개할 생각이다.

책의 부제는 〈세상을 앞서간 자들〉이라고 정했다.

첫 번째 장은 알렉산드리아의 히파티아에게 할애했다. 기원후 4세기, 알렉산드리아의 대도서관에서 천문학과 기하학, 철학을 가르쳤던 히파티아는 따르는 제자들이 많았다. 히파티아의 영향력이 두려웠던 키릴로스라는 기독교 주교는 그녀가 악마의 마술로 시민들을 유혹했다는 소문을 퍼뜨리고, 이에 선동당한 사제들과 기독교인들은 그녀에게 무리지어 찾아갔다. 그들은 히파티아를 살해한 후 시신을 갈기갈기 찢고 불에 태웠다.

두 번째 장에서 모니카는 16세기 여성 아르테미시아 젠틸레스키의 생애를 다룬다. 그녀는 당시 명성을 떨치던 유명

화가 카라바조만큼이나 뛰어난 실력을 가졌지만 여성이라는 이유로 미술 학교에 입학할 수 없었다. 그녀의 아버지는 아고스티노 타시라는 화가를 집에 들여 딸에게 그림을 가르쳤다. 그런데 타시는 아르테미시아를 강간하고 그녀 아버지의 그림까지 훔치려 한다. 타시의 재판에 나온 아르테미시아는 자기 증언의…… 진실성을 입증하기 위해 손가락 사이사이에 밧줄을 끼우고 부러질 정도로 조이는 〈시빌리〉라는 고문을 감수해야 했다.

세 번째 장의 주인공은 장바티스트 라마르크다. 그는 환경이 유전 부호에 영향을 미칠 수 있음을 최초로 직감한 사람이다. 그는 기린의 경우를 예로 들면서, 위쪽 나뭇가지에 붙은 잎을 따 먹기 위해 목을 늘이다 보니 목이 길어졌다고 주장했다. 라마르크는 시력을 잃은 뒤 곤궁하고 비참한 말년을 보내다 죽음을 맞았다. 그는 동료 과학자들의 조롱 속에 공동묘지에 묻혔다.

네 번째 장에서 그녀는 오스트리아 출신 의사 이그나즈 제멜바이스를 다룬다. 그는 의사가 수술을 집도하거나 아기를 받기 전에 반드시 손을 씻어야 한다고 주장한 사람이었다. 자신의 더러운 손 때문에 많은 산모들이 죽었다는 사실을 인정하기 싫었던 동료 의사들은 제멜바이스의 주장을 근거가 없다며 비난했다. 그럼에도 불구하고 뜻을 굽히지 않았던 그는 결국 정신 이상으로 신고당하고 정신 병원에 감금된다. 거기서 그는 경비들에게 수시로 구타를 당했다. 그들이 지저분한 손으로 그를 때린 탓에 구타로 생긴 상처가 감염되고, 이로 인해 괴저에 걸려 결국 사망에 이르고 만다.

천재 순교자들의 삶을 글로 되살려 내면서 모니카는 동시대인들의 몽매에 맞서 홀로 싸워야 했던 고독한 사람들을 대신해 자신이 복수하고 있다는 생각을 한다.

그녀는 박학polymathy 개념도 소개한다.

이 단어는 〈많은〉을 뜻하는 그리스어 polus와 〈배움〉을 뜻하는 manthano가 결합돼 만들어진 단어다. 박식가polymath란 인문, 과학, 역사, 정치, 예술 등 모든 지식 분야에 흥미를 느껴 공부함으로써 넓은 학식을 갖춘 사람이다. 한마디로 다재다능한 천재인 것이다. 이 단어는 널리 알려지지 않아 사전마다 다 나와 있지도 않다.

모니카는 〈박식가〉라고 생각하는 인물들의 목록을 쭉 적어 내려간다. 피타고라스, 데모크리토스, 이븐시나, 이븐루시드, 조반니 피코 델라미란돌라, 프랑수아 라블레, 미켈란젤로, 프랜시스 베이컨, 르네 데카르트, 벤저민 프랭클린, 장 앙리 파브르, 윌리엄 제임스 사이디스, 라빈드라나트 타고르, 요한 폰 노이만, 보리스 비앙⋯⋯.

모니카가 갑자기 손을 멈추고 생각에 잠긴다. 그녀를 괴롭히며 머릿속에서 떠나지 않는 사람의 얼굴이 떠오른다.

니콜⋯⋯.

엄마를 죽인 그녀에게 조금의 연민도 느끼지 않아.

아무런 가책 없이 에젤 경기장 참극을 배후 조종 한 인간이야. 한 사람을 흔적 없이 제거하기 위해 수십 명을 죽인 인간에게 내가 연민을 느낄 이유는 없어.

모니카는 에너지를 보충하려고 사과 한 개를 집어 껍질째 먹는다.

내 동정심은 살인자들 앞에서는 작동하지 않아.

내 행동은 정당했어.

난 엄마를 위해 복수해야 했으니까.

그 사나운 맹수를 우리에 가둬 무력화시킴으로써 더 이상의 피해자가 나오지 않게 만든 건 잘한 일이야.

모니카가 전화기를 빤히 쳐다보더니 수화기를 들고 소피 웰링턴의 번호를 누른다. 〈여보세요〉라는 말도 없이 다짜고짜 묻는다.

「니콜이 입 열었어요?」

「보통 독종이 아니에요. 하지만 언젠가는 무너질 거야. 결국은 다들 무너져요.」

「니콜과 얘기를 좀 할 수 있게 해줘요.」

소피는 갑작스러운 요구에 당황하면서도 차마 모니카에게 그 특권을 거부하지는 못한다.

한 시간 뒤, 모니카는 소피와 함께 메이즈 교도소 정문 앞에 도착한다.

두 여성은 철조망이 둘러쳐져 있는 높은 철책을 통과해 교도소 안으로 들어간다. 두 번째 철책을 지나고 나서야 가건물처럼 보이는 직사각형 모양의 연회색 수감 시설들이 나타난다.

그들은 여러 경비 초소를 지나 관제 센터로 안내된다. 사방벽과 책상에 온통 스크린이 설치돼 있는 넓은 방이다.

숫자 113이 써진 모니터 화면에 실루엣 하나가 보인다. 니콜 오코너가 바닥에 죽은 듯이 누워 있다.

소피가 모니카에게 마이크를 건네며 말해도 된다는 신호

를 보낸다.

「오코너 씨…… 내 목소리 알겠어요?」

화면 속 여자의 몸이 움찔한다. 그녀가 고개를 든다.

「……난 모니카 매킨타이어예요. 레이캬비크에서 당신과 처음 만나 체스 대결을 펼쳤고, 나중에 런던 사우샘프턴 호텔에서 다시 만났고, 최근에는 킹스베리 호텔에서 다시 당신과 〈게임〉을 했던.」

이 말 끝에 니콜 오코너의 몸이 천천히 움직이는 게 보인다. 그녀가 자리에서 일어나 천장의 카메라를 올려다본다.

그녀가 마치 실성한 사람처럼 입꼬리를 비틀어 묘한 웃음을 짓더니 카메라를 향해 대뜸 가운뎃손가락을 치켜올린다.

「우린 서로를 좋아하지 않아요, 그렇죠? 우리 관계는 첫 단추부터 잘못 끼워졌어요……. 그건 내가 인정하죠.」

니콜이 카메라를 향해 침을 퉤 뱉는다.

「런던에서 압사 사건의 원인을 제공한 사람은 당신이었어요. 그렇죠, 오코너 씨?」

니콜이 아무 대답도 하지 않는다.

「우리 엄마가 거기서 목숨을 잃었고 그 일로 나는 오랫동안 고통받았어요. 이제 당신 차례예요.」

니콜이 거만한 자세로 카메라 렌즈를 응시한다.

「이제 당신은 내 손아귀에 있어. 내 함정에 걸려들었지. 이제 우리 엄마를 죽인 죗값을 치러야 해. 당신은 거미줄에 걸린 파리와 똑같은 신세야. 발버둥 치면 칠수록 몸은 꼼짝없이 마비될 테고 나중엔 조각조각 뜯겨 나가겠지. 그러다 종국에는…… 사라져 마치 세상에 존재하지도 않았던 것처럼 사람들에게서 잊힐 거야.」

니콜이 분을 이기지 못해 울부짖는다.

소피 웰링턴이 소리를 꺼버린다.

「복수하고 싶은 당신 마음은 충분히 이해해요, 모니카.」

「이건 단순한 복수 차원이 아니에요. 우리는 세계를 바라보는 관점이 완전히 다른 사람들이에요. 그녀는 집단에게 미래가 달렸다고 믿는 반면 나는 개인에게 미래가 달렸다고 믿으니까.」

백과사전
빅토르 코르치노이

1972년 레이캬비크에서 세계 체스 챔피언 자리를 놓고 피셔와 스파스키의 대전이 펼쳐지고 나서 여전히 냉전 시기였던 1978년 10월 18일, 필리핀 바기오에서 두 번째 역사적 대결이 벌어졌다. 두 그랜드 마스터 빅토르 코르치노이와 아나톨리 카르포프가 그 격돌의 주인공이었다.

빅토르 코르치노이는 제1차 세계 대전 때 구사일생으로 살아난 우크라이나 유대인 가정에서 태어났다. 그는 다섯 살 때 아버지한테 체스를 처음 배웠고, 열두 살에 레닌그라드 개척자 궁전의 유소년 체스 클럽에 등록했다. 그는 어린 나이부터 천재의 면모를 드러냈다. 빅토르 코르치노이는 스물다섯 살에 세계 그랜드 마스터에 등극한 이후, 각종 대회에서 단독 우승과 공동 우승을 합쳐 220여 차례 우승함으로써 체스 역사상 최고의 성적을 거둔 선수로 기록됐다.

그는 1960년부터 시작해 네 차례나 소련 체스 챔피언 자리에 올랐다. 하지만 소련 체스 연맹과 의견을 달리하고 미국 선수 보비 피셔에게 우호적인 태도를 취해 소련 정부의 눈 밖에 났다. 소련 정부는 지나치게 독립적인 그를 마음에 들어 하지 않았고, 노골적으로 아나톨리 카르포프를 선호했다. 카르포프는 노동자 아버지를 두었고, 그 자신 또한 공산당원이었다.

코르치노이는 괴롭힘과 협박을 견디다 못해 1976년 유럽으로 이주해 스위스 국적을 취득했다.

이러한 상황에서 1978년 7월, 필리핀 바기오에서 아나톨리 카르포프와 빅토르 코르치노이 간에 세계 체스 선수권 대회 결승전 첫 번째 경기가 열렸다.

먼저 여섯 경기를 이긴 사람이 우승컵을 가져가는 것이 대회 규정이었다. 세 달 동안 펼쳐진 결승전은 심리적인 면뿐만 아니라…… 형이상학적인 면에서도 전투를 방불케 했다. KGB는 최면사이자 유사 심리학자인 블라디미르 주하르를 객석 맨 앞줄에 앉혀 경기 내내 코르치노이를 주시하게 했다. 코르치노이가 이에 대해 불만을 제기했지만 주최 측은 그를 퇴장시키지 않았다. 그러자 코르치노이가 다음 경기에 자신의 편인 베르기나 박사를 불러 똑같이 객석에 앉혔다. 그 역시 최면사이자 유사 심리학자였다.

소련 측의 반발로 결국 그가 퇴장할 수밖에 없게 되자 코르치노이는 (머리에 터번을 두르고 주황색 가운을 입은 디디와 다다라는 이름의) 명상가이자 요기 커플과 예수회 수도사를 연이어 데려왔다. 하지만 경기장에 와 있던 KGB 요원이 번번이 이의를 제기해 이 이상한 사람들을 모두 퇴장하게 만들었다. 반면에 소련 측의 주하르 박사는 경기가 끝날 때까지 객석 맨 앞줄에 남아 있었다.

두 선수가 5 대 5인 상황에서 마지막 경기가 열렸다. 심리적 긴장감이 극에 달했다. 주하르 박사의 퇴장을 수차례 요구하느라 시간을 낭비하고 진을 뺀 코르치노이가 어이없는 실수를 저지르고 말았다. 게임의 승패를 가른 이 전략적 실수 때문에 그는 결국 패했고, 카르포프가 세계 체스 선수권 대회 우승컵을 차지하게 됐다.

에드몽 웰스,
『상대적이며 절대적인 지식의 백과사전』

17

시작도 끝도 알 수 없는 시간이 지나간다.

휴식 없는 시간의 흐름 속에서 니콜은 분노와 좌절 사이를 오간다.

맥없이 주저앉았다 벌떡 일어나기를 반복하다 느닷없이 울음을 터뜨린다.

내가 무너져 내리고 있어.

지금이 낮인지 밤인지조차 알 수 없다. 협조를 요구하는 스피커의 목소리도 아무 때나 흘러나와 시간 인식을 방해한다. 아침, 점심, 저녁이라는 식사 순서나 식사 시간도 지켜지지 않는다. 아침 식사와 저녁 식사가 연달아 두 번 나올 때도 있다. 우유빵이 하나 추가로 접시에 올라와 있으면 아침 식사, 수프가 나오면 저녁 식사라고 짐작할 뿐이다.

무슨 방법을 찾아야 해.

분명히 방법이 있을 거야.

이 상황이 견딜 수 없게 느껴지는 것은 자기 자신과의 대화에 익숙하지 않은 탓이라고 니콜은 생각한다.

항상 사람들에게 둘러싸여 살다 보니 그동안 내면의 세계를 구축할 필요성을 느끼지 못했던 것이다.

상상 속 친구를 만들어 대화하면 도움이 될 텐데 그것조차 안 돼.

나는 늘 현실을 살고 니콜 오코너의 삶만 살아왔기 때문이겠지.

감각들은 외부 자극이 있어야 작동할 수 있는데, 지금 그것들이 다 차단돼 있으니 내 정신의 한 귀퉁이가 벌써 빠르게 무너져 내리는 거야.

나는 부서지고 희석되다 끝내 사라지게 될 거야.

그녀의 숙적이 했던 말들이 머릿속에서 지워지지 않는다.

니콜이 세면대에 머리를 박고 수도꼭지를 튼다.

오늘이 며칠이지?

얼마나 더 이렇게 버틸 수 있을까?

그녀가 숨을 훅 들이마신다.

아무도 없는 고립 상태에서 내가 할 수 있는 게 뭘까?

뒤죽박죽인 머릿속을 비집고 한 가지 생각이 떠오른다.

단식 투쟁.

니콜은 보비 샌즈의 단식 투쟁을 기억하고 있다.

그는 결국 죽었지.

하지만 그걸 통해 자신의 존재를 세상에 알렸어. 그는 순교자가 됐고, 나중에 아일랜드 독립 투쟁에 귀중한 영감을 줬지.

반면에 나는 여기서 쥐도 새도 모르게 죽을 가능성이 높아. 밖에서는 내가 단순히 실종됐다고 생각할 거야.

아빠도 내가 멀리 여행을 떠나 소식이 뜸하다고만 생각하고 있을 테지.

니콜이 온통 흰색뿐인 식판을 내려다본다. 우유빵도 수프도 없는 걸 보니 점심 식사인 모양이다. 이것으로 연이어 세 번째 점심이다.

그래, 이 네 맛도 내 맛도 없는 식사를 포기한다고 크게 잃을 건 없어.

니콜이 벌떡 일어나 카메라를 올려다보며 소리친다.

「난 지금부터 단식 투쟁에 돌입하겠어! 내 말 들리지? 난 단식 투쟁을 할 거야!」

반응이 오기를 기대하지만 스피커에서는 아무 소리도 들리지 않는다.

감시 카메라의 빨간 불빛만 깜빡깜빡할 뿐 스피커에서는 찌지직 소리조차 들리지 않는다.

얼마 후, 식판을 안으로 밀어 넣었던 손이 입도 대지 않은 음식이 담긴 식판을 다시 가져간다.

기대가 커도 너무 컸지. 무슨 기자 회견이라도 열릴 줄 알았어?

하지만 니콜은 원칙에 따라 나홀로 짐작되는 시간 동안 단식을 계속한다.

밖에서 들어온 손이 입도 대지 않은 음식을 아무 말 없이 다시 가져가기를 수차례 반복한다.

그러고 나서 닷새째라고 짐작되는 날, 그녀는 뻣뻣한 빵과 밍밍한 퓌레, 멀건 밀가루 반죽 같은 요구르트를 향해 다시 손을 뻗는다. 물잔의 물을 벌컥벌컥 마시고 나서 입맛까지 다신다.

참담한 기분이 든다.

체크메이트. 내가 졌어. 이제 내가 할 수 있는 선택은 세 가지뿐이야. 미치거나, 배신하거나, 죽거나.

이 세 가지 중 어떤 것이 최악의 선택인지 지금으로서는 알 수가 없다.

18

눈이 부실 정도로 조명이 밝은 방에 지하철 객차 한 량이 놓여 있다. 바퀴가 없어 컨테이너처럼 보이는 객차 앞으로 모니카가 다가가자 제복 차림의 사내 둘이 그녀를 들어 올리다시피 해 강제로 객차 안 접이식 의자에 앉힌다.

곧 천장에 붙은 가느다란 스피커를 통해 목소리가 흘러나온다.

「……니콜 오코너예요. 당신과 협력하는 MI5 요원들의 명단을 말해요.」

모니카가 입을 꾹 다물고 있다. 갑자기 객차 문이 열리며 1백 명은 넘어 보이는 사람들이 쏟아져 들어온다. 뉴욕 지하철 문이 닫힐 때 나는 것 같은 날카로운 소리가 들린다. 모니카는 가슴이 답답해지기 시작한다. 다시 니콜의 목소리가 객차 안에 울린다.

「1제곱미터당 승객 밀집도 일곱 명. 자, 어서 말해요. 당신과 접촉하는 MI5 요원이 누구죠? 이름만 말해 주면 당장 내보내 줄게요.」

일어난 모니카가 문 쪽으로 움직이려다 이내 사람들에게 가로막힌다.

「말하기 싫어요? 좋아요, 원한다면 밀집도를 높여 주죠.」

다시 스무 명가량이 밀고 들어온다. 몸을 돌리기조차 힘들고 공기도 희박해지는 게 느껴진다. 또다시 들리는 귀를 찢는 기계음.

「이걸로는 안 되시겠다? 아홉 명으로 높여야겠네.」

다시 철제 박스 안으로 사람들이 밀려들어 오고 삐이익 하는 경고음이 울린다. 숨을 쉬기 힘들다.

「누구랑 일하냐니까?」

무응답. 밀려들어 오는 인파. 그리고 울리는 경고음.

「1제곱미터당 승객 밀집도 열 명.」

사람들이 넘어져 밟히고 비명 소리가 터진다. 객차의 투명 아크릴 창에 사람들의 얼굴이 으깨지듯 붙어 있다. 머리가 천장 등에 닿는 장신의 승객들은 목을 꺾은 채 헉헉거리고 키 작은 사람들은 발돋움을 하고 목을 빼 숨 쉴 공간을 찾는다. 몸을 오그리고 서 있는 모니카는 썩은 내 나는 뜨거운 입김이 얼굴에 와 닿는 순간 몸서리를 친다. 사람들이 포개져 높이 쌓이기 시작한다.

「누구한테 지시를 받는지 말해! 왜, 밀집도를 한 단계 더 높여야 입을 열겠어? 이참에 기네스북에 한번 올라 볼까?」

옆 사람한테서 정육점 고기 같은 비릿한 냄새가 풍겨 모니카는 고개를 세차게 흔들며 악을 쓴다.

「다들 나한테서 떨어져!」

그녀가 놀라서 잠이 깬다. 눈을 쓱쓱 비비며 악몽임을 확인하고 나서 안도의 한숨을 내쉰다.

팔등에 아직 소름이 돋아 있는 것을 보고는 창가로 걸어가 창문을 열고 시원한 바깥 공기를 들이마신다.

찬물로 샤워를 하고 나서 옷을 입고 아침을 든든히 먹은 모니카는 창가 테이블에 앉아 하루 종일 『승리를 위한 분노』 집필에 열중한다.

저녁이 되어서야 자리에서 일어나 외출할 준비를 한다.

1985년의 마지막 날. 소피 웰링턴이 그녀를 벨파스트에 있는 한 스코틀랜드 식당으로 데려간다. 실내는 스코틀랜드를 상징하는 물건들로 가득하다. 청색 바탕에 흰색의 성 안드레아 십자가가 그려진 스코틀랜드 국기, 스코틀랜드 국화인 엉겅퀴꽃, 뒷다리로 서 있는 빨간색 사자, 백파이프, 킬트, 로버트 1세의 초상화, 1314년 에드워드 2세의 잉글랜드군을 격파했던 배넉번 전투가 묘사된 그림과 스코틀랜드 럭비팀 사진. 실내에 배넉번 전투를 노래하는 국가 「스코틀랜드의 꽃」이 잔잔하게 흐르고 있다.

웨이터가 테이블로 다가온다.

「이 식당에서 제일 잘하는 요리가 뭐죠?」

소피 웰링턴이 묻는다.

「해기스입니다.」

「그게 뭐예요?」

「양의 위장에 여러 가지 재료를 다져 만든 소를 집어넣어 익힌 음식이에요.」

「음…… 소에 어떤 재료가 들어가죠?」

「잘게 다진 양 내장과 허파, 간, 염통이 들어가요. 해기스라는 이름은 다진 음식을 뜻하는 프랑스어 〈hachis〉와도 비슷하죠. 이것들 외에도 양파와 양 불알 기름, 소금, 각종 향신료가 들어갑니다.」

웨이터가 인내심을 발휘하며 설명해 준다.

「좋아요, 한번 먹어 보도록 하죠. 모니카, 당신은 뭘 주문할래요?」

모니카가 재빨리 메뉴판을 훑어보고 나서 말한다.

「전 채식을 해서 채소퓌레를 주문하려고 하는데, 채소를 버터에 볶지 말고 소금이나 설탕도 넣지 말아 주세요. 케이퍼와 렌즈콩을 추가로 넣어 주면 좋고요. 혹시 두부 있나요?」

「없습니다, 손님. 저희 식당은 스코틀랜드 전통 요리만 하는 곳이라서.」

웨이터의 목소리에 짜증이 묻어 있다.

「그럼 두부 없이 그냥 해주세요. 고마워요.」

웨이터가 테이블에서 멀어지자 소피가 입을 연다.

「지난번에 말한 내 조상 웰링턴 공작께서는 원래 아일랜드 출신이었어요.」

「아일랜드인들도 당연히 좋은 사람과 나쁜 사람이 있겠죠.」

모니카가 짓궂게 말한다.

「그래, 아일랜드를 대표하는 전통 요리는 뭐죠?」

「단연 아이리시스튜예요. 양고기와 감자, 당근, 양파를 같이 넣어 푹 끓인 거죠. 해기스와 다르게 내장이나 염통, 허파, 간, 비장, 눈알, 혓바닥 같은 건 들어가지 않아요.」

잠시 후, 웨이터가 음식을 들고 와 테이블에 내려놓는다. 모양과 냄새 때문인지 소피가 인상을 찡그리더니 한 입 작게 떠서 입에 넣었다가 얼굴을 펴면서 고개를 끄덕인다. 모니카도 케이퍼가 들어간 채소퓌레를 숟가락으로 떠먹기 시작한다.

이심전심이라고 할까, 식사를 마친 그들이 말없이 물끄러미 서로를 쳐다본다.

니콜의 단식 투쟁은 어떻게 돼가고 있을까?

「닷새를 버티다 결국 다시 숟가락을 들었어요. 내가 당신한테 그랬죠? 죽음보다 더한 복수를 해주겠다고. 그 약속 지켰어요.」

모니카의 시선이 별안간 TV 화면으로 옮겨 간다.

1985년을 장식했던 굵직한 사건들을 요약해 주는 프로그램이 방영되고 있다.

「식사 자리에서 예의가 아닌 건 알지만 메모 좀 할게요.」

모니카가 재킷 주머니에서 볼펜과 작은 노트를 꺼낸다.

소피는 디저트 전에 식사가 중단되는 어이없는 상황임에도 아무 말도 하지 않는다.

「내게는 무척 중요한 연례행사예요. 한 해를 결산하는 나만의 방식이죠. 지난 1년간 일어난 사건들을 객관적으로 바라보는 데 도움이 돼요. 중요한 의미가 있다고 생각되는 사건들은 따로 메모해 두죠.」

모니카가 주변 손님들에게 물어보지도 않고 리모컨을 집어 TV 볼륨을 높인다.

• 1월: 1980년부터 지속되어 온 이란-이라크 전쟁에서 이란의 절대 권력자인 물라들은 어린아이들까지 동원하는 인해 전술을 사용하고 있다. 소년병들을 지뢰밭에 투입한 데는 수적 우위를 이용해 전쟁에서 승리하겠다는 목적과 함께,

순교를 강조하여 종교 이데올로기를 강화하겠다는 목적 또한 있었다.

• 3월: 체르넨코의 뒤를 이어 미하일 고르바초프가 소련 공산당 총서기 자리에 올랐다. 그는 미국과의 군비 경쟁을 축소하는 방향으로 정책을 추진할 것으로 보인다.

• 6월: 역사상 최초로 컴퓨터로 읽을 수 있는 CD-ROM 이 출시됐다.

• 7월: 주주들에 의해 자신의 회사인 애플에서 쫓겨난 스티브 잡스가 새로운 세대의 컴퓨터를 만들기 위해 NeXT라는 회사를 창립했다.

• 8월: 유엔 인권 위원회가 발표한 「휘터커 보고서」가 튀르키예가 자행한 아르메니아인 학살을 처음으로 집단 학살로 규정했다.

• 9월: 로버트 밸러드가 이끈 미국-프랑스 공동 탐사 팀이 타이태닉호의 잔해를 발견했다.

• 10월: 오스트레일리아 선주민들에게 성스러운 장소로 여겨지는 울루루산이 과거에 이 산에 살았던 선주민 부족에게 반환됐다. 소유권을 되찾은 선주민들은 이곳을 자연공원으로 만들어 보존하겠다는 입장을 밝혔다.

이어 아나운서가 IRA 지지자들이 롱케시 교도소에 수감 중인 죄수들의 석방을 위해 시위를 벌이고 있다며 심상치 않게 돌아가는 북아일랜드 소식을 전한다. 아나운서는 죄수들이 단식 투쟁을 벌이고 있지만 국제 사면 위원회 활동가들의 접견조차 허용되지 않고 있다는 시위대의 말을 인용한다.

「당신한테 지나간 뉴스가 왜 그렇게 중요한지 솔직히 난 잘 모르겠어요.」

소피가 고개를 갸우뚱한다.

「하루만 놓고 보면 아무것도 보이지 않아요. 한 달을 놓고 보면 뭔가 조금 눈에 들어오고요. 1년이라는 기간을 놓고 보면 큰 그림이 펼쳐지죠.」

모니카가 노트를 덮고 MI5 국장을 빤히 쳐다본다.

「당신 생각엔 그녀가 얼마나 버틸까요?」

「메이즈 교도소에는 6년째 수감돼 있는 사람들도 있어요. 그런 죄수들은 하루 종일 말 한마디 하지 않고 눈에 초점도 사라졌지만 그래도 숨은 붙어 있죠. 지난번 당신이 그녀한테 거미줄에 걸린 파리 신세가 될 거라고 했는데, 딱 그런 모습이에요.」

뒷맛이 개운치 않은 이유가 뭔지를 고민하며 모니카가 고개를 끄덕인다.

복수에 성공했는데 딱히 쾌감이라고 할 수 없는 복잡하고 묘한 감정이 드는 이유는 뭘까. 장기간의 싸움이 되리라 생각하고 마음의 준비를 하고 있던 마당에 이런 결말이 나니까 시원하면서도 섭섭한 양가적 감정이 드는 거야. 그래서 간밤에 꿈자리도 뒤숭숭했던 거고.

「혹시 당신의 숙적인 그녀를 걱정하고 있는 건 아니죠?」

「승리가 씁쓸한 뒷맛을 남길 때도 있죠.」

「당신은 원하던 걸 얻었는데 뭔가 편치 않아 보여요…….」

모니카가 고개를 가로저으며 억지웃음을 지어 보인다.

「괜찮으니까 걱정하지 말아요. 당신 덕분에 돌아가신 우리 엄마의 복수를 할 수 있었어요. 고맙게 생각해요.」

소피 웰링턴이 상체를 앞으로 내밀며 모니카의 눈을 빤히 쳐다본다.

「얼마만큼 고마워하는지 궁금하네.」

그녀가 모니카의 손을 잡으면서 반말을 한다.

「난 사피오섹슈얼이에요.」

모니카가 눈빛 하나 흔들리지 않고 말한다.

「무슨 뜻이죠?」

「난 똑똑한 사람들한테 끌려요. 성별이나 나이는 상관 안 해요. 난 상대가 얼마나 고차원적인 생각을 하는지만 봐요.」

이 말을 긍정적인 신호로 여긴 소피 웰링턴이 자리에서 일어나 모니카 앞으로 가서 선다. 그녀가 허리를 숙여 모니카에게 입을 맞춘다. 모니카는 굳이 그녀를 밀어내지 않는다.

자정을 알리는 종소리가 열두 번 울려 1985년의 마지막을 장식한다.

19

뭔가 소리가 들려 니콜이 잠에서 깬다. 평소에 귀에 들리던 유일한 소리, 그래서 좋아하게까지 된 소리, 식판이 들어오고 나갈 때 배식구 경첩이 삐걱하는 그 소리는 분명 아니다.

조금 더 정교하고 큰 소리다.

아, 자물쇠와 빗장이 차례로 풀리는 소리다.

잠시 후, 믿을 수 없는 광경이 펼쳐진다.

수감실 문이 활짝 열린다.

답답한 실내로 시원한 바깥 공기가 들어오기 시작한다. 한층 예민해져 있는 그녀의 코에 상큼한 소나무 향 세제 냄새까지 약하게 맡아진다.

그녀가 코를 흠흠한다.

드디어 문턱에 서 있는 한 남자가 눈에 들어온다. 수감실의 무채색 벽과 대조되는 밝은 색깔의 옷을 입고 있다. 감청색 제복과 샛노란 금박 계급장이 그녀의 시각을 자극한다. 눈을 위로 향하자 남자의 발그스름한 피부와 헤이즐넛 빛깔 눈동자, 그리고 색깔을 맞춘 듯한 콧수염이 보인다.

사람 구경을 하는 게 대체 얼마 만이야.

땀 냄새가 섞인 체취가 코에 와 닿는 순간 니콜은 황홀한 기분마저 느낀다.

「어서 날 따라와요!」

우두커니 서 있는 그녀에게 상대가 손짓을 한다.

니콜이 천장의 카메라를 가리킨다.

「걱정 말아요. 전원을 꺼놨으니까.」

함정이면 어떡하지? 도망치게 도와주는 척하다가 다시 이곳에 가두면? 그러면 여기가 더 지옥같이 느껴질 텐데?

지옥도 익숙해지게 마련인데. 잠시라도 천국의 맛을 보고 나면 더 이상 견딜 수 없게 느껴질 거야.

「당신은 누구예요?」

「탈출을 도와줄 사람이에요.」

「보아하니 교도관 같은데, 왜 나를 탈출시키려고 하죠?」

「설명은 나중에 해줄 테니 일단 여기서 나갑시다.」

남자가 니콜의 손을 잡으려고 한다.

「내가 왜 당신을 믿어야 하죠?」

「다른 선택의 여지가 없으니까.」

니콜이 재빨리 복도를 둘러본다. 혹시 다른 사람을 더 만날 수 있지 않을까 하는 기대도 품어 본다. 뜻밖의 일이 벌어지고 있지만 자신이 잃을 건 아무것도 없다고 판단한 그녀가 교도관의 손을 잡고 문턱을 넘는다. 위험을 감수해 보기로 한다.

땀이 끈적하게 밴 손바닥의 감촉이 느껴지는 순간 니콜은 기분 좋은 전율을 느낀다.

두 사람은 텅 빈 복도를 무수히 지나간다. 남자가 걸음을 멈추더니 니콜에게 구석에서 잠시 기다리라고 말한다.

그가 수시로 시계를 확인하며 주위를 살피는 동안 니콜은 빛 알갱이와 냄새 분자로 그녀의 감각들을 자극하기에 바쁘다. 기대서 있는 벽돌 벽의 꺼끌꺼끌한 감촉마저 감미롭게 느껴진다.

교도관은 시계에서 눈을 떼지 않는다.

별안간 거대한 폭발음이 들려온다. 곧이어 두 번째, 세 번째 폭발음이 들려오자 경보음이 길게 울리기 시작한다.

귀를 찢는 듯한 사이렌 소리마저도 니콜은 그저 반가울 뿐이다.

교도관이 조금만 더 기다리라는 표시를 해 니콜이 고개를 끄덕이는데 갑자기 와장창 깨지는 소리와 함께 함성이 들려온다. 교도관이 그녀의 귀에 대고 말한다.

「내가 H-블록 다섯 곳의 개폐 시스템을 마비시켜 놔서 지금 수감자들이 밖으로 뛰쳐나오고 있어요.」

이렇게 반가운 소식이 있나.

죄수들의 환호성에 이어 후루루하는 호각 소리가 들리고 한 무리의 사람들이 뛰어가는 게 보인다.

경찰의 진압 부대가 현장에 도착한 것이다.

수감자 대 경찰, 두 집단이 격렬하게 맞붙는다. 울부짖음 같은 분노의 소리 대 고통의 비명 소리. 소리만 들어도 어느 쪽인지 알 수 있다.

「자, 이제 갑시다!」

교도관이 니콜의 손을 잡아당기며 걸음을 놓는다. 정확한 이동 방향을 알고 있는 눈치다.

철책이 보이자 그가 열쇠를 꺼내 잠금장치를 푼다. 복도에 들어서 다시 잠긴 문 앞에 이르자 그가 이번에도 미리 준비하고 있던 열쇠를 꺼내 문을 연다.

두 사람은 달리기 시작한다.

새로운 복도가 나타나고 새로운 문이 나타날 때마다 그가 어김없이 주머니에서 열쇠를 꺼내 자물쇠에 찔러 넣는다.

교도소 전체가 아수라장이다.

폭동을 일으킨 죄수들이 수감 시설에 불을 지르고 있다.

플라스틱 타는 매캐한 냄새가 니콜의 코끝에 기분 좋게 와닿는다.

그녀는 교도관이 이끄는 대로 따라간다.

무법천지로 변한 교도소 내에서 펼쳐지는 죄수들과 진압 경찰들의 격돌은 그녀가 시드니에서 봤던 선주민들을 위한 시위를 떠올리게 한다.

곤봉으로 무장한 집단과, 쇠 파이프와 빠갠 나무판자로 무장한 집단의 충돌은 전쟁을 방불케 한다.

이런 장면을 보고 있으면 왠지 가슴이 뛰어.

니콜이 숨을 크게 들이쉰다. 탄내에 더해 시크무레한 땀냄새와 역한 피비린내가 콧속으로 스며든다.

교도관이 빨리 움직이라고 니콜을 재촉하며 주머니에서 열쇠를 꺼내 통창이 달린 문을 연다.

드디어 건물 밖. 그들은 3미터 높이의 철책에 둘러싸인 콘크리트 일색의 공간을 내달린다.

롱케시 교도소는 참혹한 전쟁터로 변해 있다.

내 목숨을 구해 준 교도관이 시선을 분산시키기 위해 일부러 폭동을 유도한 걸 모르는 죄수들은 곧 경찰들에게 진압되겠지.

서둘러야겠어.

교도관이 몰래 숨겨 두었던 큼지막한 배낭을 하나 들고 와서는 니콜을 교도소 외벽 앞에 설치된 감시탑으로 데려간다. 그가 니콜에게 가방을 맡기고 올라가 근무 중이던 경비원을 때려눕히고 다시 내려와 그녀를 데리고 올라간다.

감시탑에 서자 H 모양 건물들이 나란히 배치된 교도소 전경이 한눈에 들어온다.

저걸 H-블록이라고 부르는 모양이구나.

곳곳에서 불길이 치솟고 있다.

교도관이 배낭에서 긴 밧줄을 꺼내 한쪽 끝을 문손잡이에 묶더니 감시탑 창문을 팔꿈치로 깨고 나서 다른 쪽 끝을 허공으로 휙 던진다.

「어서 가요!」

아래를 내려다보는 순간 현기증이 일지만 니콜은 마음을 진정시키고 줄을 잡는다. 손이 덜덜 떨린다. 줄을 꽉 붙잡고 있을 자신이 없다.

「당신은요?」

니콜이 교도관에게 묻는다.

「내 걱정은 하지 말아요. 진압 중인 교도관들 사이에 슬쩍 섞이면 되니까.」

「고마워요.」

「밑에 내려가면 교도관 전용 주차장을 향해 전속력으로 뛰어요. 차에서 당신을 기다리고 있는 사람이 있을 거예요.」

「그 차를 어떻게 알아보죠? 한두 대가 아닐 텐데.」

「알아볼 수 있을 테니 염려 말아요.」

그가 니콜에게 서두르라는 신호를 보낸다.

니콜이 밧줄을 잡고 창문 난간 밖으로 발을 내민다.

온몸의 기력이 쇠진한 상태지만 죽기 살기로 내려가야 한다.

당장 이 지옥을 빠져나가야 해.

그녀가 심호흡을 크게 내뱉고 나서 줄을 잡고 천천히 밑으로 내려간다.

줄이 짧아 마지막에 바닥으로 뛰어내리다 발목을 접질리지만 주차장을 향해 전력 질주 한다.

우려대로 넓은 주차장에 1백여 대의 차가 주차돼 있는 게 보인다. 절뚝거리며 주차장 입구로 들어선 니콜이 두리번거리며 차를 찾기 시작하자 구석에 주차돼 있던 차 한 대가 방향지시등을 넣는다.

자신에게 보내는 신호라 생각하고 불빛을 향해 달려가자 그녀의 눈앞에 빨간색 롤스로이스가 나타난다.

뒷좌석 창문이 내려가더니 담배 연기와 함께 시가 잎 타는 냄새가 차 밖으로 빠져나온다.

아바나산 로메오 이 훌리에타 시가 향.

차 문이 열리며 거구의 형체가 걸어 나와 팔을 크게 벌린다. 니콜은 환호성을 지르고 싶은 마음을 간신히 참고 이 순간 세상에서 가장 아름답게 느껴지는 단어 하나를 숨죽여 외친다.

「아빠!」

니콜이 아빠를 힘껏 껴안으며 참았던 눈물을 터뜨린다.

부녀가 탄 차는 즉시 교도소 주차장을 빠져나간다.

자신에게 벌어진 일이 여전히 믿기지 않는 니콜이 떨리는 목소리로 말한다.

「배고파요.」

「그럴 줄 알았지.」

루퍼트 오코너가 서류 가방을 열어 캐비어를 얹은 토스트와, 훈제 연어, 버터, 레몬을 곁들인 블리니를 꺼내 준다.

니콜은 한 입 베어 물 때마다 눈을 감으며 맛을 음미한다.

순식간에 음식을 먹어 치우고 나서 그녀가 다시 짧게 한마디 한다.

「목말라요.」

루퍼트가 이번에는 길쭉한 유리잔에 로제 샴페인을 따라 건넨다. 니콜이 기포가 빠글빠글 올라오는 술잔에 코를 갖다 대고 냄새를 맡더니 한 모금 입에 문다. 톡 쏘는 샴페인 거품이 입안에서 터져 목구멍을 타고 미끄러지듯이 내려간다.

그녀가 황홀해하며 함박웃음을 짓는다. 거구의 아빠를 꽉 안아 주고 나서 입맞춤을 하며 마법 같은 단어를 되풀이해 속삭인다.

「아빠, 아빠, 아빠. 어떻게 날 구했어요?」

「교도관을 매수했지. 돈이 제법 들었어.」

루퍼트 오코너가 딸에게 눈을 찡긋해 보인다.

「쓸 만한 데 썼을 뿐이야. 앞으로는 좀 조용히 지내겠다고 약속해 줄 수 있겠니, 니콜?」

20

전화벨이 울린다.

땀에 젖은 두 알몸이 천천히 떨어진다.

손 하나가 더듬더듬 전화기를 찾는다.

「누구시죠?」

소피 웰링턴이 수화기를 들고 혀 꼬인 소리로 말한다.

수화기 너머에서 속사포처럼 말을 쏟아 낸다.

소피가 모니카에게서 몸을 빼며 일어나 앉는다.

「확실한 정보예요?」

다시 상대방의 말을 가만히 듣기만 하던 소피가 경악실색한 얼굴로 수화기를 내려놓는다.

「무슨 일이야? 이 밤중에 당신한테 전화를 건 이유가 대체 뭐래?」

모니카가 몸을 일으키며 묻는다.

「니콜.」

「죽었대?」

「아니, 탈옥했대.」

두 여성은 잠시 충격에서 헤어나지 못한다. 소피가 손목시계를 내려다보며 말한다.

「아직 완전히 포기할 상황은 아닐지도 몰라. 움직이자.」

그들은 서둘러 옷을 입고 소피의 검정색 오스틴 미니에 오른다.

소피가 경찰 주파수에 신호를 맞추고 기습 탈주극에 대한 내부 정보를 청취하며 아슬아슬한 곡예 운전을 시작한다.

「어디로 가는 거야?」

조수석에 앉은 모니카가 묻는다.

「벨파스트 공항. 오코너와 자가용 비행기 조종사 간 통신을 도청했는데, 조종사에게 곧 도착할 테니 즉시 이륙할 수 있게 준비하라고 말했어.」

「여기서 멀어?」

「26킬로미터 거리야. 문제는 현장 근처에 작전을 펼칠 수 있는 요원들이 아직 아무도 없다는 거야. 일단 우리 둘이 오코너 부녀가 비행기에 탑승하기 전에 검거를 시도해 보자. 20분 후면 도착할 거야.」

소피가 신호를 어기고 질주하다 여러 번 다른 차들과 보행자들을 칠 뻔하는 아찔한 순간을 맞는다. 다행히 밤늦은 시각이라 길에 사람도 차도 많지 않다.

작은 시골 마을 메이즈에서 공항으로 향하는 도로를 전속력으로 질주하는 소피의 표정이 딱딱하게 굳어 있다. 운전대를 잡은 그녀나 조수석에 앉은 모니카나 입을 굳게 다물고 있다.

하늘에 하얀 원반처럼 떠 있는 보름달이 밤길을 비춰 주고 있다.

탈주 소식이 오히려 반갑게 들리니 참 이상한 일이야.

마치 게임이 다시 시작되는 것처럼 가슴이 뛰어.

마침내 회색 관제탑이 있는 조그만 공항이 눈에 들어온다.

소피는 검문 시설 앞에서 차를 멈추지 않고 바리케이드를 차로 부순 뒤 계류장을 향해 달린다. 다소사의 팰컨 50 제트기 모델로 보이는 소형 비행기 한 대가 전조등을 켠 채 활주로에 서 있다.

빨간색 롤스로이스가 비행기를 향해 다가가는 게 보인다.

소피가 비행기를 향해 전속력으로 차를 몬다.

롤스로이스가 서서히 속력을 줄이더니 기체 후미와 몇 미터 떨어진 곳에서 멈춘다.

팰컨의 문이 열리고 트랩이 내려온다.

하지만 자동차에서도 비행기에서도 사람이 빠져나오는 모습은 포착되지 않는다.

소피도 차를 세운다. 그녀가 조수석 앞 서랍에서 자동 권총을 꺼낸다.

「경찰이다! 항복하지 않으면 쏜다!」

그녀가 롤스로이스를 향해 소리친다.

아무런 반응이 없다. 팰컨 제트기의 엔진 세 개가 계속 붕붕거리는 소리를 내고 있다.

소피가 방아쇠에 손가락을 걸고 머뭇머뭇한다.

뭔가 이상한데.

모니카가 께름칙해하며 정면을 주시한다.

그녀의 직감을 확인시켜 주기라도 하듯 입에 시가를 문 거구의 남자가 차에서 내리더니 오스틴 미니를 향해 대구경 기관총을 난사하기 시작한다.

순식간에 차체에 구멍이 뚫리고 유리창이 부서진다.

가슴에 총탄 세례를 받은 소피가 옆으로 쓰러진다. 모니카는 간발의 차이로 조수석 문을 열고 나가 땅에 엎드린다.

기관총 탄환이 콩 볶는 소리를 내며 날아든다. 금속 차체에 구멍이 뚫릴 때마다 귀를 찢는 굉음이 들린다. 앞 유리창이 산산조각으로 부서진다.

탄환이 떨어진 남자가 동작을 멈추고 탄창을 갈아 끼운다.

모니카는 이 순간을 틈타 온몸에 총알이 박힌 소피에게 다가가 총을 꽉 움켜진 소피의 손가락을 풀고 총을 빼내 다시 차 밑으로 몸을 숨긴다. 바닥에 엎드려 안정된 자세가 되자 그녀가 남자의 심장을 조준해 방아쇠를 당긴다.

딱 한 발이 가슴에 명중하는 순간 그가 입을 헤벌린다. 입에 물려 있던 시가가 바닥에 툭 떨어진다. 그가 어이없어하는 듯한 표정을 지으며 앞으로 고꾸라진다.

이때 롤스로이스의 다른 차 문이 열리며 금발 여성이 나와 모니카를 향해 총을 발사한다. 총알 하나가 그녀의 얼굴을 스치고 지나간다.

모니카는 재빨리 다시 차 밑으로 깊숙이 몸을 숨긴다.

잠시 총성이 멎은 사이, 바닥에 엎드려 있는 모니카는 터질 듯이 뛰는 자신의 심장 박동 소리에 귀가 먹먹해진다.

팰컨 50의 엔진 세 개는 여전히 돌아가고 있고 롤스로이스도 부릉거리며 공회전 중이다.

비행기 안에 조종사가 하나, 아니 둘이 있을 수도 있으니 그것도 계산에 넣어야 해. 그들도 무기를 소지하고 있을까? 총격전에 뛰어들려고 할까?

모니카는 우박처럼 쏟아진 기관총탄에 구멍이 숭숭 뚫린

차체를 살피다 멀리 제트기 조종석에 앉아 있는 조종사의 모습을 발견한다.

다시 탕 하는 총성이 들린다. 총알이 휘파람 소리를 내며 그녀를 스쳐 지나간다.

니콜이 차 문 뒤에 몸을 숨긴 채 나를 조준하고 있어.

마음 같아선 몸을 빼 응사하고 싶지만, 조준의 정확성이 떨어질 것을 아는 모니카는 꾹 참고 때를 기다린다.

롤스로이스가 오스틴 미니보다 차 문이 당연히 두꺼울 테니 그걸 간과하면 안 돼. 괜히 발사각을 넓히려고 무리하게 몸을 빼는 위험을 감수할 필요가 없어. 차 바닥을 엄폐물 삼아 몸을 보호하는 게 지금 상황에서는 나한테 훨씬 유리해.

또 한 발이 그녀의 귓가를 스치듯 지나간다.

모니카가 웃옷을 미끼로 사용해 흔들어 보인다. 즉시 빗발치듯 총탄이 날아와 옷을 누더기로 만들어 버린다.

감옥에서 여러 달 죽을 고생을 했고 오늘 탈옥하기도 쉽지 않았을 텐데, 아직 저렇게 에너지가 남아 있다니 놀라워. 절대 얕잡아 봐선 안 돼.

깨진 백미러에 잡힌 니콜의 모습을 쳐다보는 순간 바람 소리를 내며 총알이 모니카의 옆을 지나간다. 니콜이 아니라 다른 쪽에서 날아온 것이다. 고개를 돌리니 조종사가 비행기에서 내려 권총을 들고 서 있는 게 보인다. 그가 다시 총을 겨눈다.

탕 하고 총성이 울린다. 모니카가 몸을 옆으로 굴려 발사각을 다시 잡은 뒤 방아쇠를 당긴다. 첫 발은 빗나가고 두 번째는 상대의 목에 맞는다. 조종사가 피를 흘리며 바닥에 쓰러지자 비행기에서 또 다른 남자가 나와 모니카에게 총을 겨눈다. 모니카가 다시 조준해 방아쇠를 당긴다.

에젤 경기장 작전에 돌입하기 전 소피에게 받았던 사격 훈련이 큰 도움이 되고 있다.

이번만큼은 절대 내 손을 빠져나가지 못할 거야.

이 생각을 읽기라도 한 듯 니콜이 연이어 네 발을 쏘지만 단 한 발도 명중하지 못한다.

분노 때문에 정확한 계산과 판단이 불가능해진 거야.

모니카는 쓰러진 소피의 얼굴이 떠오를 때마다 마음을 다잡으려고 애쓴다.

지금은 감정적으로 굴 때가 아니야. 니콜은 소피를 죽였고 나는 니콜의 아버지를 죽였어. 우리는 상대방에게 소중한 말을 하나씩 잡은 셈이야.

그러니 게임은 이제 원점에서 다시 시작되는 거지.

모니카는 자동 권총의 탄창을 들여다본다. 딱 한 발이 남았다.

내 계산이 틀리지 않다면, 그리고 내가 모르는 사이에 탄창을 갈아 끼우지 않았다면 니콜도 두 발밖에 남지 않았어. 체스 게임으로 말하면 각각 폰 하나와 폰 두 개가 남은 거지. 하지만 폰 하나 차이는 게임의 승패를 갈라놓을 수도 있어. 그러니 마지막 남은 이 한 발을 신중하게 쓰지 않으면 안 돼.

그런데 믿기지 않는 일이 벌어진다. 엄폐물 뒤에 있던 니콜이 앞으로 걸어 나오는 모습이 백미러에 비친다. 아직 롱케시 교도소 죄수복을 걸치고 있다.

그녀가 무방비로 노출된 상태에서 모니카를 향해 총구를

겨눈다.

서부극의 결투 장면이라도 찍겠다는 건가?

어떻게 해야 할까? 밖으로 나가 두 발이 날아올 각오를 하고 한 발을 쏴?

시간이 흐르는 소리가 들린다. 체스 타이머가 째깍째깍하는 소리가 귀에 들리는 것 같다.

상대를 심리적으로 제압하는 게 우선이야. 일단 상대의 심리를 불안하게 만들어 나에 대한 두려움을 느끼게 해야 돼.

모니카가 주문을 외치듯 큰 소리로 말한다.

「Vulnerant omnes ultima necat.」

무슨 뜻인지 기억하고 있겠지.

매 순간 상처를 입히고 종국에는 죽인다.

째깍째깍.

시간이 일각일각 흐르는데도 모니카는 마음을 정하지 못한다.

서둘러 분석을 끝내고 수를 두지 않으면 패배하리라는 걸 그녀는 모르지 않는다.

위험을 감수하고 선제공격을 해볼까?

찰나에 승패가 결정될 거야.

모니카가 심호흡을 크게 하며 마음을 진정시키려고 애쓴다. 방아쇠를 당기는 손이 떨리게 해선 안 된다.

째깍째깍.

한 발과 두 발은 천지 차이야.

그녀가 이길 가능성이 두 배 더 높다는 뜻이니까.

머릿속에서 여러 가지 생각이 뒤엉킨다. 엄마와 소피의

복수를 하고 싶은 욕망, 자신의 숙적을 이기고 싶은 욕구, 그리고 죽을지도 모른다는 두려움.

그중에서도 죽음의 공포가 가장 위력적이다.

그녀가 마침내 마지막 남은 한 발을 쏘기로 하고 차 밖으로 몸을 빼는 순간, 니콜은 벌써 팰컨 50에 탑승해 트랩을 올리고 문을 잠근다.

설마 비행기를 조종할 줄 아는 건 아니겠지…….

모니카가 마지막 남은 한 발로 비행기 조종석을 조준하지만, 총알은 동체에 작은 흠집을 남기고 튕겨져 나온다.

제트 엔진 소리가 점점 커지며 비행기가 계류장에서 활주로로 이동하기 시작한다.

이때, 요란한 사이렌 소리와 함께 경찰차들이 비행장에 도착한다.

니콜이 탄 비행기는 벌써 앞머리를 들고 하늘을 향해 새처럼 날아오른다.

뒤늦게 도착한 경찰들이 분주히 움직이는 사이 모니카는 하늘에 찍힌 하얀 점 같은 팰컨 50을 눈으로 좇는다. 비행기가 원반 모양의 달을 뚫고 밤하늘에 무수히 박힌 우윳빛 작은 점들 사이로 사라진다.

지금은 널 놓치지만 나한테서 영원히 도망치진 못할 거야. 널 반드시 잡고 말 거야. 난 조금도 급하지 않아.

네 목숨을 거두지 않는 한 내 인생에 마무리라는 건 없어.

백과사전
브루니킬디스와 프레데군디스

브루니킬디스와 프레데군디스만큼 서로를 증오하는 관계는 역사상 유례를 찾아보기 힘들 것이다.

이 두 여성의 악연은 561년에 시작됐다. 당시 프랑크 왕국은 (기독교로 개종한 최초의 프랑크족 왕인) 클로도베쿠스 왕의 손자들이 분할 통치하고 있었다. 네우스트리아 왕국은 킬페리쿠스 1세가, 아우스트라시아 왕국은 시기베르투스 1세가 다스리고 있었다. 양국의 수도는 각각 수아송과 랭스였다.

두 젊은 프랑크족 왕은 모두 오늘날의 에스파냐에 해당하는 땅을 통치하던 서고트족의 공주들과 결혼했다.

시기베르투스 1세는 브루니킬디스 공주와, 그의 형 킬페리쿠스 1세는 갈스빈트 공주와 백년가약을 맺었다.

그런데 킬페리쿠스 1세가 프레데군디스라는 낮은 계급 출신의 궁녀와 그만 눈이 맞았다. 아름다운 미모를 지녔던 프레데군디스는 신분 상승의 열망이 강한 여성이었다. 그녀는 갈스빈트 왕비가 잠든 사이 목을 졸라 죽이고 나서 단숨에 후궁에서 정식 왕비 자리에 올랐다.

동생이 끔찍하게 살해당했다는 사실을 알게 된 브루니킬디스 왕비는 남편인 시기베르투스 1세에게 복수를 요청했다. 시기베르투스 1세는 재판을 통해 처제의 죽음에 대한 배상으로 카오르를 포함한 도시 다섯 곳에 대한 통치권을 얻어 냈다.

프레데군디스는 남편인 킬페리쿠스 1세에게 절대 한 도시도 양도해서는 안 된다고 압력을 가했다.

아내들의 사주로 결국 프랑크 왕국의 두 왕은 전쟁에 돌입하게 된다.

5년 동안 전투와 학살이 이어졌다. 시기베르투스 1세가 투르네를 점령하자 그곳에 피신해 있던 킬페리쿠스 1세는 패배를 인정해야 했다. 그러나 프레데군디스가 즉각 자객 두 명을 시켜 시기베르투스왕을 암살하게 했다.

왕권을 되찾은 킬페리쿠스 1세는 파리로 몸을 피해 있던 브루니킬디스를 루앙으로 유배했다.

루앙에서 유폐 생활을 하던 브루니킬디스는 킬페리쿠스 1세가 첫 번째 왕비 아우도베라에게서 얻은 왕자 메로베우스를 만나 사랑에 빠지고, 결국 결혼까지 이르게 된다.

그러자 프레데군디스는 남편을 설득해 메로베우스 왕자를 체포하게 한 다음 감옥에 가두고 고문해 죽인다. 이걸로도 성에 차지 않았던 프레데군디스는 남편인 킬페리쿠스 1세의 암살 음모까지 꾸민다. 킬페리쿠스 1세는 사냥을 나갔다 매복 중이던 프레데군디스의 부하들에게 살해당했다.

하지만 두 아들을 이걸로 잃은 프레데군디스에게는 당장 왕위를 계승시킬 사람이 없었다. 결국 아우도베라의 막내아들 (할아버지 클로도베쿠스왕과 이름이 똑같았던) 클로도베쿠스가 왕권을 이어받을 상황이 되자 프레데군디스는 그를 체포해 죽이게 했다. 또한 부하들을 시켜 킬페리쿠스 1세가 아우도베라 왕비와의 사이에서 얻은 공주 바시나를 강간하게 하고, 왕비 역시 살해하게 했다.

이때부터 왕권을 향한 그녀의 행보는 순조로운 듯 보였다. 프레데군디스는 섭정을 하며 어린 아들 클로타리우스 2세가 왕위에 오를 날을 기다렸다.

그러나 595년, 브루니킬디스의 아들인 킬데베르투스 2세가 왕위 후계자로 지목되자 브루니킬디스가 섭정이 되어 권력을 차지하는 일이 일어났다.

이듬해, 프레데군디스가 수하들을 시켜 킬데베르투스 2세를 암살하자 두 여인의 군대 사이에 전면전이 벌어졌다. 두 여성의 불같은 경쟁심 때문에 또다시 수많은 인명이 희생됐다. 전쟁은 프레데군디스의 승리로 끝났지만, 그녀는 독감에 걸려 597년 52세의 나이로 세상을 떠났다.

이번에는 브루니킬디스가 열두 살짜리 손자 시기베르투스 2세를 대신해 섭정을 펼쳤다.

하지만 613년, 프레데군디스의 아들인 클로타리우스 2세가 군대를 일으켜 브루니킬디스의 군대를 무력화시켰다. 그는 어머니의 라이벌인 브루니킬디스를 체포해 수하의 병사들을 시켜 사흘 동안 강간하고 고문했다. 그런 다음 벌거벗겨 낙타 등에 태우고 조리돌림을 시켰는데, 형벌은 여기서 끝나지 않았다. 브루니킬디스는 야생마 꼬리에 머리채가 묶여 끌려 다니다 몸이 만신창이가 된 채로 죽음을 맞았다.

클로타리우스 2세가 왕위에 오른 이후 프랑크족 왕들에게는 자신의 야망을 실현하기 위해서라면 살인과 고문과 독살을 서슴지 않았던 야심 찬 악녀인 프레데군디스의 피가 흐르게 됐다.

에드몽 웰스,
『상대적이며 절대적인 지식의 백과사전』

제5막   니그레도 2

1

1986년 9월, 아프가니스탄 북동부 판지시르 계곡. 니콜 오코너가 마을 광장에 둥그렇게 둘러서 있는 사람들 사이에 끼어 서 있다. 무슨 공연이라도 펼쳐질 모양인지 주민들의 시선이 모두 한가운데를 향해 쏠려 있다.

「이제 재밌는 광경이 벌어질 겁니다.」

옆에 있는 아프가니스탄 통역사가 니콜에게 귓속말을 한다.

턱수염을 기르고 아프가니스탄 전통 의상인 쿠르타를 걸친 사내들이 의자도 벤치도 없이 바닥에 쪼그리고 앉아 돈을 주고받으며 큰 소리로 숫자를 외치는 모습이 보인다. 내기를 걸고 있는 것이다. 남자들의 전유물인 이런 돈내기에 여자들은 구경조차 하러 올 수 없다.

드디어 공연이 시작된다.

회색 쿠르타를 입은 사내가 입마개를 하고 목에 쇠사슬을 감은 곰 한 마리를 데리고 중앙으로 나온다. 곰의 키가 족히 2미터 50센티미터는 넘어 보인다. 사내가 곰의 목에 감긴 쇠사슬의 끄트머리를 바닥에 박힌 고리에 연결해 묶고 나서 입마개를 벗겨 준다. 곰이 포효하자 관중들 사이에서 신나는 함성이 터진다. 또 다른 사내가 털이 갈색인 개 다섯 마리를

끌고 등장한다. 개들이 목줄을 세게 끌어당기며 침을 질질
흘린다.

흥분한 표정이 역력한 통역사가 니콜을 안심시키려고 애
쓴다.

「쇠줄이 아주 단단하니까 걱정하지 않아도 돼요. 개들도
이 싸움을 위해 특별히 훈련된 녀석들입니다. 예전에 영국인
들이 〈교육〉 목적으로 이 경기를 가르쳐 줬어요. 여럿이 합
심해 공격하면 크고 힘센 상대라도 이길 수 있다는 걸 현지
인들한테 설명하는 쉬운 방법이라고 판단했던 거죠.」

개념 자체는 흥미롭지만 곰의 목에 쇠사슬이 감겨 있으니 이미
힘의 균형은 한쪽으로 기울었어. 쇠사슬이 풀려 곰이 마음대로 움
직일 수 있어야 공정한 게임이 될 수 있지.

「재밌으신가요?」

통역사가 재우쳐 묻는다.

니콜이 아무 대답이 없자 통역사가 실망한 얼굴로 말끝을
단다.

「파키스탄에도 이렇게 곰과 개의 싸움을 붙이는 경기가
있긴 해요. 우리보다 훨씬 많이 하죠. 하지만 거기서 하는 게
임은 정석이 아니에요. 곰의 어금니며 이빨을 다 뽑아 놓고
하거든요. 그렇게 하면 싸움이 공정해질 수가 없죠. 우리는
짐승의 본성을 존중하는 경기를 해요. 곰과 개가 대등한 조
건에서 싸우게 하죠.」

아프가니스탄 전통이 파키스탄 전통보다 우월하다고 우쭐대면
서 내가 맞장구를 쳐주길 기대하고 있구나.

「싸움에서 이기면 곰을 풀어 주나요?」

「아니요. 다음 경기에 또 출전해야죠.」

흥분한 군중이 시끄럽게 소리를 질러 대자 일종의 심판으로 보이는 사내가 공을 세게 친다. 사방이 쥐 죽은 듯이 조용해진다.

목줄을 잡고 있던 남자가 줄을 풀어 주자 개들이 일제히 곰을 향해 달려든다. 곰이 칼날 같은 발톱을 휘둘러 개 두 마리가 바닥에 쓰러지자 한 놈을 입으로 물어 고깃덩어리처럼 관중을 향해 던진다.

사람들이 우르르 자리에서 일어나며 박수를 치고 함성을 질러 경기 시작부터 분위기를 뜨겁게 달군다.

남은 개 세 마리의 반격이 시작된다. 개들이 달려들어 등에 이빨을 박아 넣자 거대한 포유동물이 고통스러운 신음 소리와 함께 등을 흔들어 대면서 뒷걸음질을 한다. 곰이 바닥에 쓰러져 뒹굴자 개들이 겨우 곰에게서 떨어진다.

경기장 열기는 갈수록 뜨거워지고, 악을 쓰며 금액을 부르는 사내들의 손에서 손으로 지폐가 옮겨 간다.

TV를 볼 수 없는 곳이니 이런 오락거리라도 있어야 스트레스를 해소할 수 있겠지.

쓰러져 있던 곰이 몸을 벌떡 일으키더니 개 세 마리를 향해 다가가기 시작한다. 곰이 뒷다리로 서서 입술을 핥아 대며 으르렁거린다. 다시 달려드는 개 한 마리를 곰이 콱 무는 순간 우두둑 뼈 으스러지는 소리에 이어 깨갱깨갱 자지러지는 신음 소리가 군중의 귀를 때린다. 숨통이 채 끊어지지 않은 개 한 마리가 또 사람들을 향해 날아온다.

이제 남은 개는 두 마리. 다섯 마리 중 제일 신중하고 계산이 빠른 놈들이 분명하다. 두 마리가 작전이라도 짜는 듯 서로 마주 보고 짖어 대더니 한 마리가 득달같이 앞에서 달려들어 곰의 신경을 분산시켜 놓는 사이 다른 한 마리가 뛰어올라 뒷덜미를 문다. 곰의 목에서 피가 콸콸 쏟아진다.

개가 본능적으로 곰의 경동맥을 찾아 냈어.

관중들의 함성 소리가 커지고 구깃구깃한 지폐들이 손에서 손으로 분주하게 건네진다. 하지만 곰과 개들의 결투는 아직 끝나지 않았다.

이제 상대에 대해 정확히 파악했으니 진짜 게임은 지금부터 시작이야.

경기는 지리멸렬하게 이어진다.

니콜은 지루함을 느껴 눈을 감고 주변 소음을 차단한다. 그녀는 9월 오후, 자신이 이곳에 와 있게 되기까지의 과정을 떠올리며 회상에 젖는다.

롱케시 교도소를 탈옥한 지 9개월이 지났다.

연인 라이언과 아버지의 얼굴이 떠오른다.

제트기를 타고 극적으로 탈출에 성공한 그녀는 오스트레일리아로 돌아갔다. 그녀를 불법 구금하고 있었기 때문에 북아일랜드도 영국도 국제 체포 영장 발부를 요청하지는 않았다. 물론 북아일랜드에 그런 구금 시설이 존재한다는 사실이 공식적으로 알려지는 것을 꺼린 탓도 있었다. 어쨌든 니콜은 신원을 바꾸거나 여권을 위조할 필요가 없었다. 하지만 대학에서 계속 학생들을 가르치기는 불가능하다는 판단을 내렸다. 교수직을 포기하는 데 큰 미련은 없었다. 그녀는 뉴스의 시청자가 아니라 뉴스를 만드는 사람, 역사를 만드는 사람이 되고 싶었기 때문이다.

게다가 해가 쨍한 나라에서 태어나고 자란 그녀에게 툭하면 비가 오는 우중충한 섬나라의 날씨는 결코 좋은 기억을 남기지 못했다.

니콜은 ROC 목장의 운영과 아버지가 하던 사업의 경영권 일체를 자신 때문에 해고됐던 양치기 조슈아에게 맡겼다. 이것으로 과거와의 작별이 깔끔히 마무리됐다. 제안을 받고 처음에는 당혹스러워하던 조슈아는 루퍼트 제국을 맡아 달라는 니콜의 부탁을 결국 거절하지 않았다. 자신에 대한 그녀의 신뢰를 알기 때문이었다. 양 떼를 돌보는 일뿐만 아니라 목장 직원들과 재정을 관리하는 일에까지 능숙한 조슈아는 ROC 목장 경영에 적임자였다. 조슈아가 오코너 가문의 사업에서 수익을 내 니콜에게 정기적으로 생활비를 보내 주는 것으로 합의가 이루어졌다.

니콜은 국제 정치에 투신할 계획이었다. 전 세계 혁명 단체들을 이것저것 알아보던 그녀는 민중 혁명의 심장부는 모스크바라는 판단을 내렸다.

중국 혁명을 지원한 것도, 쿠바와 베트남, 캄보디아에서의 혁명을 승리로 이끈 것도 소련이었다. 대부분의 반미, 반자본주의 단체, 다시 말해 착취에 항거하는 혁명 단체들에 무기를 대주고 지원한 나라는 바로 소련이었다.

그녀는 당장 모스크바로 날아가 공산당 본부를 찾아갔다. 세계 민중 혁명의 든든한 후원자였던 〈속이 빨간 억만장자〉 루퍼트 오코너의 딸이라고 자신을 소개했다.

그녀는 마르크스와 레닌의 사상에서 출발한 집단주의 사

고를 통해 전 세계 인류의 진보를 이루는 데 앞장서고 싶다는 포부를 밝혔다.

니콜을 처음 맞이한 사람은 그녀에게 의심의 눈초리를 보냈다. 그동안 북아일랜드 민중의 해방을 위해 했던 노력과 투쟁을 상세히 듣고 나서야 호기심을 보이며 전화를 걸어 다른 사람을 소개해 주었다. 그녀에게 도움을 줄 수 있는 사람이라고 했다.

그렇게 연결돼 만난 사람은 또 다른 공산당원이었는데, 그 역시 오랫동안 캐묻듯 물어보고 나서 그녀를 세 번째 사람에게 소개시켜 주었다. 이후 네 번째, 다섯 번째 사람과의 면담이 이어졌다. 니콜은 마지막으로 만난 다섯 번째 사람이 최고 실권자라고 짐작했다.

그는 대머리에 똥배가 불룩하고 우스갯소리를 잘했다. 옷에 줄줄이 훈장을 단 이전 사람들과 달리 민간인처럼 양복에 넥타이를 맨 그를 보는 순간 니콜은 생각했다.

진정한 힘은 드러낼 필요가 없지. 이 사람은 꽃무늬가 박힌 수영 팬티를 입고 있어도 몸에서 카리스마와 권위가 풍겨 나와 상대방이 머리를 조아리지 않을 수 없을 거야. 소련 공산당 거물이거나 KGB 고위 간부임에 틀림없어.

우연의 일치인지 그는 니콜의 아버지가 피우던 시가를 입에 물고 있었다…….

「우리한테서 뭘 기대하는 거죠, 오코너 씨?」

「세계 혁명에 일조하고 싶습니다. 당신들 조직원이 돼 적극적으로 활동하길 원합니다.」

「우리 조직에서 대체 무슨 일을 하겠다는 겁니까?」

「현지 작전 요원으로 일하고 싶습니다.」

시가를 문 남자가 입을 삐죽 내밀며 회의적인 반응을 보였다. 그가 두꺼운 종이 커버가 달린 서류철을 펼쳐 뒤적이더니 그녀를 빤히 쳐다보았다.

「당신 신상 관련 서류를 읽으면서 드는 생각을 솔직히 말하자면, 〈완벽〉하다는 거예요.」

니콜은 속으로 흐뭇해했다.

잘됐어. 나에 대해 벌써 많은 걸 알고 있어…….

「오히려 〈지나치게〉 완벽하다는 게 문제야. 우리 대화에서도 당신은 미리 답을 준비해 외운 사람처럼 정답만 말하고 있어요. 이 말은 당신이 우리 조직에 침투하기 위해 일부러 우호적인 태도를 취하며 접근하는 적의 스파이일 가능성이 있다는 뜻이지. 비슷한 경험을 이미 한 적이 있어요. 사과에 벌레가 생기는 걸 방치해 뒀다가 비싼 대가를 치러야 했지.」

그가 담배 연기를 길게 내뿜었다.

「벌레를 다 찾아내고 살충제를 뿌리느라 애를 먹었죠. 결국 사과 맛이 살짝 변하더군.」

남자가 의자에서 일어나 창문을 바라보고 섰다. 그가 니콜에게 등을 돌린 채 계속 말을 이어 갔다.

「물론 우리도 적진에 우리 요원들을 침투시켜 반공산주의자처럼 행동하게 했죠. 솔직히 말하면 그 분야에는 우리가 더 전문가지.」

내 직감이 맞았어. 내 앞에 있는 사람은 일개 공산당원이 아니라 KGB 고위 간부가 틀림없어.

「킴 필비 사례를 말씀하시는 건가요?」

그가 몸을 홱 돌려 놀란 눈으로 니콜을 쳐다보았다.

「아, 알고 계시군? 우리가 대단히 자부심을 느끼는 모범 사례예요.」

그가 소리 내 웃더니 옛 추억을 함께 나누고 싶은 사람처럼 아련한 표정을 지으며 말끝을 이었다.

「필비, 대단한 천재였지! 그렇게 멋진 이력을 가졌던 사람이 또 있을까! 영국 정보기관의 고위 간부였던 그가 사실은 우리의 두더지였으니! 그는 미국 CIA의 신뢰까지 한 몸에 받았어요. 우린 그의 이중 스파이 활동 덕분에 소련에 불순한 짓을 기도하는 자들이 누군지 알아낼 수 있었지. 그쪽 정보기관들은 작전이 번번이 실패로 끝나고 요원들의 정체가 탄로 나는 이유를 까맣게 모르고 있었죠. 킴 필비, 그야말로 영국 신사의 대명사였지. 게다가 언변은 또 얼마나 좋고 어찌나 설득력 있는 반공산주의 논리를 펼쳤던지! 한마디로 천재적인 연기자였죠. 아! 정말 좋은 시절이었어. 킴은 개인적으로 내 친구이기도 하지. 서방에서는 그의 정체를 너무 뒤늦게 알게 됐어요. 우리 요원 한 놈이 밀고를 했는데도…… 적의 첩보 기관들은 그 말 대신 필비 말을 믿었다니까! 결국 필비는 무사히 이곳 소련으로 돌아와 영웅 대접을 받고 있어요. 다차에서 보드카를 마시며 본처와 애인들, 그리고 이 여자 저 여자한테서 얻은 자식들과 함께 행복하게 지내고 있단 말이지. 그는 스파이계의 기준이자 귀감이야! 난 요즘도 가끔 시간을 내 그를 만나러 가요.」

니콜을 뚫어져라 쳐다보던 KGB 장교가 갑자기 그녀의 아버지를 떠올리게 하는 호탕한 너털웃음을 터뜨렸다. 그러고 나서는 순식간에 진지한 표정을 되찾았다.

웃다가 갑자기 무서울 만큼 진지한 얼굴로 변하는 건 의도된 대화 전략인 게 분명해.

그가 다시 책상에 앉아 니콜에 관한 서류를 뒤적였다.

「부하들이 수집해 보고한 정보에 당신이 체스 대회 우승자라고 나와 있던데, 나 역시 아마추어 체스 선수로 뛰고 있어요. 마주 앉은 상대의 생각을 읽는 데는 체스만 한 게 없다고 생각하거든.」

그의 얼굴에서 웃음기가 싹 가셨다.

「그래서 말인데…… 괜찮다면 당신과 체스를 한 판 두고 싶군요. 게임을 하면 당신이 어떤 사람인지 좀 더 알 수 있을 테니까.」

그가 즉시 체스 세트를 가져와 책상에 올려놓았다. 나폴레옹과 미하일 쿠투조프 장군의 얼굴이 그려진 기물 두 개를 포함해 아기자기하게 만들어진 말들이 니콜의 시선을 끌었다.

「미안하지만 지금 나한테는 지역 특산품인 이 특이한 체스 세트밖에 없어요.」

그가 미안해하며 니콜에게 양해를 구했다.

니콜의 흥미를 끈 건 상대의 특이한 오프닝 방식이었다. 그가 룩 앞의 폰을 앞으로 한 칸 옮겨 놓았다.

「그러고 보니 아직 내 소개를 안 했군. 내 이름은 세르게이 레브코비치입니다.」

본격적인 게임이 시작되었다.

이상하게도 세르게이는 니콜에게 중앙을 내주고 자신의

말들은 넓게 전개시키지도 않았다. 니콜은 그가 승부에 자신이 있어 일부러 공간을 내주는 것이라 판단하고 평소처럼 폰들을 전진 배치시켜 중앙을 장악하는 전략을 구사했다.

그러다 그녀는 세르게이의 목적이 게임에서 이기는 것이 아니라 자신을 분석하는 것임을 곧 깨달았다. 그렇다고 자신의 승리 전략을 수정할 마음은 없었다.

세르게이의 게임은 갈수록 꼬여 가는 것 같았다. 말들이 전개되지 못하고 서로 뒤엉켜 진로를 방해하는 상황이 지속됐다.

언뜻 보면 그녀에게 유리한 판세인데도 니콜은 결정적 한 수를 두지 못하고 있었다. 그러다 세르게이가 마치 마술을 펼치듯 형세를 역전시키는 수를 구사하며 니콜을 궁지로 몰았다. 니콜은 속수무책으로 체크메이트를 당하고 말았다.

체스 게임에서 진 것도 뜻밖이었지만 니콜은 게임 내내 자신의 일거수일투족이 관찰당하고 있다는 거북한 느낌에 시달렸다.

내 신체와 정신이 동시에 스캔당하는 느낌이야. 존재의 본질이 상대에게 고스란히 드러나는 느낌.

「스타일이 마음에 들어요. 당신은 폰을 좋아하지, 그렇지 않나?」

그가 껄껄 웃더니 묻지도 않고 니콜에게 보드카를 한 잔 따라 건네며 강권했다.

속이 얼얼할 만큼 독했지만 지금까지 마셔 본 어떤 보드카보다 입에 착 감긴다고 니콜은 생각했다. 아일랜드 맥주가 그랬듯이 현지에 와야 그 나라 고유의 술을 제대로 맛볼 수 있다는 걸 알았다.

「체스 다음으로 두 번째는 보드카 테스트예요. 우린 미국인들처럼 거짓말 탐지기를 사용할 필요가 없지. 알코올이 들어가 혀가 풀리면 말이 술술 나온다고 믿거든. 자, 마셔요. 내가 내리는 첫 번째 명령이야.」

니콜이 단숨에 잔을 비우자 그가 흡족해했다.

「좋아요. 이 병을 비우면 좋겠군.」

세계 민중 혁명에 참가하는 자격을 얻기 위해…… 음주 테스트를 거쳐야 할 줄은 꿈에도 몰랐다. 니콜은 튼튼한 간을 가지게 해준 아일랜드 유전자에 새삼 고마움을 느꼈다.

그녀가 보드카 한 병을 다 비우고 나서도 그가 몇 가지 질문을 더 던지더니 곧 고개를 끄떡하며 손을 내밀었다.

「난 직관에 의해 움직이는 사람입니다. 당신을 한번 믿어보기로 했어요, 오코너 씨. 하지만 테스트는 앞으로도 계속될 거야. 당신은 늘 감시당한다는 걸 알아야 해요. 우리가 당신을 전적으로 믿는 일은 없을 겁니다. 경우에 따라 당신을 속이기도 하고 거짓말도 할 거야. 하지만 그 모든 것은 세계 혁명을 주동하는 우리 조직의 일원이 되기 위한 과정이지. 그걸 거쳐야 우리 가족이 될 수 있어. 자, 여전히 해볼 생각인가?」

「음…… 예, 물론입니다.」

「그렇다면 좋아요, 우리 가족이 된 걸 환영합니다.」

적어도 무슨 일을 하게 될지는 알고 있어야겠지.

「딱 한 가지만 묻겠습니다. 지금 제가 있는 곳이 어딘가요? 공산당인가요, 아니면 KGB인가요?」

「그게 뭐가 중요하겠습니까.」

니콜이 눈이 휘둥그레졌다.

「진정한 권력은 이름도 계급장도 제복도 필요 없어요. 눈에 띄지 않고 은밀하게 존재할 뿐이지. 그래도 굳이 하나 꼽으라면 시선일 거야. 상대가 즉각 내 권위를 인정하게 만드는 것, 그건 내 시선이에요. 그거 하나면 충분하지. 진정한 힘은 드러내 보일 필요가 없어. 그동안 IRA에서 활동했으니 이런 명백한 사실 정도는 알고 있으리라 생각해요.」

니콜은 말 그대로 그에게 매료되고 말았다.

이후 그녀는 현장 침투 요원이 되기 위한 특별 훈련을 받았다. 무리 짓기를 좋아하는 그녀에게 어울리는 훈련 방식이었다. 캄차카반도의 한 비밀 기지에서 그녀는 대부분 남성인 다른 요원들과 함께 맨손 격투, 칼싸움, 자물쇠 따는 법, 다양한 구경의 총기 사용법. 폭탄 설치법, 원격 조종을 할 수 있는 함정 설치법 등을 배웠다. 또한 심리적 도구나 성적 도구를 활용해 대상을 조작하는 방법도 공부했다. 그녀는 자신의 전공인 군사 전술과 전략을 집중적으로 배웠다. 훈련을 마치고 저녁이 되면 요원들끼리 둥그렇게 모여 앉아 한 사람의 선창을 따라 러시아 민요를 합창하며 긴장을 풀었다. 그러고 나서 동료들과 체스를 두다 보면 피로 탓인지 보드카 기운 탓인지 스르르 눈꺼풀이 감기곤 했다.

니콜은 훈련을 받는 과정에서 자신이 KGB에 소속됐음을 알았다. 그녀는 그렇게 KGB 요원으로 거듭나게 됐다.

그녀의 눈에 이제 IRA는 〈아마추어〉로 보였다.

니콜은 조직에 동화되기 위한 노력을 아끼지 않았다. 러시아어로 말하고 소련 사람처럼 생각했으며 모스크바의 관점에서 세상을 분석했다.

무엇보다 그녀는 비밀리에 치러지고 있는 세계 대전에 자신이 참전하고 있다는 자긍심을 느낄 수 있어서 좋았다. 이 전쟁은 소련의 승리로 끝날 수밖에 없다고 그녀는 확신했다. 소련은 미국이나 유럽, 심지어 자신의 모국인 오스트레일리아가 보여 온 이기적인 계산과 비열함을 모르는 나라였기 때문이다. 소비에트 진영은 미래의 승자에게 요구되는 합리성과 실용주의를 갖추고 있었다.

새롭게 태어난 그녀였지만 자신의 삶을 악몽으로 만든 사건만은 잊지 못했다. 머리에 떠올리기만 해도 아드레날린이 솟아나고 호흡이 가빠지며 심장 박동이 빨라지는 이름이 있었다.

모니카 매킨타이어.

훈련을 마친 그녀는 현장 투입 적격 판정을 받았다.

1986년 4월, 니콜이 최초로 투입된 곳은 체르노빌 원전 폭발 현장이었다. 그녀는 프리피야트를 봉쇄해 주민들이 탈출하거나 외부와 소통하는 것을 차단함으로써 보안을 유지하는 임무를 맡았다.

세르게이의 말대로 〈이 사소한 사건〉이 소비에트 첨단 기술에 대한 부정적인 이미지를 주지 않도록 하는 것이 그녀의 책임이었다. 하필이면 소련이 신세대 원전 건설 기술 노하우를 수출하려고 애쓰던 마당에 그 기술의 상징인 체르노빌 원전이 폭발한 것이었다.

니콜은 현장에서 조직가와 전략가로서의 재능을 유감없

이 발휘했고, 그 능력을 인정받아 1986년 9월 이곳 아프가니스탄에 파견됐다.

현지 도착 이후 그녀는 정세를 신속하고도 면밀히 분석해 상부에 보고했다. 소련의 동맹으로 여겨지는 아프가니스탄을 믿어서는 안 되며, 아프가니스탄 병사들의 탈영이 급증하는 상황에서 모하마드 나지불라에게 최신 무기를 지원하는 것은 무의미하다는 판단을 내렸다.

숫자가 그녀의 판단을 뒷받침해 주고 있었다.

친소련 성향인 아프가니스탄 군대의 병력은 공식적으로는 30만 2천 명이었지만, 매해 3만 2천 명 이상의 병사가 무기를 소지한 채 탈영해 이 무기들은 결국 적의 수중에 들어갔다.

이제 탈영 사례가 부지기수여서 군 전력에 막대한 타격을 입힐 정도였다.

하지만 승부 근성을 타고난 니콜 오코너는 상황을 비관적으로 바라보지 않았다. 이러한 난관에도 승리를 이끌어 내는 것은 그녀에게 어려운 상대를 만난 체스 게임에서 이기는 것과 마찬가지였다.

이미 그녀는 여성이자 외국인이라는 한계에도 불구하고 소련 명문 군사 학교를 졸업한 장교들을 경쟁에서 이기고 여기까지 오지 않았던가.

스물여섯에 벌써 대위로 초고속 승진한 그녀의 초록색 제복 위 초록색 견장에는 빨간색 띠에 황금색 별이 네 개 붙어 있다.

회상에서 깨는 순간 다시 시끄러운 응원 소리와 곰의 포효, 개 짖는 소리가 뒤섞여 들린다. 슬슬 자리가 지루해지다 못해 짐승들이 서로 물어뜯는 모습을 보면서 흥분하는 사내들이 역겨워진다.

곰 한 마리와 개 여러 마리의 싸움을 붙이는 게 핍박받는 민중을 위해 싸우는 것과 무슨 상관이 있을까.

그녀 앞으로 제복 차림의 병사 하나가 뛰어와 다급한 목소리로 말한다.

「빨리 가보셔야겠습니다, 대위님!」

「무슨 일이에요?」

「A75 관측 지점에서 수상한 움직임이 포착됐습니다. 가서 확인해 보셔야겠습니다.」

니콜이 벌떡 일어나 9밀리미터 마카로프 자동 권총 탄창에 실탄이 가득 채워져 있는지부터 확인한다. 그녀가 광장을 나와 비탈길 아래쪽에 세워 놓은 소련제 TM3-5 모델 툴라 산악 오토바이를 향해 뛰어간다. 키를 꽂아 시동을 걸자 오토바이 엔진이 부릉부릉 소리를 낸다. 니콜은 비포장도로를 달려 A75 지점으로 향한다.

협곡 몇 개를 지나고 산에 뚫어 놓은 통행로들을 통과해 수십 분 달린 끝에 문제의 관측 지점에 도착하자 먼저 온 군인 하나가 경계 태세를 갖추고 주변을 살피고 있다.

니콜이 오토바이에서 내려 그가 건네는 쌍안경을 손에 받아 든다.

「저쪽입니다!」

그가 손가락으로 방향을 가리킨다.

니콜이 쌍안경으로 이쪽저쪽을 관측하다 한 지점에 렌즈

를 고정시킨다. 수많은 실루엣이 분주히 움직이고 있다.

무자히딘이야.

그녀가 쌍안경 배율을 높인다.

타지크인들로 보이는데, 아마드 샤 마수드의 부하들일 가능성이 높아.

「당장 헬리콥터를 요청해 놈들을 쓸어버릴까요?」

군인이 벌써 지원 요청을 위해 무전기를 꺼내 드는 게 보인다.

「아니에요.」

니콜이 실망한 얼굴의 군인을 아래위로 훑어본다. 그녀와 똑같은 위장복 차림인 이 소련 군인의 어깨에는 별 두 개가 붙어 있다.

「이름이 어떻게 되죠?」

「빅토르 쿠프리엔코. 제4낙하산 연대 소속입니다, 대위님.」

나랑 비슷한 연배로 보여.

「초면인데, 여기 새로 왔나요?」

「판지시르 계곡에 파견 나온 건 처음이지만 이 나라에 배치된 지는 3주 됐습니다.」

젊은 장교가 위험한 최전선에 배치됐다는 사실이 니콜은 의아하기만 하다.

「헬리콥터 요청은 어떻게 할까요, 대위님?」

「일단 관찰하고, 생각한 다음, 행동에 돌입합시다.」

니콜이 그에게 옆으로 다가와서 앞쪽 상황을 자세히 관찰하게 시킨다. 그가 쌍안경을 눈에 대고 흥분해 어쩔 줄 모른다.

인내심이 부족한 친구야. 이런 타입은 자신의 영웅성을 빨리 보여 주고 싶어 안달하지. 그게 스스로 명을 재촉하는 일인 줄도 모르고 말이야.

쯧쯧. 일찍 죽기엔 너무 미남이야.

두 사람은 한참 동안 타지크족 무자히딘의 동태를 예의 주시 한다.

「지금 요청할까요?」

빅토르 쿠프리엔코가 재촉한다.

롱케시 교도소에서의 구금 생활이 내 시간 인식을 바꿔 놓은 게 분명해. 이제 나한테는 1분을 기다리는 것이나 한 시간, 하루를 기다리는 것이나 하등 차이가 없어.

니콜이 대꾸하지 않고 쌍안경으로 산 쪽의 움직임을 주시 한다.

갑자기 비포장길에서 뽀얀 먼지기둥이 하늘로 치솟아 오른다.

쌍안경의 배율을 높이자 둥그런 파이같이 생긴 무자히딘의 전통 모자 파콜을 쓴 열댓 명의 사내가 말을 타고 이동하는 모습이 보인다.

사내들이 말에서 내려 기다리고 있던 타지크족 무자히딘과 인사를 나누는 사이 한 명이 말안장에 매달고 온 커다란 궤짝을 떼어 바닥에 내려놓는다.

한 사람이 파콜을 벗으며 머리를 털자 흑단같이 검고 긴 머리가 찰랑찰랑한다. 남자가 아니라 여자다.

니콜 오코너의 심장이 방망이질을 치기 시작한다. 그녀가 쌍안경 가운데 배율 조절기를 돌리고 나서 초점을 맞춘다. 의심의 여지가 없다. 너무도 익숙한 얼굴.

니콜이 미간을 모았다 회심의 미소를 짓는다.

수호천사께서 내게 주시는 선물이군.

KGB 요원이 된 후 백방으로 모니카 매킨타이어의 행방을 수소문했지만 끝내 찾지 못했다. 신간도 더 이상 나오지 않았다. 그녀를 담당했던 출판 편집자는 근황을 묻는 기자들의 질문에 자신도 전혀 소식을 모른다고 답했다. 모니카 매킨타이어라는 이름은 행정 기관의 서류에서도 사라졌다.

KGB는 모든 상황을 종합적으로 판단해 그녀가 〈흔적 지우기〉를 했다는 결론을 내렸다. 이것은 마피아나 신원이 노출될 위험에 처한 비밀 요원, 살해 위협을 받는 배신자나 전범이 사용하는 기법으로, 국적을 바꾸는 것뿐만 아니라 신원 자체를 바꾸는 것이다. 소련 정부는 신원이 탄로 난 자국 스파이들에게 이 방법을 사용했는데, 심한 경우에는 손가락 끝마디를 잘라 지문을 아예 없애 버리기도 했다.

모니카가 여기 와 있다는 것은 나처럼 군사 전략가로 활동하고 있다는 의미야. 물론 이번에도 내 반대편에 서 있지만. 소속을 바꿔 지금은 미국 CIA나 NSA를 위해 활동하고 있는 게 분명해.

빅토르 쿠프리엔코가 궁금증을 참지 못하고 묻는다.

「아는 사람입니까?」

「……친구예요. 〈너무도〉 가까운 친구.」

그가 벌써 무전기를 손에 들고 공중 폭격 명령을 내릴 준비를 하고 있다.

「잠깐만.」

그녀가 그의 팔을 쳐 제지한다.

쌍안경 속 모니카가 말에서 내린 궤짝을 여는 모습이 포착된다. 무자히딘 복장을 하고 있는 그녀가 긴 파이프같이 생긴 물건을 꺼낸다.

스팅어 미사일. 저 지대공 미사일을 아프가니스탄 반군들에게 인도해 우리 헬리콥터들을 격추시키게 하려는 거야. 미국이 우리의 적과 손을 잡았다는 명백한 증거인 셈이지.

「명령을 내릴까요?」

빅토르 소위가 안달복달이다.

젠장, 빈대 잡겠다고 초가삼간에 불 지르려는 꼴이네.

「저들이 벌써 대공 유도 무기를 수중에 넣었어. 장전에 채 1분이 안 걸리는 저 무기가 전투 현장에 도입되는 순간 우리 공격 무기들은 비둘기 사격 대회의 비둘기들처럼 우수수 추락하게 될 거야.」

니콜이 속생각을 혼잣말처럼 내뱉는다.

「그럼 어떻게 대응해야 할까요?」

「수단과 방법을 가리지 않고 일단 저 무기를 우리 수중에 넣어야 해요. 그런 다음 엔지니어들을 시켜 저 스팅어 미사일의 작동 방식을 알아내야지. 벌써 몇 달째 특별 작전 팀까지 꾸려 발사기 한 대와 스팅어 미사일 한 기를 획득하려고 애쓰는 중인데 아직 소득이 없어요. 겨우 파편만 수집한 정도죠. 누구든 멀쩡한 스팅어 미사일을 회수해 오면 소비에트 영웅 칭호와 함께 국가 훈장을 받을 거예요. 걱정 말아요, 중위. 행동에 곧 나설 테니까. 내 방식대로.」

「어떤 방식 말씀인지?」

니콜이 생각을 굴리기 시작한다.

어떤 방식이냐고? 어떤 작전이 가장 효과적일까…….

「보병을 동원해 대규모 지상 공격을 펼치는 게 좋겠어요. 저들을 포위 공격해 스팅어 미사일이 무자히딘의 수중에 들어가기 전에 우리가 가로채는 거죠.」

「어떤 보병 부대를 투입하실 생각이세요?」

「파슈툰족.」

「하필 파슈툰족인 이유라도?」

「타지크족과 철천지원수 사이니까. 현지 부족들 간의 뿌리 깊은 경쟁심과 증오심을 이용하지 않으면 그들에게서 최소한의 충성심을 기대하기 힘들어요.」

현지 사정을 세세히 알지 못하는 젊은 장교가 고개를 갸웃거리자 니콜이 짜증스럽게 설명을 덧붙인다.

「하자라족, 우즈베크족, 투르크멘족은 타지크족에 대해 파슈툰족만큼 깊은 원한이 없어요. 그러니 그만큼 신뢰도 할 수 없는 거죠.」

나 참, 이 애송이한테 현지 지정학 강의까지 해줘야 하다니.

「칼라시니코프와 로켓포로 무장한 파슈툰 병사 7백 명을 보내라고 해요. 일대를 완전히 포위한 상태로 대기하고 있다가 내가 신호를 보내면 공격을 개시하라고.」

빅토르가 무전기에 대고 빠르게 말을 쏟아 내며 명령을 전달한다.

니콜이 그의 팔뚝을 꽉 잡으며 덧붙인다.

「그리고 한 가지 더. 맨 마지막에 도착해 궤짝을 땅에 내려놓은 저 여자, 저 여자는 절대 사살해선 안 돼요. 반드시 생포

해야 해요. 내 말 알아들었어요? 반드시 생포하라고, 절대 죽여선 안 된다고.」

니콜이 눈을 지그시 감고 한숨을 내쉰다.

폰들을 다 풀어놓았으니 퀸은 곧 독 안에 든 생쥐 꼴이 될 거야.

이로써 게임은 다시 시작되는 거지.

2

한 남자가 모니카 매킨타이어를 향해 걸어온다.

그녀가 아는 얼굴이다.

아마드 샤 마수드, 일명 판지시르 계곡의 사자로 불리는 북부 동맹의 최고 사령관이다. 그는 힌두쿠시산맥에 위치한 이 계곡에서 저항군을 이끌고 있다.

모니카는 상대의 강렬한 눈빛과 온몸에서 뿜어져 나오는 결기 넘치는 에너지에 압도당한다.

남자는 초록색 군복 재킷을 걸치고 회색 파콜을 머리에 비뚜름하게 썼다.

「늦으셨군요.」

그가 인사를 생략하고 짧게 한마디 한다.

마수드가 말들에게 먹이와 물을 주라고 병사들에게 손짓으로 지시를 내린다.

스물여섯 살의 뉴요커는 자신의 눈앞에 있는 이 서른 남짓한 사령관이 카불의 명문 프랑스 학교에서 공부했고, 교사들에게 천재로 인정받았다는 사실을 익히 알고 있다. 이후 카불 대학에서 공학을 공부하던 마수드는, 열아홉 살 때 모하마드 다우드 칸이 아프가니스탄 공산당과 소련의 지원을 받아 대통령에 당선되자 집권 세력에 저항하는 무슬림 청년 운동을 조직했다. 반체제 운동이 실패로 돌아가자 무슬림 청년 단체는 온건파와 급진파로 분열됐다. 위험천만한 굴부딘 헤크마티아르의 사주를 받은 대학생들이 마수드의 암살을 기도하기도 했다.

1979년 12월, 소련이 아프가니스탄 영토를 침공하자 마수드는 게릴라를 조직해 판지시르 계곡에서 소련군에 맞섰다. 당시 그가 이끌던 무자히딘은 어디에서도 지원을 받지 못했고, 무기라곤 적에게 훔친 소련제 무기가 전부였다.

그런데 미국이 지원에 나서면서부터 상황이 급변했다.

「당신한테 줄 선물을 가져왔어요.」

모니카가 무기를 손으로 가리킨다.

「이게 바로 당신들의 그 유명한 FIM-92 스팅어 미사일이군요.」

마수드의 눈빛이 빛난다.

「가볍고 조작이 용이할뿐더러 30초 내에 발사 준비가 끝나요. 목표물을 조준한 상태에서 조명탄을 쏘아 올리면서 미사일을 발사하면 빗나갈 수가 없죠. 이게 있으면 소련제 Mi-24 하인드 공격 헬기는 물론이고 Tu-16과 Tu-22 블라인더 전투 폭격기도 얼마든지 격추시킬 수 있어요.」

「언제쯤이면 추가 공급을 받을 수 있을까요?」

타지크족 우두머리가 염소수염을 매만지며 묻는다.

「허친슨 장군과 얘기를 나눠 봤어요?」

「그 사람은 말만 많지 실행력은 없는 사람이에요. 지키지도 않을 약속을 남발하죠.」

「가령 어떤 약속을?」

115

마수드가 손을 휘휘 내젓는다.

「스팅어 미사일 발사기 스무 대와 미사일 1백 기가량을 약속해 놓고 이렇게 달랑 발사기 한 대와 미사일 세 기를 당신 편에 보냈으니 우리로선 실망이 이만저만이 아니에요.」

「이게 여간 비싼 무기가 아니에요. 더군다나 의회에서 예산까지 삭감한 상황이죠. 정치가 개입된 일이라 당장은 우리가 어떻게 해볼 도리가 없어요. 하지만 조만간 상황 변화가 있을 것 같으니 기다려 보죠.」

「그렇다면 당신이 여기 온 이유가 뭐죠?」

「다름 아니라 무기 조작법을 당신들한테 가르치라는 임무를 맡았어요. 지금부터 내가 보여 줄 테니…….」

멀리서 큰 폭발음이 들리더니 잇따라 크고 작은 폭발음이 연속적으로 들린다.

병사들이 뛰어와 다급한 표정으로 마수드의 귀에 대고 뭔가를 말하는 사이에도 총성과 폭발음은 이어진다.

「공격해 오는군.」

마수드가 〈천둥이 치는군〉 하듯이 태연한 표정으로 말한다.

그가 미간을 모으면서 소리 나는 쪽으로 고개를 빼더니 덧붙인다.

「파슈툰족의 칼라시니코프 소리예요. 요즘 놈들이 쓰는 신형 기관총은 소리부터가 다르죠. 소비에트 침략자들에게 굽실거리고 아부하는 저 배신자 놈들은 인간쓰레기예요. 아프가니스탄의 수치지.」

마수드 사령관이 바닥에 침을 퉤 뱉으며 쌍안경을 모니카에게 건넨다. 사방에서 그들을 향해 모여드는 수백, 수천 개의 점들이 보인다.

타지크족 병사들이 즉각 커다란 바위들을 엄폐물 삼아 대응 사격에 나선다. 기관총과 박격포, 바주카포, 자동 소총이 불을 뿜기 시작한다. 하지만 사방에서 빗발치듯 날아오는 총탄과 포탄을 막아 낼 재간이 없다.

「저들이 수적 우위를 이용해 포위 공격을 시도할 모양이에요.」

마수드가 현지어로 명령을 내리자 부하들이 스팅어 미사일을 다시 궤짝에 넣는다.

「이건 내가 안전한 곳으로 옮겨 보관할게요.」

「미안하지만 그건 안 돼요. 이 무기를 관리할 책임은 나한테 있어요.」

모니카가 손사래를 친다.

「말을 잘 타고 이 일대 지형도 훤히 꿰뚫고 있는 내가 미사일을 가지고 도망치는 게 나을 것 같은데.」

「말은 나도 곧잘 타요. 이 일은 나한테 맡겨요.」

「하지만 당신은 이곳 지형을 모르잖아요.」

모니카가 서둘러 말 등에 안장을 얹는다.

「나한테 방향을 일러 줘요.」

마수드가 잠시 생각을 굴리더니 재빨리 상황 판단을 내린다.

「지금처럼 완전히 포위된 상태에서 파슈툰족의 포위선을 뚫고 지나갈 방법은 딱 하나, 산으로 가는 수밖에 없어요.」

「산을 넘으라는 말인가요?」

「아니, 터널을 통해 산속으로 지나가야 해요.」

타지크족 사령관이 호주머니에서 지도를 꺼내 한 지점을 가리킨다.

「여기 터널 입구가 있어요.」

「산속에 터널이 뚫려 있다고요? 그렇다면 어두워서 통행이 힘들 것 같은데.」

「괜찮아요. 가보면 알겠지만 조명 시설이 돼 있어요.」

모니카가 지도를 내려다보면서 얼른 길을 머릿속에 입력한다.

「정말 당신이 갈 생각이에요?」

마수드가 재우쳐 묻는다.

「당신은 이곳에 남아 부하들과 함께 진지를 방어해요. 당신이 여기를 떠나면 방어선이 무너지는 건 시간문제일 테니까.」

타지크족 병사들이 무거운 궤짝을 말 옆구리에 매달자 모니카가 말에 올라탄다.

「우리 기병들이 일제히 적진을 향해 달려가 놈들의 정신을 분산시켜 놓는 동안 당신은 재빨리 여길 빠져나가요.」

모니카가 인사를 생략한 채 말에 박차를 가한다. 그녀가 탄 말이 먼지를 일으키며 오솔길을 달린다.

드르륵드르륵, 기관총 소리와 자동 소총 소리가 콩 볶듯 하는 속에 모니카는 마수드가 가르쳐 준 터널 입구를 향해 전력 질주한다.

슬쩍 뒤를 돌아보니 타지크족 기병들이 파슈툰족 보병들과 치열한 교전을 벌이고 있다.

나이트와 폰이 격돌하고 있어.

지금은 전투 결과에 신경 쓸 때가 아니다. 지대공 미사일을 안전한 곳으로 옮기기 위해 서두르지 않으면 안 된다.

험한 길이 끝나고 평지가 펼쳐지나 싶을 때 뒤쪽에 뜻밖의 물체가 등장한다.

오토바이 한 대가 전속력으로 그녀를 뒤쫓고 있다. 등 뒤에서 총탄이 날아오기 시작한다.

고개를 돌려 보니 추격자가 한 손으로는 오토바이를 몰고 다른 손으로는 권총으로 그녀를 조준하고 있다.

절대 스팅어 미사일을 가지고 놈들에게 잡혀선 안 돼.

모니카가 권총을 꺼내 추격자를 조준하기 위해 몸을 뒤로 트는 순간, 헬멧 사이에서 푸른 눈동자가 빛나는 게 보인다.

니콜?

놀라서 재빨리 방아쇠를 당기지 못한 것은 모니카의 치명적인 실수다.

그녀의 왼쪽 다리에 총알이 하나 날아와 박힌다.

모니카가 격통을 느끼며 온 미간을 찌푸린다.

명중했어.

니콜 오코너가 툴라 오토바이의 핸들을 돌린다.

그녀가 보기에 이 소련제 산악 오토바이는 일본이나 미국의 최신형 오토바이와 견주어도 손색이 없을 만큼 가볍고 기동성이 뛰어나다. 니콜이 액셀러레이터를 당기자 오토바이가 순식간에 속도를 내 경사진 오솔길을 질주하기 시작한다. 모니카 매킨타이어가 탄 말이 저만치 앞서 달리고 있다.

다리에 총상을 입고 말에 스팅어 미사일까지 매달고서 달리고 있으니 이건 끝난 게임이야. 하지만 확실히 생포하려면 조금 더 부상을 입혀야 해. 가령 어깨 같은 데다.

절대 죽여선 안 되니까 조준이 정확해야 해.

니콜은 소련 군사 학교의 총기 사용법 강의에서 들었던 내용을 머리에 떠올린다.

사격 시에는 호흡 조절이 가장 중요하다. 목표를 조준한 상태에서 호흡을 완전히 멈추고 팔을 흔들리지 않게 고정한 다음 방아쇠를 당겨야 한다.

니콜이 방아쇠에 건 손가락을 당긴다.

총알이 공기를 가르며 날아간다.

오토바이가 흔들리고 목표물 위치가 끊임없이 바뀌는 데

다 치명상을 입힐 수 있는 신체 부위는 피해야 한다는 강박까지 더해지자 정확한 조준이 쉽지 않다.

그녀가 쏜 총알들이 계속해서 목표물을 빗나간다.

모니카도 말에 탄 채 몸을 뒤로 돌려 응사하기 시작하지만 조준이 정확하지 않다.

간격이 벌어져선 안 돼.

니콜이 속으로 생각한다.

총상 부위에 통증이 심할 테니 사격의 정밀도가 떨어질 수밖에 없을 거야.

눈앞에 험준한 판지시르 산악 지대가 펼쳐지고 있다. 하늘로 치솟은 암벽, 크레바스, 굽이쳐 흐르는 강, 이탄지로 이어지는 아직 눈에 덮인 자갈투성이 오솔길. 타지크족 기병대와 파슈툰족 보병대가 주고받는 총소리가 멀리서 메아리처럼 들려온다.

니콜은 집중력을 잃지 않으려고 안간힘을 쓴다.

쏴 죽이는 게 가장 간단한 방법일 거야. 등 가운데를 조준하면 한 방에 끝날 테니까.

하지만 니콜은 방아쇠를 당기지 않고 망설인다.

아니야, 생포하고 싶어. 그래서 내가 받은 만큼 돌려줄 거야. 고통스럽게 해주겠어.

스탈린 시대에 지어진 감옥에 처넣어야지.

그러고는 감각 박탈 고문과 수면 박탈 고문을 동시에 하는 거야.

도망자와의 간격이 점점 좁혀진다.

넌 이제 독 안에 든 쥐야. 감옥에 처넣어 고통이 뭔지 알게 해주지. 감각 박탈보다 더 잔인한 고문 방식을 찾아낼 테니 기대해. 아,

그렇지. 너는 다른 사람들과 같은 공간에 있기를 힘들어한다지…….
기발한 생각이 떠올랐어. 널 다른 수감자들과 한방에 가둬야겠어.
10제곱미터짜리 감방에 2층 침대를 대여섯 개 집어넣고 죄수 열댓
명을 때려 넣으면 어떨까. 아마 못 견딜 거야. 아 참, 더 재밌게 해줄
방법이 막 생각났어. 남자 죄수들만 골라서 네 방에 넣어 줄게. 그
것도 체첸 놈들로만. 그러면 말 안 해도 놈들이 다 알아서 할 거야.
그런 일에는 전문가인 놈들이니까.

니콜이 목표물과의 간격을 더 바짝 좁힌다.

도망치기에 급급한 여왕님, 철통같은 보안을 자랑하는 소련 감
옥에 갈 준비나 하시지.

니콜이 모니카의 다른 쪽 다리를 조준한다. 그녀가 조준
선을 정렬하는 사이 앞쪽에서 총알이 날아와 얼굴을 스쳐 지
나간다. 눈과 광대뼈 어름에서 피가 흘러내린다.

니콜이 손으로 광대뼈를 더듬어 상처의 깊이를 가늠한다.

다행히 상처가 깊지 않은 것 같군. 총알이 뼈를 건드리지는 못
했어. 이 정도 열상이면 큰일 날 정도는 아니야.

판지시르 산악 지대의 가파른 협로에서 추격전이 계속된
다. 말이 도망치고 오토바이가 뒤쫓는다. 짐승과 기계의 대
결이다.

니콜이 모니카가 탄 말을 조준하기로 마음을 바꾼다. 덩
치가 큰 말을 정밀 조준하기가 훨씬 쉽다고 판단한 것이다.
그런데 방아쇠를 당기려는 순간 말이 갑자기 방향을 꺾어 동
굴 안으로 사라진다.

이제 꼼짝없이 갇히는 신세가 되겠군.

막다른 곳이라 생각하고 오토바이를 몰아 동굴 안으로 들

어가자 동굴이 아니라 긴 터널이 나온다. 군데군데 불 켜진 전구가 달려 있어 내부가 환하다.

무자히딘이 파놓은 터널이구나.

터널은 폭도 넓지만 길이도 길어 말이 속도를 늦추지 않고 계속 내달린다.

니콜이 오토바이의 헤드라이트를 켜고 액셀러레이터를 당긴다.

앞서가던 말이 갑자기 오른쪽으로 방향을 꺾는 게 보인다. 말이 그녀의 시야에서 완전히 사라졌다. 말이 일으켜 놓은 뽀얀 먼지를 따라가자 길이 네 갈래로 갈라지는 지점이 나온다. 모래 바닥이 돌바닥으로 바뀌어 말발굽 자국은 더 이상 보이지 않고 공중에 타래져 오른 먼지도 보이지 않는다.

어디로 가야 하지?

니콜이 오토바이를 멈추고 엔진을 끈 다음 귀를 세운다. 오른쪽 방향에서 또각또각 소리가 들린다. 그녀가 다시 시동을 켜고 소리 나는 쪽으로 오토바이를 몬다. 멀리서 분명히 말발굽 소리가 들린다.

저기야.

갑자기 사위가 조용해진다.

바위틈에 숨은 게 분명해.

니콜이 시동을 끄고 오토바이에서 내려 마카로프 권총의 탄창을 갈아 끼운 다음 걸어서 이동하기 시작한다.

얼마 가지 않아 스팅어 미사일 상자를 옆구리에 달고 서 있는 말이 보인다. 하지만 말을 타고 온 기사는 감쪽같이 사라졌다.

점점이 핏자국이 떨어져 있다.

틀림없이 가까운 곳에 있어. 숨어 있다 기습 공격 하겠다는 속셈이야.

니콜이 바닥의 핏자국을 따라 걷다 걸음을 멈추고 서서 소리에 귀를 기울인다. 헐떡이는 숨소리가 들린다.

이번에는 소리를 따라 걸음을 옮기자 바닥에 핏자국이 점점 많아진다. 게다가 다시 모랫바닥으로 바뀌어 더 선명하게 찍혀 있다.

넌 늑대한테 잡힌 새끼 양 신세야.

곧 널 먹어 치우러 가마.

예상대로 모니카는 막다른 곳에 다다라 있다. 한 손으로 피가 흐르는 왼쪽 다리의 상처를 누르고 다른 손으로는 권총을 들고 서서 고통스러운 듯 인상을 찡그린다. 권총을 쥔 손이 몹시 떨리고 있다.

총알이 들어 있다면 벌써 쐈겠지.

두 여성이 서로를 빤히 쳐다본다. 시선에서 불꽃이 튄다.

누가 다가오기라도 하는 것처럼 모니카가 니콜의 뒤쪽을 뚫어져라 응시한다. 무자히딘인가 싶어 니콜이 고개를 뒤로 돌리는 순간 모니카가 재빨리 모래를 한 줌 집는다. 니콜이 아무도 없는 걸 확인하고 다시 앞쪽으로 시선을 돌리는 순간 모니카가 그녀의 얼굴에 모래를 홱 뿌린다.

앞이 보이지 않자 당황한 니콜이 반사적으로 방아쇠를 당겨 총을 난사한다. 그사이 모니카는 절뚝거리며 니콜의 옆을 지나 타고 온 말 등에 오른다. 말이 히힝 소리를 내며 뒷발질로 오토바이 앞바퀴를 세게 걷어차고 나서 질주하기 시작한다.

니콜이 눈을 비비며 뛰어가지만 모니카가 탄 말은 이미 미로 같은 터널을 빠져나가고 있다. 툴라 오토바이는 앞바퀴가 휘어진 채 넘어져 있다.

니콜이 권총을 바닥에 내동댕이친다.

다음엔 보는 즉시 없애 버리겠어. 체첸 놈들이고 감옥이고 할 거 없이 바로 저승으로 보내 버릴 거야.

백과사전
뒤퐁과 푸르니에사를로베즈의 라이벌 관계

프랑스 역사상 최장기 결투는 집정 정부와 제1제정기에 걸쳐 19년 동안 이루어졌다.

결투의 주인공은 경기병 여단장이었던 프랑수아 푸르니에사를로베즈(그는 나폴레옹의 에스파냐 원정 때 〈엘 데모니오〉, 즉 악마라는 별명을 얻었다)와 모로 장군의 부관이었던 피에르 뒤퐁 드 레탕 대위였다.

결투의 시작은 1794년 스트라스부르에서 일어난 사건으로 거슬러 올라간다.

툭하면 싸움질을 하고 다니던 푸르니에사를로베즈는 대가족의 생계를 혼자 책임지던 한 청년과 사소한 일로 시비가 붙었다. 그는 자신보다 몸이 약한 그 청년에게 결투를 신청했고, 결국 죽이고 말았다. 이 사건은 도시 전체에 큰 충격을 안겼다. 모로 장군은 부관인 뒤퐁 드 레탕 대위를 시켜 한 부르주아 가문이 주최한 연회에 푸르니에사를로베즈가 참석하지 못하게 했다. 연회장 입구에서 문전박대당하자 기분이 몹시 상한 푸르니에사를로베즈는 뒤퐁 드 레탕에게 이튿날 아침에 검투를 하자고 제안했다. 이것이 둘의 첫 번째 결투였다.

검투에서 부상을 입고 뒤퐁 드 레탕에게 졌지만 푸르니에사를로베즈는 패배를 인정하지 않고 상대에게 외쳤다.

「1라운드!」

한 달 뒤에 그들은 또다시 결투를 벌였다. 이번에는 뒤퐁 드 레탕이 부상을 입었다. 이때 그들은 두 사람이 반경 120킬로미터 내에 있게 될 경우 중간에서 만나 결투를 벌인다는 규칙을 만들었다. 군사적인 이유를 제외하고 어떠한 이유로도 결투를 마다할 수 없다고 못 박았다.

두 사람은 19년에 걸쳐 스무 번가량 결투를 벌였다. 처음에는 철천지원수였던 두 사람은 시간이 가면서 점점 상대에게 존경심을 갖게 됐다. 군인으로서 서로의 일에 관심을 가졌고, 상대가 승진을 하면 누구보다 기뻐해 주었다.

1813년 어느 날, 뒤퐁 드 레탕이 푸르니에사를로베즈에게 숲에서 권총 결투를 벌일 것을 제안했다. 그는 교묘한 술책을 써서 푸르니에사를로베즈의 탄창이 비게 만들었다. 그런 다음 장전한 권총을 들고 라이벌 앞에 나타나 말했다.

「내가 이겼네. 지금 자네 생사는 내 손에 달렸지만, 난 자네 목숨을 거둘 생각이 없네. 이것으로 우리 결투를 끝낼 생각이네.」

두 사람의 라이벌 관계는 훗날 리들리 스콧 감독에 의해 영화로 만들어져, 〈결투자들〉이라는 제목으로 1977년에 개봉됐다.

에드몽 웰스,
『상대적이며 절대적인 지식의 백과사전』

4

이로부터 세 달 뒤, 모니카 매킨타이어가 지프차에서 내려 지팡이를 짚고 마수드가 기거하는 동굴로 향한다.

입구를 지나자 단출하지만 편안하게 꾸며진 방이 하나 나온다. 무기 상자들과 여러 언어로 쓰인 책 더미가 방 가득히 쌓여 있다.

「어떻게 된 일이에요?」

그녀가 다리를 절뚝거리며 들어오는 모습을 보고 놀란 타지크족 사령관이 묻는다.

모니카가 달관한 표정으로 고개를 한 번 크게 가로젓고는 말한다.

「지난번 파슈툰족 공격 때 산으로 도주하다 적이 쏜 총에 정강이를 맞았어요. 겨우겨우 카불에 있는 병원에 가서 치료를 받았는데 제대로 안 됐던 모양이에요. 나중에 프랑스 의사들한테 보였더니 괴저가 생겨 다리를 절단해야 한다고 하더군요. 그래서 허벅지까지 오는 타이타늄 의족을 착용하게 됐어요.」

그녀가 왼쪽 바짓가랑이를 걷어 올려 의족을 보여 준다.

「처음에는 자포자기에 빠지기도 했어요. 그런데 동료들이 〈전상(戰傷)〉을 입었다며 치켜세워 주더군요. 해적 같아 보여 오히려 멋있다고 우스갯소리를 하며 위로도 많이 해줬죠. 덕분에 받아들이고 적응하게 됐어요. 다시는 두 다리로 뛸 수 없겠지만 그래도 이렇게 살아 있는 게 어디예요.」

「안타깝네요.」

마수드가 무거운 표정으로 모니카를 바라본다.

「당신 잘못이 아니에요. 현장 요원으로서 치러야 하는 대가일 뿐이죠. 물론 당신이 나보다 더 잘 알겠지만.」

모니카를 바라보는 마수드의 눈빛에 존경심이 어려 있다. 그녀와 무관한 전쟁에서 다리를 잃었다고 생각해서일 것이다.

「그건 그렇고, 스팅어 미사일을 인도받고 나서 전세가 많이 바뀌지 않았나요? 당신들한테 무기를 더 보내 줘야 한다고 내가 강력히 주장했어요. 그래서 한 250기 정도 보낸 걸로 아는데.」

마수드가 고개를 끄덕인다. 그런데 무슨 이유에선지 흡족해하는 표정이 아니다. 모니카가 말끝을 단다.

「그 때문에 소련이 제공권을 많이 상실했죠. 특수 부대도 심각한 타격을 입었고. 요즘은 소련군이 병영에서만 머물면서 웬만하면 대규모 작전을 벌이려고 하지 않잖아요. 소련군 여섯 개 연대가 지난 10월에 이미 철수했다고도 들었어요. 우리 추정에 의하면 무자히딘이 아프가니스탄 영토의 80퍼센트를 장악한 상태예요. 바브라크 카르말이 물러나고 현재 권력을 장악하고 있는 모하마드 나지불라가 당신들과 국가 통합을 위한 협상을 하길 원하고 있다는 얘기도 전해 들었어요. 미하일 고르바초프 소련 공산당 총서기도 일방적인 군대

철수 가능성을 언급하던데요.」

마수드의 굳은 표정이 좀체 풀리지 않는다.

통 고마움이라곤 모르는 사람이네? 감사 인사 한마디 정도는 해야 하는 거 아니야? 이게 다 내가 그동안 윗사람들을 설득하고 애를 썼기 때문이라고.

「차 한잔 할래요?」

마수드가 책 더미와 수류탄, 칼라시니코프, 로켓포 상자들을 옆으로 밀어내고 푹 꺼진 소파에 모니카가 앉을 자리를 만들어 준다.

그가 구석에 있는 볼품없는 싱크대로 가더니 물을 끓여 찻주전자에 담아 들고 온다. 찻잔 두 개와 과자 몇 개도 함께 가져와 내려놓는다.

이때, 모니카가 가방에 넣어 다니는 플라스틱 상자 모양의 위성 전화기가 울린다.

그녀가 전화를 받아 〈감사합니다〉를 연발하더니 전화를 끊는다.

「좋은 소식이라도 있나 보죠?」

「승진시켜 준다네요. 아프가니스탄에서의 활동 공로를 인정해 훈장도 추서하고.」

「축하해요.」

마수드가 짧게 한마디 하고 나서 천천히 차를 목으로 넘긴다.

「좀 더 따뜻한 반응이 나올 줄 알았는데 아니군요. 무슨 걱정거리가 있나요, 마수드?」

「미래는 앞서 생각하는 사람들의 것이죠. 난 요즘 소련 철

수 이후를 고민하고 있어요.」

「그래, 당신은 이 나라의 미래가 앞으로 어떻게 펼쳐질 것 같아요?」

그가 오른손으로 턱수염을 쓸어내린다.

「내 생각엔 이슬람이 실질적인…… 위험으로 자리 잡을 것 같아요.」

「당신도 무슬림 아닌가요?」

「다른 나라의 근본주의 종교 지도자들이 우리 이슬람의 본질을 훼손하고 불관용과 증오를 부추기고 있어요. 그들은 여성의 학교 교육을 금지하고 간통한 여성에 대한 투석 형을 부활시키려 하고 있죠. 어디 이뿐인가. 여성의 부르카 착용을 의무화하고 어린 소녀들을 늙은 부자들에게 매매할 수 있게 하고 동성애자는 목을 매달아 죽이자고 해요. 대학을 폐쇄하는 대신 쿠란 학교를 세워 청년들을 앵무새처럼 만들려고 하죠. 인간을 옛날처럼 노예 시장에서 사고팔 수 있게 하려고 하고요. 그들은 한마디로 자유와 지성의 적이에요. 무슬림이 아닌 사람들은 모두 죽여 없애거나 개종시키는 것이 그들의 최종 목표죠.」

「굴부딘 헤크마티아르 얘기예요?」

마수드가 침을 퉤 뱉는다.

「그 같은 이슬람 급진주의자가 파키스탄을 비롯해 CIA의 지원을 받고 있는 게 지금의 현실이에요. 당신들은 엄청난 실수를 하고 있는 거예요. 하지만 그자는 내 최대 관심사가 아니에요.」

「그럼 탈레반을 걱정하는 거예요?」

「지하드를 외치며 경쟁을 벌이는 근본주의 단체들이 한둘이 아니에요. 하나같이 이슬람 율법의 엄격한 적용을 주장하고 있지. 이런 광신주의자들은 자신들의 편협한 세계 인식을 폭력적으로 관철시키려고 해요. 내 눈에도 그들은 그저 몽매주의자들로밖에 보이지 않아요.」

「누굴 염두에 두고 말하는 거죠?」

「얼마 전에 사우디아라비아 살라피주의자들의 지원을 받는 한 단체의 존재를 알게 됐어요. 알카에다라고 하더군. 그 조직을 이끄는 오사마 빈 라덴이라는 자는 당신들, 미국인들에 대한 적대적인 발언을 연일 쏟아 내고 있어요. 미국을 향한 증오에 불타는 인물이에요.」

「소련을 향한 증오가 아니고요?」

「그자들은 기독교도와 유대교도는 물론이고 불교도, 힌두교도 등 타 종교인 전체를 증오하고 있어요.」

「너무 확대 해석하는 것 아닌가요? 헤크마티아르와 탈레반, 알카에다 모두 미국과 손을 잡은 이 지역 동맹들이에요. 당신들한테 그랬던 것처럼 그들에게도 현대식 무기를 비롯해 다양한 지원을 해줬어요. 반소비에트 투쟁을 위해 우리가 직접 쿠란 수십만 권을 제작해 배포하기도 한걸요.」

마수드가 한쪽 눈썹을 추켜올린다. 그의 표정에 비아냥거림이 담겨 있다.

「호랑이 새끼를 키우는 꼴이지. 난 미국이 동맹 선택에 보다 신중해야 한다고 생각해요. 공산주의에 〈반대〉하는 세력이라고 해서 무조건 당신들 편이라고 확신해선 안 돼요. 또한 공산주의에 〈찬성〉한다고 해서 반드시 당신들 적인 것도 아니고.」

「난 잘 이해가 안 가네요.」

「당신들이 정치적 동맹이라 여기는 그 이슬람주의자들에게는 양면성이 있다는 걸 절대 잊지 말아요. 그들은 앞에서는 웃지만 기회가 생기면 언제든지 당신들 등에 칼을 꽂을 놈들이에요.」

「마수드 사령관, 당신은 타지크 부족 출신으로서 아프가니스탄을 통치하고 싶어 해요. 그런 당신이 경쟁 관계에 있는 파슈툰족이나 탈레반, 심지어…… 사우디아라비아 살라피주의자들까지 비방하는 건 어찌 보면 당연한 일이죠.」

마수드가 동의하지 않는 듯 미간을 찌푸리면서 모니카에게 차를 더 따라 준다.

「아직 일이 깔끔하게 마무리되지 않았어요.」

모니카가 말을 잇는다.

「소련 침략자들에게 저항하는 모든 세력이 여전히 힘을 합쳐야 할 때예요. 소련군이 아직 이 땅에 남아 있잖아요. 종교에 대한 당신들의 사소한 해석 차이를 가지고 얘기할 때가 아니라는 뜻이에요.」

아프가니스탄 반군 사령관이 말없이 수염을 쓰다듬기만 한다.

「오사마 빈 라덴에게 이를 갈고 있군요, 그렇죠?」

모니카가 그의 반응을 살피며 빤히 처다본다.

「난 종교와 정치가 뒤섞이면서 일어나는 위험을 걱정하고 있을 뿐이에요. 오일 머니가 세계 지배를 꿈꾸는 광신주의자들에게 흘러 들어가는 현실이 두려운 거예요. 이슬람이라는 단어에 〈복종〉이라는 뜻이 담겨 있다는 걸 당신이 알고나 있는지 모르겠군.」

그가 신경질적으로 수염을 매만진다. 불안감을 드러내는 것이다.

「당신들 미국인들은 소련과 화해할 수는 있어도 지하드의 분출은 절대 막을 수 없을 거예요.」

모니카가 판지시르 계곡의 사자를 쳐다본다. 그의 눈빛이 이글거리고 있다.

「나중에 이 경고를 듣지 못했단 말은 하지 말아요.」

그가 건조한 목소리로 말을 맺는다.

현명하고 뛰어난 지도자인 건 분명하지만 이번엔 그가 틀렸어. 7세기에 생겨난 종교 하나가 현대 세계에 무슨 영향을 어떻게 미칠 수 있겠어.

5

니콜은 자신의 소속 부대인 제5연대와 함께 귀국해 모스크바로 돌아왔다.

도착 즉시 세르게이 레브코비치에게 연락을 취했지만 그녀가 아는 번호로는 연락이 닿지 않았다.

니콜은 전에 초대받아 방문한 적이 있는 그의 집을 찾아갔지만, 문에 아파트를 매매한다는 팻말이 붙어 있는 걸 보고 발길을 돌려야 했다.

이상하게도 세르게이는 물론 그의 가족까지 증발한 듯 사라졌다. 그는 이 세상에 존재한 적이 없었던 사람처럼 흔적이 지워져 있었다.

니콜은 제르진스키 광장에 있는 KGB 본부를 찾아갔다. 광장 한가운데는 소련 비밀경찰의 창설자인 펠릭스 제르진스키의 동상이 서 있고, 뒤쪽에는 정치범을 수용하는 루반카 감옥이 있다. 니콜이 건물 안으로 들어가 안내 데스크에 있는 병사에게 레브코비치 대령을 만나러 왔으니 연락을 취해달라고 말하자 상대가 기계적으로 대답한다.

「레브코비치? 처음 듣는 이름인데 누굴 말씀하시는 건지 모르겠네요.」

대체 여기서 무슨 일이 일어나고 있는 거지?

니콜이 명함을 꺼내 보여 주며 113호 집무실에 계신 분을 만나러 왔다고 말한다.

병사가 명함을 받아 살펴보더니 잠시 기다리라고 말한다. 그가 어디론가 가서 전화를 하고 오더니 한 시간이 지나서야 그녀에게 3층으로 올라가도 좋다고 말한다.

고위 간부들의 집무실이 있는 층이다.

니콜이 113이라는 숫자가 쓰여 있는 방을 발견하고 그 앞에 가서 선다.

세르게이의 집무실 번호가 맞아.

그녀가 긴장된 마음으로 노크를 하고 나서 안으로 들어간다.

실내는 예전 모습 그대로다. 유명 군인들의 초상화와 국기, 휘장이 사방에 걸려 있고 각종 지도와 전략 요충지를 찍은 위성 사진이 벽을 빼곡하게 채우고 있다.

방 가운데 놓인 책상 앞에 누군가 앉아 등을 돌린 채 밖을 내다보며 전화 통화를 하고 있다. 니콜이 물끄러미 뒷모습을 바라보고 서 있는데 그가 회전의자를 빙그르르 돌려 그녀를 쳐다본다.

빅토르 쿠프리엔코.

초록색 제복 위 견장에는 영관급을 뜻하는 두 줄의 빨간색 띠 위로 별 세 개가 붙어 있다.

어떻게 그 짧은 시간에 중위에서 대령으로 승진해 이 집무실을 차지하게 됐을까?

젊은 장교가 니콜의 속마음을 읽기라도 한 듯이 대답한다.

「세르게이는 더 이상 우리 식구가 아니에요.」

「은퇴했나요?」

「병가를 냈어요. 그가 회복할 때까지 내가 이 자리를 맡게 됐죠.」

「초고속 승진이네요. 대단하군요…… 쿠프리엔코 대령님.」

「앉아요. 연유를 궁금해하고 있는 거죠?」

「그래요, 동지. 왜 하필 당신이죠?」

「대답은 딱 한 단어예요. 아빠.」

그가 씩 웃더니 니콜의 생각을 앞질러 설명해 준다.

「족벌주의죠. 안정을 지향하는 모든 사회에 퍼져 있는 병. 재능이 유전되기라도 한다는 듯 〈누구누구의 아들〉에게 중책을 맡기는 거. 우리 아버지가 빅토르 체브리코프와 친구 사이에요.」

다른 사람도 아닌 KGB 수장 체브리코프의 친구라니…….

「레브코비치의 직책이 잠시 공석이 된 걸 보고 아빠가 아프가니스탄보다는 더 안전할 것 같다고 판단해 힘을 좀 써주셨죠.」

초짜배기 군인이라고 우습게 봤던 그가 갑자기 달라 보인다.

「그 미국 스파이 때문에 생긴 상처군요?」

그가 니콜의 얼굴을 빤히 쳐다보더니 냉장고에서 보드카를 한 병 꺼내고 잔을 가져와 찰랑찰랑하게 따라 준다.

「이름이 뭐였더라?」

그가 다시 책상 앞에 앉아 서류철을 펼치더니 또박또박 발음한다.

「모니카 매킨타이어.」

「왼쪽 다리를 못 쓰게 만들어 놨으니 무승부인 셈이에요.」

니콜이 불쾌한 표정을 짓는다.

「보통 증오하는 게 아닌 모양이네. 그때 나한테 생포해야 한다고 신신당부했었잖아요. 고문을 가할 생각이었나?」

「맞아요. 난 어릴 때 예쁜 나비를 잡으면 일부러 날개를 찢어 놨어요.」

그녀가 입꼬리를 비틀어 올리며 냉소를 짓는다.

쿠프리엔코가 그녀의 반응을 살피면서 또 다른 서류철을 펼친다.

「악인 행세 그만해요. 중학교 때 해부용 생쥐들을 살리겠다고 학교를 난장판으로 만들어 놨던 사건이 당신 신상 보고서에 다 기록돼 있으니까.」

「내 공산주의자적 면모를 드러내 주는 사건이죠. 난 흰생쥐처럼 눈에 띄지 않는 존재들을 좋아해요. 나비처럼 화려한 외모를 뽐내며 젠체하는 자들은 증오하죠.」

니콜의 바라보는 그의 눈빛이 점점 호의적으로 변해 간다.

「내 앞에서 당에 대한 충성심을 과시하고 싶은 거예요?」

「내가 어떤 사람인지 당신한테 알려 주고 싶을 뿐이에요. 난 수시로 가학성과 연민 사이를 오가죠. 그런 사람이기 때문에 이 조직이 몸에 맞는 옷처럼 편하게 느껴지는지도 모르겠군요.」

「내 얘기를 하자면, 내가 이런 중책을 맡게 된 건 이 시기에 아무도 이 자리에 오려고 하지 않았기 때문이에요. 날 부러워할 필요 없어요. 레브코비치의 집무실을 차지하는 순간 그와 똑같은 말로를 맞을 수 있다는 위험을 감수한 거니까.」

내 예상대로 세르게이는 실각한 게 틀림없어.

「그는 지금 어디 있어요? 무슨 일이 일어난 거예요?」

빅토르가 초탈한 듯한 얼굴을 한다.

「아프가니스탄 건은 우리에게 치욕적인 패배였어요. 누군가는 그 책임을 져야 했죠.」

지금 이 순간 세르게이는 어딘가에서 고문당하며 자백을 강요받고 있는지도 몰라. CIA의 두더지라고, 소비에트의 대의를 배신했다고 말이야.

어찌 보면 세르게이도 모니카의 간접적인 피해자라고 할 수 있어.

그녀가 무자히딘에 스팅어 미사일을 제공한 것이 소련군 패배의 결정적 원인이었고, 그것이 결국 KGB 고위 간부인 그의 실각을 초래했으니까.

마치 도미노 게임 같아. 하나가 쓰러지니까 줄줄이 쓰러지는. 아무리 권력자라도 예외일 수 없는 거지.

저들이 혹시 나도 배신자라고 의심하고 있는 건 아닐까.

「앞으로 난 무슨 일을 하게 되죠?」

쿠프리엔코가 자리에서 일어나 벽에 붙은 세계 지도 앞으로 걸어간다.

「체르노빌에 아프가니스탄이면 할 만큼 했어요. 이제 방사능과 무자히딘 때문에 고생깨나 할 우리 소비에트 제국의 몰락을 함께 축하나 합시다.」

축하하자고?

그가 손목시계를 내려다본다.

「집에 가서 옷 갈아입고 예쁘게 꾸민 다음 이따 밤 11시에 다시 만나도록 하죠. 바스만니 지구에 불법 영업을 하는 베레지나라는 바가 있는데, 거기서 새해맞이 파티가 열려요.」

「알겠습니다, 대령님.」

이날 저녁, 니콜은 오랜 시간 공들여 치장한 다음 집을 나선다. 빨간색 드레스에 빨간색 장신구로 멋을 부리고 검은색 하이힐을 신었다. 약속 장소인 바 안은 연기가 자욱하고 사람들로 시끌벅적하다.

인류 역사에 큰 영향을 미친 대형 참사들을 묘사한 그림들과 기록 사진들이 벽을 가득 채우고 있다. 몽골군의 침입, 흑사병, 나폴레옹 군대의 패주, 1906년 샌프란시스코 대지진, 타이태닉호 침몰, 불타는 체펠린 비행선 힌덴부르크호, 일본에 몰아닥친 1960년의 지진 해일, 잿더미로 변한 체르노빌 원전에서 연기가 피어오르는 장면. 가장 최근 사진은 격추된 소련 헬리콥터 앞에서 무자히딘 병사들이 활짝 웃는 얼굴로 승리를 자축하며 자동 소총을 흔들어 대는 모습이다.

그나마 업데이트는 했네.

빅토르 쿠프리엔코 역시 턱시도를 입고 나비넥타이를 매우아하게 멋을 내고 나타났다. 턱시도 위에 금빛 훈장들이 주렁주렁 달려 있다.

러시아인들은 유전적으로 훈장 다는 걸 좋아하나 봐.

술이 오른 사람들이 한쪽에서 소련 국가를 부르기 시작하자 바에 있던 모든 사람들이 제창한다.

이런 게 바로 내가 좋아하는 러시아인의 정신세계야. 그들은 아무리 힘든 상황에서도 노래를 부르고 춤을 추지. 그런 모습을 나는 사랑해.

「타이태닉호가 침몰할 때 승객들이 차가운 바닷물 속에서 둥글게 원을 만들어 손을 잡고 노래를 불렀다는 거 알아요? 얼어 죽은 사람들이 원에서 빠져나가도 계속 노래를 불렀다고 해요.」

「그렇게 함께 있었기 때문에 오래 버틸 수 있었을 거예요. 그게 바로 집단의 힘이죠. 최악의 시련 속에서도 꺾이지 않게 해주는 것.」

바 한쪽 구석에 켜져 있는 TV에서 광고가 흘러나오고 있다. 니콜은 웨이터를 시켜 리모컨을 가져오게 한 다음 채널을 바꿔 뉴스에 고정시킨다.

「뭐 하고 있어요?」

빅토르가 다가와 묻는다.

「일종의 편집증 같은 건데, 매년 12월 31일이 되면 한 해 동안 일어난 사건들을 요약, 정리해 두는 습관이 있어요. 그렇게 하면 이 세계가 어떻게 움직이고 있는지 큰 그림이 그려지거든요.」

그녀가 노트를 꺼내 펼친다.

• 1월: 미국의 우주 왕복선 챌린저호가 이륙 직후 폭발하는 바람에 승무원 7명이 전원 사망했다.
• 2월: 스웨덴 올로프 팔메 총리가 길에서 괴한의 습격을 받아 숨졌다.
• 2월: 프랑스의 알랭 카르팡티에 교수가 유럽 최초로 인공 심장 이식 수술에 성공했다.
• 4월: 체르노빌 원전이 폭발했다. 소련 정부에서는 서른

한 명이 사망했다고 공식 발표했지만, 서방 측 정보에 의하면 사망자가 2천 명 이상에 이를 것이라고 한다.

• 9월: 파리 렌 거리에서 쓰레기통에 들어 있던 폭발물이 터져 길 가던 행인 일곱 명이 사망하고 50여 명이 부상을 입었다. 테러의 배후에 있는 주요 세력은 이슬람 시아파일 것으로 추정된다.

• 10월: 아이슬란드의 레이캬비크에서 만난 레이건 미국 대통령과 고르바초프 소련 총서기가 상호 군축과 대륙 간 탄도 미사일 전량 폐기를 골자로 하는 협정 체결의 가능성을 언급했다.

두 정상의 얼굴이 화면에 지나가자 빅토르가 실망 섞인 한숨을 내뱉는다.

「봐, 저렇다니까. 비굴한 평화야……. 난 고르바초프를 증오해. 역대 최악의 지도자야.」

혹시라도 도청되나 싶어 니콜이 불안하게 눈동자를 굴린다. 그녀는 아무 대답도 하지 않는다. 자신에게 치명타가 될수 있는 말을 유도하기 위해 미끼를 던지는 것인지도 모른다고 의심하는 것이다.

빅토르는 전혀 주변 눈치를 보지 않고 자리에서 일어나 술이 넘실넘실하는 잔을 내들며 소리친다.

「우리의 패배를 위해 건배!」

「당신은 포기했는지 모르지만 난 아니에요. 난 어떤 방식으로든 투쟁을 계속해 나갈 거예요. 이 싸움은 내게 정치적 의미를 떠나 개인적인 의미를 갖기 때문이에요.」

니콜이 비장한 얼굴로 테이블에 놓인 보드카병을 집어 든다.

「하지만 일단은 지나간 나쁜 일들과 작별 인사부터 해야 겠네요.」

그들이 건배를 하고 나서 음악에 맞춰 몸을 흔든다.

누군가 큰 소리로 카운트다운을 시작한다.

「5…… 4…… 3…… 2…… 1…… 1987년 새해가 밝았습 니다!」

박수와 환호성이 터지는 가운데 사람들이 서로 끌어안고 입을 맞춘다.

빅토르와 니콜이 서로의 뺨에, 그리고 입술에 입을 맞춘 다. 두 사람의 입술이 한참 동안 포개져 있다.

너무 취했어. 될 대로 되라지.

적극적인 두 번째 키스가 이어지는데 경쾌하던 음악이 뚝 끊기고 느린 템포로 바뀐다.

니콜도 아는 노래가 흘러나온다. 가수이자 작곡가인 불라 트 오쿠자바가 부르는 「우리에게는 승리가 필요하다」.

지구가 돌면서 불타고 있다
우리 조국 상공으로, 연기가 피어오른다
우리에게 승리가 필요함을 일깨워 주고 있다
모두를 위한 승리, 그것을 위해서는 어떠한 대가도 치 를 수 있다

바 안의 사람들이 후렴을 합창하기 시작한다. 분위기가

달아오른 틈을 타 빅토르가 니콜의 손을 잡아 플로어로 이끈다. 그들의 몸이 밀착돼 있다.

빅토르가 다시 그녀의 입술에 입을 맞춘다. 보드카 냄새가 진하게 풍기지만 니콜은 거북하게 느끼지 않는다. 그의 광대뼈 어름이 발그스름히 상기돼 있다.

「당신을 사랑해.」

그가 니콜의 눈을 똑바로 쳐다본다.

「당신 실수하는 거야. 누굴 사랑하거나 사랑받는 건 내 운명이 아니야.」

「그게 무슨 소리야?」

「나를 사랑한 사람들은 하나같이 끝이 좋지 않았어. 내 첫사랑은 자살했고 우리 아빠는 내가 보는 앞에서 가슴에 총을 맞고 돌아가셨지.」

「우리 러시아인들은 죽음을 두려워하지 않아. 그저 뜨겁게 살다 갈 뿐이지.」

둘은 한 몸이다시피 밀착돼 있다. 니콜이 춤 동작을 멈추고 테이블로 손을 뻗어 보드카 잔을 집는다.

「난 연인이나 엄마가 아니라 전사의 삶을 살아야 하는 사람이야. 내 이름에 이미 그런 운명이 각인돼 있어. 니콜은 그리스어로 〈승리하는 민중〉을 뜻하지. 나는 인류의 미래를 위해 투쟁을 계속할 책임이 있어.」

「당신 많이 취했어, 니콜레브나. 그런 말도 안 되는 소리 그만해.」

「아니, 안 취했어. 난 그 어느 때보다 정신이 맑아. 자, 이 세계의 종말이 오기 전에 신나게 춤을 추자. 그러고 나서는 새로운 세상을 준비하는 거야. 냉소주의자들이 판치고 부자들이 민중을 착취하는 미국이 몰락하고 끝끝내 민중이 승리하는 세상을 함께 일구자고.」

아프가니스탄에서 귀국한 소련 병사들이 가족들과 부둥켜안는 장면이 TV 스크린을 지나간다. 이어 클로즈업된 아프가니스탄 반군 지도자들의 얼굴이 보인다.

「이 세계를 우리가 원하는 방식으로 바꿀 아이디어가 하나 떠올랐어. 현실화하려면 시간도 좀 걸리고 준비도 많이 필요할 거야.」

「무슨 아이디언데?」

「무조건 날 믿어 봐.」

「니콜, 당신이 지닌 천재성은 소비에트 대의 실현을 위한 소중한 자산이야. 비록 총서기인 고르바초프는 포기했지만 당신은 그러지 않으리라는 걸 알아. 당신 혼자 많은 일을 해낼 수 있다고 나는 확신해.」

불라트 오쿠자바의 노래가 끝나자 그들은 테이블로 돌아와 앉는다.

니콜은 술이 확 깨는 느낌이 든다.

「계획을 실행에 옮기려면 많은 인력이 필요해.」

「좀 더 구체적으로 말해 주겠어?」

「지금 당신한테 말해 줄 수 있는 건 딱 한 가지, 어마어마한 사건이 벌어질 거라는 거야. 아프가니스탄에서의 치욕을 씻어 주고도 남을 만한 사건이, 오랫동안 사람들의 기억에서 지워지지 않을 사건이 벌어지리라는 것. 자기들만 테러 집단을 배후 조종 할 수 있는 게 아니라는 걸 미국 놈들은 깨닫게 될 거야.」

    그녀가 골똘히 생각에 잠긴다.

    일석이조의 효과가 가능할 수도 있어. 그녀의 목숨까지 덤으로 얻는 거지.

백과사전
이순신 장군

이순신은 16세기에 조선의 수군을 이끈 장군이었다.

그는 왜군의 침략을 막기 위해 거북선이라는 새로운 형태의 군선을 만들었다. 철판을 위로 둘러 덧붙인 것으로 추정되는 이 배에는 대형 포 발사와 승자총통 사격을 위한 구멍이 수십 개 뚫려 있었다. 전투가 개시되면 돛을 접어 바람의 영향을 줄인 상태에서 노군들이 노를 저어 배를 움직였다. 용머리 모양 선수에서는 유황 등을 태워 연기를 퍼뜨려 배의 움직임을 숨겼다.

1592년, 일본은 명나라 정벌을 내세우며 20만이 넘는 대군을 이끌고 조선 반도를 침공했다. 왜군은 파죽지세로 조선을 치고 올라가 한양을 함락했다.

왜군이 대형 군선 1천 척 이상을 보유하고 있었던 데 반해, 첫 전투에 나선 이순신 장군에게는 소형 포작선까지 포함해 고작 아흔한 척이 전부였다. 이순신은 불리한 전력에도 불구하고 결사 항전을 결심했다.

이순신 장군은 사천에서 왜군과 맞붙었다. 거북선이 최초로 투입된 사천 해전에서 그는 유인 작전을 구사했다. 군선 몇 척으로 왜군을 바다로 유인해 숨어 대기하고 있던 거북선들이 공격하게 한 것이다. 조선 수군은 이 전투에서 왜선을 전부 격침해 대승을 거두었다.

부산포 해전에서도 이순신은 왜선 1백여 척을 격파하는 전공을 세웠다. 이에 앞선 당포 해전에서는 배 안에 높은 충루를 세우고 그 위로 붉은 휘장을 두른 커다란 기함을 격파하기도 했다. 이때도 거북선이 큰 역할을 했다. 이순신 장군은 승전을 거듭하며 왜군을 빠른 속도로 무력화시켰다.

이순신의 용맹함 덕분에 절망적인 상황에서도 조선 백성들은 다시 희망을 품게 되었다. 육지에서도 의병 부대가 조직되어 왜군을 상대로 서서히 빼앗긴 영토를 회복했고, 선조임금도 왕권을 회복했다.

그러나 이 와중에 정치 싸움에 골몰한 조선 대신들은 이순신 장군이 혁혁한 전공을 세웠음에도 불구하고 역적으로 몰아 관직을 박탈했고 그는 체포돼 투옥된 상태에서 혹독한 문초를 받았다. 결국 충신들의 상소로 사형만은 모면하고 간신히 풀려난 이순신은 강등돼 백의종군해야 했다.

1597년, 왜군의 대병이 다시 조선을 침략해 왔다. 이순신을 대신해 수군을 지휘하던 원균이 무능력한 지휘관의 모습을 보이며 패전을 거듭하자 선조는 긴급히 이순신을 불러 열세 척의 배만 남은 조선 수군을 지휘하는 삼도 수군통제사에 임명했다.

하지만 이순신 장군은 포기하지 않았다. 그는 이번에도 물살이 빠른 명량 해협의 조류를 이용한 전략을 세워 판옥선 열세 척으로 왜선 133척에 맞서 승리했다. 이 전투로 왜군은 서른한 척의 배가 침몰당하고 대부분이 파손된 데 반해 조선 수군은 전사자 열한 명에 그치는 경미한 타격만 입었다.

명량 대첩에서 이순신의 군대가 대승을 거두자 조선 백성들의 사기는 대단히 높아졌다. 이순신 장군은 남은 일본 수군을 노량 대첩에서 또다시 격파했다. 하지만 이 전투에서 이순신은 적의 유탄에 맞아 전사했다. 사후에 이순신은 조선의 국가적 영웅이 되었을 뿐 아니라, 그의 용기와 군인으로서의 천재성을 칭송하는 일본 수군에게…… 신격화된 존재가 되었다.

에드몽 웰스,
『상대적이며 절대적인 지식의 백과사전』

제6막　　　　　　　　　　　**알베도**

1

2001년 9월 9일. 15년이 흘러 어느덧 모니카는 40대로 접어들었다.

아프가니스탄 산악 지대에서 성공적으로 임무를 마친 후 마흔한 살이 된 지금까지 쭉 미군을 위해 활동하고 있다.

의족을 착용한 채 수많은 작전에 투입돼 활동하면서 그녀는 니콜과 마주칠 수 있지 않을까 하는 기대를 품었었다. 지구라는 거대 체스보드 위에서 인간들을 폰처럼 움직이며 둘만의 체스 게임을 이어 가길 바랐다.

그런데 그 특이한 라이벌은 지구상에 존재한다는 희미한 신호조차 보내지 않았다. CIA에서조차 공산주의자 억만장자를 아버지로 둔 그 오스트레일리아 출신 KGB 요원에 대해 아무 정보도 수집하지 못했다. 모니카는 니콜이 아프가니스탄에서 전사했을지도 모른다는 생각까지 하게 됐다.

그녀도 나처럼 의도적으로 흔적을 지워 버린 걸까. 아니면 혹시 판지시르 계곡에서의 임무 실패에 대한 책임을 추궁당해 실각된 걸까. 만약 그렇다면 지금쯤 시베리아의 감옥에서 썩고 있을지도 몰라.

니콜의 존재가 머릿속에서 점차 지워지는 사이 모니카는 실력을 인정받으며 펜타곤에서 승승장구했다.

아프가니스탄에서 스팅어 미사일 인도 작전을 성공적으로 수행한 이력 덕분에 그녀는 전 세계 뜨거운 분쟁 지역들에서 펼쳐지는 민감한 작전들에 주로 투입됐다.

1988년, 앙골라 내전. 그녀는 소련과 쿠바의 지원을 받고 있던 MPLA(앙골라 해방을 위한 민중 운동)에 맞서 싸우는 UNITA(앙골라의 완전한 독립을 위한 민족 연합)를 지원하는 임무를 맡았다.

1989년 1월, 로널드 레이건 후임으로 대통령에 당선된 조지 H. W. 부시 정권하에서 그녀는 베를린 장벽의 붕괴를 목격했고, 이듬해 10월 3일 독일 통일을 지켜보았다.

1990년, 쿠바 공산주의자들의 지원을 받는 FSLN(산디니스타 민족 해방 전선)과 싸우기 위해 니카라과에 파견됐다.

1991년 8월, 그녀는 고르바초프 쪽 사람들을 도와 KGB가 개입한 보수 공산주의자들의 쿠데타 기도를 무력화시키기도 했다.

여러 임무를 통해 능력을 입증하자 당시에는, 특히 여성으로서는 드물었던 대령 진급을 제안받았지만 모니카는 〈전략 자문 위원〉 직책과 소령 직급에 만족한다며 제안을 거절했다.

그녀는 상관들의 예민한 감정과 기분을 맞추는 것보다 사건을 일으키는 일에 더 재주가 있는 사람이라고 스스로 생각했다. 중요한 결정에 앞서 이루어지는 팀 회의, 상세 설명, 장시간의 의견 교환과 논리 반박, 표결 같은 절차를 그녀는 질색했다.

모니카는 자신의 독특한 직관은 토론의 대상이 될 수 없다고 생각했고, 상대가 자신의 얘기에 귀를 기울이지 않으면 즉시 자리를 박차고 나왔다.

팀을 이뤄 일하면 시간을 낭비하는 것 같아 짜증부터 나. 신속한 실행이 불가능하니까. 더군다나 장교들과의 회의는 잘못하면 이중 스파이의 표적이 될 수도 있어. 난 창의적인 아이디어를 생각해 내는 데는 강하지만 팀플레이에는 무척 약해.

그녀는 자기 자신을 누구보다 잘 알았다.

기발한 아이디어가 넘치고 효율적인 실행 전략을 제시하는 이 특이한 전략 자문 위원을 상관들도 인정하고 받아 주었다. 그렇게 그녀는 전 세계에서 벌어지는 중요한 작전들에 쉬지 않고 투입됐다. 그녀의 보이지 않는 손이 작동해 만들어 낸 기적이 한두 건이 아니다.

1991년 7월, 바르샤바 조약 기구가 해체됐다. 소비에트 제국의 몰락, 그리고 이에 따른 냉전의 종식을 알리는 사건이었다. 1945년 2월에 스탈린과 루스벨트가 세계의 분할에 합의한 얄타 협정으로 시작된 미소 간 경쟁이 베를린 장벽의 해체라는 상징적 사건으로 끝을 맺었다. 그간 두 진영의 대결은 1948년 베를린 봉쇄, 1950년 한국 전쟁, 1955년 베트남 전쟁, 1962년 쿠바 미사일 위기, 1973년 욤 키푸르 전쟁, 그리고 1979년 소련-아프가니스탄 전쟁을 통해 발현됐다.

베를린 장벽 해체를 지켜보던 모니카의 감회는 남달랐다.

세계라는 체스보드에서 우리 진영이 승리하는 데 나 역시 일조한 거야.

그날 저녁, 그녀는 평소 원칙을 깨고 밤늦게까지 동료들과 술을 마시고 춤을 췄다.

이후 모니카의 직무는 이전과 성격이 완전히 달라졌다. 그녀는 작전 현장으로 떠나는 대신 군 수뇌부가 주관하는 국제 전략 회의에 주로 참여했다.

그녀는 마치 피노키오의 친구 지미니 크리켓처럼 창의적인 조언과 기발한 아이디어를 상관들 앞에 내놓았다.

그녀가 미모의 독신 여성이라는 사실은 신비감을 불러일으켜 성별을 불문하고 접근해 오는 사람이 많았다. 더러 유혹에 넘어갈 때도 있었지만, 진지하고 장기적인 관계로 발전한 적은 한 번도 없었다.

〈사랑과 소유를 혼동하면 안 돼. 난 이 관계의 장점만 취하고 싶을 뿐이야. 즐기고 싶지 책임지는 일은 하고 싶지 않아.〉 이렇게 말하면서 모니카는 상대와 거리를 두었다.

상대가 자신의 생각을 납득하지 못하는 것 같으면 이렇게 덧붙이곤 했다. 〈세계 역사를 통틀어 최고의 정치 지도자는 잉글랜드의 엘리자베스 1세라고 생각해. 하는 전쟁마다 승리로 이끌고 잉글랜드를 패권 국가로 만들어 놓았지. 지금까지 북미에서 영어가 사용되는 것도 엘리자베스 1세 덕분일 거야. 그런 위대한 왕이 평생 독신으로 지냈어. 후사도 없었지. 처녀왕이라 불렸지만 그녀에게 애인은 많았어. 만약 엘리자베스 1세가 결혼을 했더라면 왕비로 머물렀겠지. 자신의 정치적 재능을 펼칠 기회를 갖지 못했을 거야.〉

이런 모니카를 두고 숱한 루머가 떠돌았다. 고위 장교치고 그녀와 밤을 보내지 않은 사람이 없다더라, 성별 상관 않고 수시로 파트너를 바꾼다더라 하는 말들이 호사가들 사이에 나돌았다.

지금 모니카 매킨타이어는 펜타곤에 있는 자신의 집무실에 앉아 있다. 밖에서 짧은 노크 소리가 들리더니 바로 문이 열린다. 그녀의 비서인 게리 설리번 중위가 걸어 들어온다. 키가 멀쑥하고 깡마른, 소년티가 남아 있는 빨간 머리 중위가 후다닥 군대식 경례를 하고 그녀의 책상 앞에 선다. 표정이 일그러져 있다.

「마수드가!」

그가 형식도 생략하고 다급하게 고함치듯 말한다.

「마수드가 뭐? 무슨 일이에요, 중위?」

「암살당했습니다.」

모니카의 온몸에 경련이 일어난다.

「대체 무슨 말을 하는 거예요?」

게리 설리번이 막 받아 들고 온 서류에서 공문을 꺼내 들여다보며 말한다.

「화자 바하우딘 기지에서 일이 터졌어요. 영국의 이슬람 문화원에서 다큐멘터리를 제작한다는 명목으로 기자를 사칭하는 두 놈이 마수드에게 접근했답니다. 둘 다 벨기에 여권을 소지하고 있었다는데 훔친 게 아닐까 싶어요. 이들은 마수드가 고심 끝에 인터뷰를 승낙할 때까지 현지에서 열흘을 기다렸어요. 그렇게 인터뷰가 이루어졌고, 마수드 사령관의 오른팔인 할릴리가 통역 자격으로 인터뷰에 동석했죠. 우리 대사관 측에 사건 정황을 알려 준 것도 바로 할릴리고요. 사령관을 인터뷰한 기자는 매우 차분해 보였고, 카메라맨은, 할릴리의 묘사에 따르면, 〈경건한〉 미소를 줄곧 짓고 있었다고 합니다.」

이게 대체 무슨 일이야……?

「계속해 봐요.」

모니카의 숨소리가 시근대기 시작한다.

「기자와 질답을 이어 가다 어느 순간 마수드 사령관을 촬영하는 척하면서 카메라맨이 카메라 배터리 벨트 속에 몰래 설치해 놓은 폭탄을 터뜨렸다고 합니다.」

「그 할릴리라는 마수드의 오른팔은 죽지 않고 살았어요?」

「부상을 크게 입긴 했지만 생명에는 지장이 없답니다. 마수드는 헬기로 병원에 이송됐지만 도착하자마자 사망했다고 하고.」

「배후는 밝혀졌어요?」

「알카에다의 소행으로 추측됩니다.」

빈 라덴이!

「그렇게 판단한 이유가 뭐죠, 중위?」

「1996년 탈레반이 권력을 잡은 이후로 이슬람 근본주의 정부와, 그에 우호적인 알카에다는 마수드를 잡기 위해 필사의 노력을 기울였어요. 마수드는 그들에게 저항하는 마지막 남은 아프가니스탄 사령관이었으니까.」

모니카는 밀려오는 슬픔을 억누를 길이 없다.

마수드…….

그처럼 명석한 두뇌와 넓은 아량을 지닌 사람이 인간쓰레기 같은 광신주의자들의 손에 그렇게 악랄한 방법으로 죽다니 말이 안 돼.

설리번이 그녀에게 서류를 내민다. 테러 현장을 근접 촬영한 사진들이 서류철에 끼워져 있다. 곳곳에 피가 낭자하다.

「빈 라덴 관련 서류 좀 이리 줘봐요. 한때 그가 CIA에 우호적인 활동을 하기도 했다던데, 사실인가요?」

「우리의 적이 공산주의였던 시절의 얘기죠…….」

설리번이 피식 웃는다.

모니카는 사우디아라비아 유력 가문의 아들이 종교적이고 군사적인 조직을 꾸려 소위 세계적 차원의 성전(聖戰), 지하드를 일으키려고 작정한 과정을 이해하기 위해 빈 라덴의 신상 정보를 꼼꼼히 읽어 내려간다.

이슬람 원리주의자들을 경계하라던 마수드의 경고가 머릿속에서 맴돈다.

당시에는 그저 다른 부족들에 대한 경쟁심의 발로라고 생각했다. 그래서 마수드뿐만 아니라 빈 라덴에게도 스팅어 미사일을 공급하라고 정부를 설득해 결국 그렇게 만들었다. 아니, 빈 라덴에게 훨씬 많은 양의 미국 무기가 인도되었다.

내가 어리석었어.

모니카가 암살 현장을 찍은 사진들을 돋보기로 한 장 한 장 다시 들여다본다.

마수드가 그렇게 경고를 했는데도 나는 눈을 가리고 귀를 막았어.

「앞으로 상황이 어떻게 전개될 것 같나요, 중위?」

「이제 저항 세력이 완전히 사라졌으니 나라 전체가 탈레반의 손에 넘어가겠죠.」

모니카가 여전히 돋보기로 사진을 확대해 들여다보고 있다.

「기자를 사칭한 놈들이 카메라 배터리 벨트에 폭탄을 숨겨 인터뷰를 했다……. 게다가 벨기에 여권까지 소지하고 있었고. 과거에 빈 라덴이 우리 첩보 기관의 노하우를 보고 배웠다고는 해도 이번 사건은 현지 테러리스트들이 꾸몄다고 보기에는 짜임새가 지나치게 완벽해요.」

모니카가 창밖으로 시선을 돌린다. 펜타곤의 다른 건물들이 눈에 들어온다.

분명히 내가 모르는 뭔가가 있어. 이 사건을 어떤 각도에서 바라봐야 하는지 아직은 모르겠군. 지금의 이 새로운 정세가 무엇을 의미하는지 알아내지 않으면 안 돼.

2

「정말 가능할까? 전혀 믿을 만한 놈들이 못 돼.」

빅토르 쿠프리엔코가 고개를 가로흔들며 니콜에게 말한다.

「지난 전쟁에서 겪어 보고도 모르겠어? 놈들은 모두를 배신하고 모두에게 거짓말을 했어. 철저히 두 얼굴을 가진 놈들이야. 놈들 눈에 우린 그저 이교도일 뿐이야.」

113호 집무실에서 니콜 오코너가 화자 바하우딘 테러 현장 사진들을 유심히 들여다보고 있다.

「이번에 그들을 원격 조종 해서 정확히 우리가 원하는 방식대로 마수드를 처리했잖아.」

니콜이 대답한다.

「이번엔 운이 좋았지. 난 운에 기대는 건 싫어해. 신의를 모르는 놈들과는 일하고 싶지 않아.」

「난 말이야, 놈들의 증오심에 기대 볼 생각이야. 미국을 향한 놈들의 증오심에.」

빅토르가 고개를 절레절레 흔든다. 니콜이 가진 전략가로서의 자질은 분명히 높이 사지만 이번에는 확신이 좀 지나치다는 생각을 하고 있는 것이다.

「무려 4년이야. 4년 동안 그들에게 단계별로 설명해 주고

161

가르쳤어. 지금부터 한때 우리의 적이었던 이슬람주의자들을 시켜 한때 그들의 동맹이었던 미국인들과 싸우게 하는 거야. 기막힌 아이디어 아니야? 일종의 부메랑 효과지. 미국 입장에선 자업자득이고.」

「당신은 적이 공격 방향을 전혀 예상할 수 없게 전략을 짜려고 해, 그렇지?」

「그게 내 트레이드마크지.」

「그래서 이번에 알카에다를 활용하려는 거고…….」

「이번에 그들을 교육시키느라 애깨나 먹었어. 무조건 돌격할 줄만 알던 놈들이니 내가 제시한 암살 방식이 처음에는 어렵게 느껴졌을 거야. 각각의 단계와 절차를 지키는 게 중요하다는 걸 반복해서 설명해 줘야 했어. 인내심을 강조했지. 인내심은 최적의 효과를 얻기 위해 반드시 필요한 조건이라고 말이야.」

「그래, 그다음 단계는 어떻게 준비되고 있지?」

「빈 라덴이 군말 없이 내 명령대로 하고 있어.」

빅토르가 니콜한테서 서류를 건네받아 특공 작전에 투입하기 위해 선발된 대원들 열아홉 명의 사진을 들여다본다.

「다들 전통적인 부르주아 가정에서 태어나 자란 사람들이라는 거지?」

「물론이야.」

니콜이 대답한다.

「당신과 연락을 주고받는 행동 대장은?」

「칼리드 셰이크 모하메드라고, 쿠웨이트 태생인데 대학은 미국에서 나왔어. 노스캐롤라이나 대학에서 기계 공학을 전공했지. 대학 졸업 후에 아프가니스탄으로 가서 빈 라덴을 만난 뒤 마수드가 지휘하던 반군과 싸웠어. 그는 빌 클린턴 암살 음모를 주동하기도 했어. 하지만 실패해서 결국 체포됐지. 작년에 예멘에서 일어난 미국 이지스함 USS 콜 폭탄 테러 사건에도 그가 있었어. 사람들을 죽이고 싶어 안달하는 행동파지. 그런 그에게 결정적으로 부족한 두 가지가 바로 실행 방법과 야심이었어. 이번에 내가 제대로 가르쳐 줬지.」

빅토르가 열아홉 명의 사진을 자세히 들여다본다.

「과연 그럴 배짱이 있는 놈들일까?」

「자기 손으로 수천 명을 죽일 수 있다고 생각하는 순간 눈에 보이는 게 없어져.」

「집단 학살이 주는 도취감 같은 건가?」

「맞아. 자기 목숨 하나가 수천 명의 목숨과 맞먹는다는 착각이 들지.」

이 말을 뱉는 순간 니콜은 자신이 절벽 아래로 던진 헝겊인형을 뒤쫓아 뛰던 개 마오와 수백 마리의 양들이 머리에 떠오른다.

어떻게 보면 나한테 벌어졌던 일이 다시 반복되고 있는 것이나 마찬가지야.

「만약 놈들이 우릴 배신하면?」

「당연히 배신하겠지. 하지만 당장은 아니야. 그들은 일단 이교도들의 피가 흐르는 꼴을 보고 싶어 하니까. 놈들에게 그것보다 더 중요한 행동 동기는 없어. 집단 테러를 저지르면 천국에 간다고 믿는 놈들이야. 그 천국에는 숫처녀 일흔두 명이 기다리고 있다고 하잖아.」

빅토르가 실소를 금치 못한다.

「숫처녀 일흔두 명을 준다고 해도 난 전혀 설레지 않아. 경험 많은 여자가 훨씬 좋거든.」

그가 니콜에게 다가와 입을 맞춘다.

「궁금해서 그러는데, 군중에 영향을 미치고 싶어 하는 당신의 그 열정은 대체 어디서 나온 거야?」

「아버지가 오스트레일리아에서 양모 사업을 크게 하셨어. 아마도 유전적인 요인이 클 거야. 어릴 때 목장에서 양 떼를 보고 자라면서 다수의 개체를 움직여 얼마나 커다란 힘을 발휘할 수 있는지 알게 됐어. 한 사람에게 영향을 미치는 행동은 금방 잊히고 말아. 반면에 다수의 군중에게 영향을 미치는 행동은 사람들의 머릿속에 각인되고 역사에 기록으로 남게 되지.」

「역사에 영향을 미치고 싶은 거야?」

「그래, 맞아. 내 행동이 최대한 많은 사람에게 영향을 미쳤으면 해. 이번 일도 전 세계적 차원에서 집단적 감정을 불러일으켜 역사의 흐름을 바꾸고 싶은 거야. 그게 내 행동의 동기야.」

그녀가 빅토르를 쳐다보며 의미심장하게 덧붙인다.

「한 사람을 죽이면 범죄자가 되고 수백 명을 죽이면 전투 지휘관이 되지만, 수천, 수만 명을 죽이면 국가적 영웅이 되지.」

쿠프리엔코 대령이 재밌어하며 눈썹을 찡긋 올린다.

「당신은 참……」

「놀랍다고? 그렇게 말하고 싶은 거야, 빅토르?」

「자기는 권모술수에 참 능해. 솔직히 존경스러워. 체스를 아는 사람으로서 당신 같은 사람을 보면 절로 고개가 숙여져. 영문도 모르는 채 움직이는 보잘것없는 폰들을 가지고 그렇게 뛰어난 게임을 펼치는 당신을 보고 있으면 경이롭게까지 느껴져.」

그가 작은 원탁에 놓여 있는 체스보드를 내려다본다.

「그러니까 당신의 백폰들이 이 흑룩 두 개를 조준한다 이거지.」

「맞아, 그게 내 계획이야.」

「또 다른 비행기 한 대가 펜타곤을 치게 하는 계획도 세우고 있잖아……」

「사실 두 타워는 미끼에 불과하고 내 진짜 목표물은 펜타곤이야.」

「국방부를 타격하겠다?」

니콜이 재킷 호주머니에서 시가 케이스를 꺼낸다. 길고 굵직한 쿠바산 시가를 한 대 꺼내 끄트머리를 잘라 내고 불을 붙인다. 그러곤 미간을 일그러뜨리며 담배를 깊이 빨아들였다 푸르스름한 연기를 훅 내뿜는다.

「이 말을 들으면 놀라겠지만, 내 주된 목표는 한 사람을 죽이는 거야. 내가 개인적으로 깊은 원한을 품고 있는 사람이 그 타격 장소에 있어. 당신도 누군지 알거야.」

「그 절친한 친구?」

빅토르가 풋 하고 비웃음이 섞인 모호한 웃음을 지어 보인다.

「그녀가 당신을 뒤흔들어 놨군. 그런 기적이 어떻게 가능했을까?」

「그녀는 천재야. 그건 인정해야 해.」

「그 여자에 대한 얘기를 조금 더 들려줘.」

니콜이 시가를 한 모금 빨더니 연기를 입안에 오래 머금고 있다 내뿜는다.

「열두 살 때 처음 만났어. 같은 세계 체스 대회에 출전했다가 경기를 하게 됐는데, 내가 이겼지. 진 게 분했는지 걔가 나한테 달려들어 목을 졸랐어.」

「인상적인 출발이네.」

「그러고 나서 열여덟 살 때 다시 만났지. 그땐 내가 졌어. 그래서 우쭐대지 말라고 경고하는 의미에서 군중을 이용해 한 방 먹였지. 그 일로 걔 엄마가 죽었고.」

「응당히 해야 할 복수였네.」

「아일랜드에서 다시 만났을 때가 스물다섯 살, 난 IRA 소속이었고 그녀는 MI5에서 일했지. 그녀가 내 남자 친구에게 의도적으로 접근해 내가 그를…… 죽이게 만들었어. 그를 유혹한 것부터 내가 쏜 총에 맞아 죽게 만든 것까지 모두가 계획된 일이었다고 생각해.」

「필연적인 귀결이었군.」

「그 사건 때문에 난 몇 달 동안 감옥에 갇혀 감각 박탈 고문을 당했어. 탈옥에 성공했지만 아빠가 비행기를 대기시켜 놓고 기다리던 공항까지 그녀가 나를 뒤쫓아 왔지. 총격전이 벌어졌고, 그녀가 쏜 총에 맞아 아빠가 돌아가셨어.」

빅토르가 체스보드에서 흑퀸을 집어 만지작거린다.

「그녀를 아프가니스탄에서 다시 만났을 때 얼마나 놀랐는지 몰라. 그때는 영국이 아니라 미국을 위해 일하고 있었어. 아프가니스탄 산악 지대에서 추격전을 벌이다 그녀의 다리에 한 발 적중시켰어. 이 얼굴 상처는 그때 그녀가 쏜 총에 맞아 생긴 거고.」

「우리 업계에서는 개인적인 원한을 추동력 삼아 일하는 사람은 프로답지 못하다고 여겨.」

빅토르가 그녀를 빤히 쳐다본다.

「당신 말대로 나를 뒤흔들어 놓은 사람은 평생 그녀밖에 없어. 내가 빈 라덴을 이용해 이 새로운 임무를 성공적으로 완수하려는 것도 그녀 때문이야. 예나 지금이나 그녀는 내 행동의 유일한 동기야. 〈복수하려면 때를 기다려야 한다〉는 말이 있지. 난 몇 년 동안 기다릴 만큼 기다렸어. 이제 허기를 느껴. 그녀에게 대가를 치르게 하겠어. 물론 그녀의 죽음 배후에 내가 있다는 사실은 아무도 모를 거야. 그녀는 수많은 희생자들 중 한 사람이 될 거니까.」

백과사전
에드워드 버네이즈

　어떤 방법을 써야 군중에게 영향을 미칠 수 있을까? 현대에 들어와 이 문제를 연구한 학문의 선구자 중 한 사람은 지크문트 프로이트의 조카인 에드워드 버네이즈였다.

　20세기 초, 많은 사회학자들이 노동자들의 파업을 만류할 설득의 기술을 고민하고 있을 때, 에드워드 버네이즈는 광고 기호학에서 아이디어를 얻어 노동자들 스스로 자본주의를 받아들이게 만드는 방법을 찾았다.

　1917년, 버네이즈는 윌슨 대통령이 제1차 세계 대전 참전에 대한 미국 내 여론을 우호적으로 바꾸기 위해 설립한 공보 위원회에 소속돼 활동했다. 이 기관은 하얀 턱수염을 기르고 별이 박힌 하얀 모자를 쓴 사람이 팔을 뻗어 손가락으로 앞을 가리키면서 〈I Want You for US Army(미군에서 당신을 원한다)〉라고 말하는 포스터 광고로 유명하다.

　몇 년 뒤, 그는 한 농식품 회사의 의뢰를 받아 베이컨과 계란으로 차린 푸짐한 아침 식사를 미국인들에게 권하는 홍보물을 제작했다. 그는 과학적인 연구 조사 결과를 끌어들여 단백질이 풍부한 아침 식사를 해야 할 필요성을 미국 소비자들에게 납득시키는 데 성공했다. 베이컨과 계란이 들어간 아침 식사는 이후 미국 가정의 전통이 되어 오랫동안 이어지고 있다.

1927년, 에드워드 버네이즈는 러키 스트라이크 담배 광고를 제작했다. 흡연이 여성성의 표현이라는 것이 광고의 주된 메시지였다. 특이하게도 그는 유명 배우가 아닌 평범한 여성들을 광고 모델로 썼고, 이 전략이 광고의 진정성을 높이는 데 크게 기여했다. 광고는 대히트를 쳤다.

그는 집에 피아노를 사고 책장을 설치하라고 미국인들을 설득하기도 했다. 비록 피아노를 치지 않고 책을 읽지 않더라도 그렇게 해야 손님들 눈에 교양 있는 가정으로 보인다고 했다.

버네이즈는 아직 재활용 방법이 존재하지 않았던 산업 폐기물인 플루오린을 유통시키기 위해 이 물질이 치약에 들어가면 좋다는 인식을 확산시켰다.

에드워드 버네이즈는 국가 지도자가 가지는 엄격한 이미지를 바꾸기 위해 백악관에서 대통령이 유명 영화인이나 대중 가수와 아침 식사를 하는 이벤트를 기획하기도 했다.

1928년, 그는 『프로파간다』를 출간했다. 〈대중의 마음을 사로잡는 방법〉이라는 부제가 붙은 이 책에서 버네이즈는 선전 선동에 관한 자신의 철학을 밝혔다. 그에 따르면, 군중은 합리성보다는 충동의 지배를 받는 존재들이다. 민주주의에서는 강요하지 않고도 대중의 의견을 조작할 수 있다. 억지로 강요하기보다 대중에게 영향을 미칠 방법을 찾으면 된다. 그래야 대중이 자기 스스로 한 선택이라 믿게 되고, 집권 세력에 저항하려는 경향도 약해진다.

에드워드 버네이즈는 귀스타브 르 봉의 군중 심리학과 삼

촌인 지크문트 프로이트의 집단 무의식 개념을 결합해 자신만의 철학을 만들었다. 그는 무엇보다 억압된 군중의 욕망을 찾아내려고 애썼다. 에드워드 버네이즈는 무의식에 감춰져 있는 충동을 자극해 군중이 물건을 사고, 특정 예술인을 추종하고, 특정 정치인에게 표를 던지게 만들었다. 그는 『프로파간다』에 다음과 같이 썼다.

(이동을 위해 실제로 필요가 없는데도) 자동차를 사면서 사람들은 마음속으로 이 비싸고 덩치 큰 물건 때문에 번거로워지리라는 것을 알고 있다. 걷는 게 건강을 위해 훨씬 좋다는 사실 또한 알고 있다. 하지만 자동차는 사회적 지위의 상징이고 성공한 사업가의 증거이며 여자들을 유혹하기 위한 수단이다. 이렇듯 우리가 하는 대부분의 행동은 알면서도 모르는 척하는 동기들에 의해 결정된다.

에드몽 웰스,
『상대적이며 절대적인 지식의 백과사전』

3

9월 11일 화요일, 아침 7시.

모니카 매킨타이어가 자신의 아담한 펜타곤 집무실 책상에 앉아 있다. 매주 화요일 8시 30분에 열리는 고위 장교들의 전체 회의 때 발표하기 위해 아프가니스탄의 현황을 요약한 보고서를 작성하는 중이다.

똑똑 문 두드리는 소리가 들린다.

「들어와요.」

게리 설리번이 군대식 경례를 한다.

「소령님!」

「무슨 일이에요, 중위?」

「빈 라덴에 관한 새로운 정보가 입수됐습니다. 관심을 가지실 만한 내용이에요. 일전에 저한테 러시아 첩보 기관에 소령님과 철천지원수인 여성이 한 명 있다고 말씀하셨죠?」

「맞아요.」

「그 여자가 빈 라덴과 접촉한 것 같습니다.」

게리 설리번 중위가 서류를 펼쳐 모니카 앞에 내려놓는다. 이중 스파이들이 수집한 각종 사진과 정보를 확인하는 순간 그녀의 얼굴이 새파랗게 질린다.

잠시 후, 그녀는 대형 회의실에서 열리는 고위 장교들의 회의에 참석해 있다.

「말씀을 끊어 죄송하지만, 장군님, 너무나 중요한, 아니 긴급한 문제이기 때문에 회의에 들어가기 전에 이 말씀은 꼭 드려야겠습니다.」

제복 차림의 남성들이 막무가내인 그녀를 놀란 눈으로 빤히 쳐다본다.

「매킨타이어 소령, 우린 오늘 다루기로 한 안건들이 있어요. 예정대로 하는 게 정상적인 회의 운영일 것 같군요.」

허친슨 장군이 건조한 목소리로 그녀를 제지한다.

「아니, 죄송하지만 전 말씀드려야겠습니다. 이건 촌각을 다투는 문제일지도 모릅니다.」

회색 불도그를 연상시키는 노령의 군 사령관이 어쩔 수 없이 발언권을 주면서, 더 진지한 안건들을 토의해야 하니 짧게 끝내라고 신호를 보낸다.

「장군님, 우리 영토 내에서 대규모 사건을 기획하는 자들이 있는 것 같습니다. 제가 예전에 알게 된 IRA 테러리스트 출신 여성이 하나 있습니다. 나중에 KGB 요원이 되었죠. 그녀의 특기는 군중을 활용하는 방식으로 사고사로 위장해 자신의 목표물을 제거하는 것입니다. 이름은 니콜 오코너입니다.」

모니카가 서류철에서 금발 머리에 푸른 눈을 가진 오스트레일리아 여성의 사진을 꺼내 보여 준다.

「오래전 사진입니다. 장기간 종적을 감추는 바람에 새로운 정보를 수집할 수 없었죠.」

「군중이니 뭐니 하는 얘기는 다 뭔가?」

「말씀드리겠습니다, 장군님. 니콜 오코너는 일종의 〈간접〉공격이라 할 수 있는 독특한 공격 방식을 구사합니다.」

「당구의 스리 쿠션 같은 건가?」

한 고위 장교가 농담처럼 한마디 던진다.

모니카가 못 들은 척 보고를 이어 간다.

「그녀의 특기는 집단을 이용해 목표물을 제거하는 것입니다. 니콜 오코너가 IRA에 소속돼 활동할 때 MI5 이중 스파이를 제거하기 위해 바로 그 방법을 썼어요. 단 한 명을 죽이기 위해 벨기에 에젤 경기장에 압사 사건을 일으켜, 결국 서른아홉 명이 사망하고 6백 명이 부상을 입었죠. 물론 이후에 범인을 잡기 위한 경찰 수사 같은 건 없었습니다.」

모니카가 에젤 경기장 참사 사건을 찍은 사진들을 보여 준다.

「이런 게 바로 그녀의 방식이고, 그녀는 이 분야의 대가죠. 에젤 경기장 사건처럼 가해자와 피해자가 너무 많아 혼란스러운 상황에서는 누구도 이것이 사전에 계획된 범행이라는 의심을 하기가 어렵습니다. 그녀는 IRA를 떠난 이후 소련 정보기관에서 일했습니다. 목표물을 쥐도 새도 모르게 제거하기 위해 이미 비슷한 전략을 여러 번 실행에 옮겼을 가능성이 높아요. 체스식으로 표현하자면 〈폰의 진격〉이라고 부를 수 있는 작전 방식이죠. 몇 년 전에는 그녀를 아프가니스탄 판지시르 계곡에서 마주치기도 했습니다.」

「잠깐만, 매킨타이어 소령. 대체 뭐가 어떻게 위급하다는 건가?」

장군의 목소리에 짜증이 섞여 있다.

「설리번 중위에게 방금 전달받은 첩보에 의하면, 니콜 오코너가 빈 라덴과 접촉한 것 같습니다. 이는 그 둘이 손을 잡았다는 뜻이고, 그들의 타깃이 여기 있을 것으로 추측됩니다.」

「여기? 미국에 말인가?」

「그렇습니다. 우리 땅에, 보다 정확히 말하면 바로 여기, 펜타곤에 말입니다. 그럴 만한 이유가 한 가지 있습니다.」

「그 이유라는 게 뭔지 몹시 궁금하군요…….」

한 고위 장교가 모니카를 빤히 쳐다보며 비아냥거리듯 말한다.

「제가 여기 있기 때문입니다.」

이 말에 장군이 턱을 쳐들고 입을 딱 벌린 채 껄껄 웃는다. 테이블에 앉아 있던 회의 참석자들이 일제히 따라 웃는다.

「자네, 자의식과 편집증이 좀 지나친 것 같군, 매킨타이어 소령. 세상이 자네를 중심으로 돌진 않아. 내가 보기엔 자네의 비상한 머리와 경계심이 오히려 자네에게 독이 되고 있어. 그러니 음모론에 빠질 수밖에. 빈 라덴은 소련군과 싸웠어. 그런 자가 러시아와 손을 잡았다는 것은 어불성설일세.」

고위 장교 하나가 장군의 의견에 동조한다.

「빈 라덴과 개인적인 친분이 있어 잘 압니다. 그는 우리의 소중하고도 효과적인 동맹이라고 저는 확신해요.」

「장군님, 말씀드리기 송구하지만 그들은 우리가 이용 가치가 있느냐 없느냐에 따라 수시로 태도를 바꿉니다. 이슬람 급진주의자들은 한 입으로 두말하는 놈들이에요. 여전히 미심쩍게 느껴지신다면 놈들에게 교과서나 다름없는 『책략

서』를 한번 들춰 보세요. 15세기에 쓰인 아랍의 고전인데, 이 책 전체를 꿰뚫는 철학이 바로 양면 전술이에요. 가령 책에 이런 예가 나옵니다. 이슬람군 사령관이 한 도시를 침공해 포위한 다음 주민들에게 이렇게 말합니다. 만약 항복하면 단 한 명 죽이지 않겠다. 그 말에 도시가 투항하자 사령관은 단 한 명만 남기고 전 주민을 학살합니다. 귀에 걸면 귀걸이, 코에 코면 코걸이인 거죠.」

목덜미가 서늘해지는 농담에 장교 몇몇이 키득거린다.

「저는 진지합니다. 곧 심각한 사태가 발생하리라는 확신이 있어요.」

「그러한 두려움을 느끼는 이유가 정확히 뭔가, 소령?」

「세 가지입니다. 첫째는 마수드의 암살, 둘째는 니콜 오코너와 빈 라덴의 만남, 셋째는 제 직관이에요.」

「빈 라덴은 아프가니스탄에 있는 걸로 아는데……. 거긴 여기서 아주 멀지 않나.」

장교 하나가 끼어든다.

「빈 라덴이 부하들을 시켜 타격을 감행한다면요?」

모니카가 받아친다.

「말도 안 되는 소리예요. 산속에서 게릴라 활동을 하던 자들입니다. 아마 평생 비행기를 타본 적도 없을걸.」

장교가 즉각 되받아친다.

「우리 진지해지세, 소령. 편집증적 망상 때문에 자네 머릿속에서 모든 게 뒤죽박죽 섞인 것 같아. 우리 국경은 철통같은 경비가 이루어지고 있네. 물 샐 틈 없는 검문검색이야 말할 것도 없고.」

허친슨 장군이 단호한 어조로 말한다.

「장군님, 저는 공항 세관에서 검사를 강화하고 멕시코 국경에 철책을 세우는 것으로 과격한 테러리스트들의 공격을 저지할 수 있다고 생각하지 않습니다.」

고위 장교들의 얼굴에서 조롱과 불신이 뒤섞여 읽히지만 모니카는 결코 주장을 굽히지 않는다.

「빈 라덴 휘하에 죽음을 각오한 광신주의자들이 수백 명 있다고 마수드 사령관이 생전에 저한테 경고했어요. 이들은 자신들이 순교자라고 믿고 있습니다. 세뇌당한 거죠. 그들이 산에서 양이나 치던 놈들이라고 생각하시면 오산입니다. 부유한 가정에서 태어나 배울 만큼 배우고 현대적인 생활을 누리며 산 사람들이 꽤 많아요. 가장 위험한 자들이라고 할 수 있어요. 이들은 언뜻 미국 사회에 동화돼 사는 것 같아 보이지만, 이교도를 죽이는 것은 내세에서 확실히 보상받을 수 있는 성스러운 행위라고 믿고 있습니다.」

조롱하는 시선이 느껴지지만 모니카는 꿋꿋하게 자기주장을 관철시키려고 애쓴다.

「절대 종교의 위력을 과소평가하시면 안 됩니다, 장군님.」

「그건 인정한다손 치더라도 빈 라덴과 그 니콜 오코너라는 여자의 만남에 자네가 이토록 과민하게 반응하며 불안감을 느끼는 이유는 난 여전히 이해 못 하겠네.」

모니카가 미처 반박할 사이도 없이 군인 하나가 쏜살같이 회의실로 뛰어 들어와 장군의 귀에 대고 뭔가를 속삭인다.

장군의 얼굴이 창백하게 굳더니 떨리는 목소리로 말한다.

「테러리스트들이 민간 비행기 한 대를 납치해 방금 뉴욕 세계 무역 센터의 북쪽 타워를 공격했다는군……」

회의 중이던 장교들이 황급히 위기관리 센터로 뛰어간다. 먼저 도착한 펜타곤 간부들이 현장 상황을 생중계하는 CNN 방송을 지켜보고 있다. 눈으로 보고도 차마 믿기지 않는 이미지들이 스크린을 지나가고 있다.

오전 9시 3분, 유나이티드 항공의 보잉 767 비행기가 세계 무역 센터 남쪽 타워와 충돌한다.

모니카는 감정에 휩쓸리지 않고 냉정해지려고 애쓴다.

내 예상대로 이것이 예견된 비극이라면? 만약 두 타워에 대한 공격이 또 다른 목표물을 공격하기 위한 미끼에 지나지 않는다면?

퍼뜩 어떤 생각이 떠오르자 모니카가 자리에서 일어나며 결연한 목소리로 말한다.

「제 예상대로라면 이게 끝이 아닙니다. 곧 추가 공격이 있을 거예요. 대상은 백악관 아니면…… 여기 펜타곤. 당장 사람들을 대피시켜야 합니다.」

「상황은 이미 종료됐어요. 맨해튼 한가운데 있는 타워 두 개가 공격당한 마당에 무슨 추가 공격 운운하는 겁니까? 지금 상황만으로도 끔찍해요. 사망자가 얼마나 될지 상상이나 해봤어요?」

장교 하나가 거친 어조로 반박한다.

「공격이 계속되기를 바라기라도 하는 겁니까?」

다른 장교 하나가 흥분해 벌떡 자리에서 일어난다.

「이 사건의 배후에 있는 여성을 누구보다 잘 알기 때문에 드리는 말씀입니다. 그녀는 개미집을 걷어차듯 여러 지점을 동시 타격합니다. 극한의 공포에 휩싸인 사람들은 감정에 매몰돼 정상적 사고가 불가능해지죠. 그런 상태에서 그녀는 마지막 기습 공격을 펼칩니다. **그러니 지금 당장 펜타곤을 비우라고요, 젠장!」**

「자네도 알다시피 이 위기관리 센터는 우리가 실시간으로 정보를 수집하고 방어책과 대응 공격 방식을 논의할 수 있는 유일한 장소일세.」

모니카는 허친슨 장군이 융통성을 발휘하리라 기대하지 않는다.

장군의 신피질이 작동을 멈췄어. 반대로 대뇌변연계는 폭주해 분노와 공포를 일으키고 있어.

모니카가 손목시계를 내려다본다.

9시 20분.

창문 밖 하늘을 쳐다보는 순간 불길한 예감이 그녀를 사로잡는다.

모니카는 급히 집무실로 돌아와 한 명뿐인 부하 직원 설리번 중위에게 대피를 지시한 뒤 지팡이를 짚고 절뚝거리면서 엘리베이터를 타고 지하 주차장으로 내려간다. 떨리는 손으로 키를 돌려 시동을 건다. 최대한 빨리, 그리고 멀리 이곳에서 벗어나야 한다.

그녀가 지하 주차장을 나와 막 속도를 내기 시작할 때 하늘에 저공비행을 하는 비행기가 한 대 나타난다.

이런.

9시 37분. 비행기가 펜타곤 서쪽 날개의 중앙을 들이받는다. 불과 10여 분 전에 그녀가 있었던 곳이다. 굉음에 이어 거대한 불길이 하늘로 치솟는다.

4

니콜 오코너가 자신의 FSB 집무실에 앉아 있다. 1991년 KGB 장교들이 고르바초프를 상대로 쿠데타를 기도한 이후 FSB로 이름이 바뀌었다.

이 방은 정보 요원의 사무실이라기보다 생물 실험실을 연상시킨다. 곳곳에 비바리움이 설치된 방에서 실험에 열중하고 있는 니콜의 입가에 미소가 번져 있다. 똑같은 실험을 몇 번째 하고 있다. 싫증이 날 만도 한데 니콜은 매번 흥분에 휩싸여 결과를 관찰한다.

빅토르 쿠프리엔코 대령이 노크도 없이 방으로 들어와 말을 걸려고 하자 니콜이 제지하며 실험 상자를 가리킨다.

「쉿, 잠깐만 기다려. 곧 폰들이 어떻게 작동하는지 보게 될 거야.」

그녀가 비디오카메라를 켜자 웅웅거리는 소리와 함께 녹화가 시작된다. 니콜이 소형 진공청소기로 개미를 한 무더기 빨아들여 투명한 상자에 쏟아 넣는다. 상자에는 A와 B라고 쓰인 작은 구멍이 두 개 뚫려 있다.

개미들이 우왕좌왕하며 상자 가운데로 모인다.

니콜이 가까이 있는 케이지에서 도마뱀 한 마리를 꺼내 개미들 사이에 풀어놓는다.

「지금부터 잘 봐.」

도마뱀의 등장에 개미들이 혼비백산한다. 개미들 입장에서는 무시무시한 티라노사우루스 렉스가 눈앞에 나타난 것이나 마찬가지다.

개미들이 일제히 A 출입구 쪽으로 달아난다. 서너 마리밖에 빠져나가지 못할 정도로 구멍이 작아 정체가 발생하자 까맣게 떼 지어 모여 있던 개미들이 순식간에 도마뱀의 먹이가 된다. 운 좋은 몇 마리만 살아남은 걸 확인한 니콜이 도마뱀을 꺼내 도로 케이지에 넣는다. 그녀가 살아 있는 개미 몇 마리를 본래 상자로 다시 옮겨 놓고 나서 녹화된 화면을 저속 재생으로 보여 주며 설명한다.

「상자 가운데서 출구 A와 B까지의 거리는 정확히 똑같아. 그런데도 개미들은 모두 출구 A로 도망치려고 했어. 이유가 뭘까?」

빅토르가 대답하기도 전에 그녀가 말끝을 단다.

「가장 먼저 도마뱀의 출현을 목격한 개미가 경보 페로몬을 발산하면서 출구 A 쪽으로 달아났기 때문이야. 다른 개미들은 어디로 도망칠지 고민조차 하지 않았어. 첫 번째 개미가 내뿜은 페로몬이 그들 스스로의 판단과 분석을 가로막아 그냥 따라갔을 뿐이야. 개미들은 단 한 순간도 상황을 분석하려 하지 않았어. 그랬다면 출구 B를 발견했을 테고, 살 가능성도 훨씬 높았겠지. 인간은 개미처럼 그렇게 속수무책으로 당하지 않는다고 당신이 말할 수도 있어. 하지만 그렇지 않아. 우리도 다를 바 없어. 일단 공포가 작동하기 시작하면 지성은 무력화되지. 군중은 먼저 행동에 나서는 사람들을 무조건 따라 하게 돼 있어. 군중은 게으르거든. 아무리 어리석은 행동도 그들은 그냥 따라 하지.」

니콜의 설명을 흥미롭게 듣던 빅토르가 말한다.

「지금 뉴욕에서 딱 그런 일이 벌어지고 있어. 미국 뉴스를 보다 오는 길이야. 당신 실험을 인간 세계에 적용하면 어떤 결과가 나타나는지 같이 가서 확인하지 않을래?」

「성공했다는 거 알고 있어.」

니콜이 개미들에게서 눈을 떼지 않은 채 대답한다. 기적적으로 생존한 개미들이 분주히 더듬이를 움직여 자신들이 겪은 끔찍한 경험을 동료들에게 전해 주고 있다.

「당신은 알다가도 모를 사람이야. 4년을 준비해 멋지게 성공해 놓고 막상 일이 벌어지니까 결과에는 관심이 없는 거야?」

그녀가 윙크를 하며 그에게 입을 맞춘다.

「해야 할 일을 다 해놨다면 결과는 운명에 달린 거야. 하지만 당신이 정 그러자면 그러지, 뭐.」

니콜이 빅토르를 따라 그의 집무실로 들어간다. 전 세계 방송 채널이 나오는 TV 스크린들이 벽면에 빼곡하게 걸려 있다. 하나같이 뉴욕에서 송출되는 이미지들을 생중계하고 있다.

「솔직히 난 이번 일이 성공하리라 기대하지 않았어.」

빅토르가 믿기지 않는다는 표정으로 스크린들을 응시한다.

니콜이 시가를 한 대 꺼내 불을 붙이더니 흡족한 표정을 지으며 연거푸 뻐끔거린다. 파란 담배 연기가 공중으로 흩어진다.

「이번 테러로 새로운 분쟁 지역이 생겨나게 될 거야. 이제 우리는 더 이상 미국의 주적이 아니야. 미국이 빈 라덴에게 몰두해 있는 사이에 우리는 우리가 하고 싶은 일을 얼마든지 할 수 있어.」

「그는 지금 어디 있어?」

빅토르가 니콜을 쳐다본다.

「파키스탄에 은신해 있어……. 내가 아이디어를 줬어. 파키스탄은 미국이 그 지역에서 가장 가까운 동맹이라고 여기는 나라야. 그런 파키스탄의 이중성을 활용하는 거지.」

「당신 말대로 미국은 당분간 말벌에 쏘인 황소처럼 흥분해 날뛸 거야. 닥치는 대로 뿔로 들이받겠지. 파키스탄만 빼고……. 기발한 아이디어가 아닐 수 없어.」

반복되는 영상들을 빅토르가 넋을 잃고 바라본다.

「펜타곤 사망자 명단이 나왔어?」

청록색 눈동자를 불안하게 굴리며 니콜이 묻는다.

「아직.」

「내가 궁금한 건 그거뿐이야.」

마침 장교 하나가 종이 한 장을 흔들어 보이며 들어온다.

「펜타곤 명단인가요?」

니콜이 종이를 잡아채 들여다보더니 신경질적인 한숨을 내쉰다.

「무슨 문제라도 있어?」

「건물 잔해에서 발견된 사망자 중에 신원이 확인된 1백여 명의 명단이 나왔는데, 그 여자 이름이 없어.」

빅토르가 다정하게 니콜의 어깨를 툭 친다.

「막 재미있는 농담이 하나 생각났는데 들어 봐. 카우보이 하나가 술집에 들어가 다른 카우보이에게 말해. 〈이봐 빌리, 저기 카운터에 앉아 있는 놈 말이야, 내가 끔찍히 증오하는 놈이야.〉 그러자 빌리가 대답하지. 〈정확히 누구 말이야? 카운터 앞에 일곱 명이 나란히 앉아 있는데.〉 카우보이가 권총을 꺼내 여섯 명을 쏴 죽이자 남은 한 사람이 놀라서 자리에서 일어나. 카우보이가 이렇게 말하지. 〈보여? 저기 서 있는 저놈, 저놈이 내가 증오하는 그놈이야.〉」

빅토르가 제 풀에 키득키득 웃는다.

「난 실패했어.」

희희낙락할 기분이 아닌 니콜이 입을 앙다문다.

「그렇지 않아. 이번에 당신이라는 사람한테 정말 감탄했어. 이 길로 당장 공로 훈장 추서를 건의할 생각이야. 그리고 나한테 기막힌 아이디어가 하나 떠올랐어. 우리 역정보 전담 팀을 시켜 이 사건이 미국 정보기관의 작품이라는 루머를 퍼뜨려 혼란을 극대화할 생각이야. 아니, 아니야. 더 강력한 방법을 쓰자. 이스라엘 정보기관이 이슬람의 이미지를 추락시키려고 의도적으로 기획한 사건이라는 루머를 퍼뜨리는 거야. 엉성한 루머도 믿는 사람들이 항상 있거든.」

니콜이 광대뼈의 상처를 어루만지며 생각에 잠긴다.

「가끔 당신과 그 여자가 서로 연결돼 있는 것 같기도 해. 혹시 그녀가 당신의 저주받은 분신은 아닌지 몰라. 서로를 느끼고 있는 것 같으니 말이야.」

「난 그런 미신 믿지 않아. 나한테 중요한 건 모니카가 용케 살았다는 사실뿐이야.」

니콜이 곰 모양 재떨이에 시가를 세게 비벼 끈다. 빅토르는 그녀의 화난 모습이 은근히 재미있는 눈치다.

「어찌 보면 미친 짓이야. 한 여자를 죽이자고 몇천 명을 희생시키다니! 게다가 아이러니 중의 아이러니는 말이야, 그 여자가 멀쩡히 살아 있다는 거야.」

빅토르가 다가와 니콜의 어깨를 마사지해 긴장을 풀어 준다. 그가 슬쩍 입을 맞추려 하자 니콜이 몸을 뺀다.

「당신은 항상 화가 나 있어, 니콜. 가끔은 긴장을 풀 줄도 알아야지.」

「그 나쁜 년이 살아 있는 한은 안 돼.」

「우리한테 아이가 생기면 얼마나 좋을지 상상하고 있어.」

빅토르가 뜬금없이 말한다.

「내 아내가 될 생각 없어?」

「미안하지만 나한테는 모성애가 없어. 이미 말했잖아, 난 전사의 삶이 어울리지 엄마의 삶의 어울리는 사람이 아니라고. 한 가지 더 말해 줄까. 난 임신 중절 경험이 있어. 나 스스로 그걸 일종의 징후라고 믿어. 전 세계 핍박받는 자들이 모두 내 자식이야. 그들을 도와 압제자들과 싸우는 게 내가 할 일이야.」

그녀가 원탁 위의 체스보드를 빤히 쳐다보더니 흑룩 두 개를 툭 쳐서 넘어뜨린다. 그러고 나서는 백폰들에게 포위돼 고립무원의 상태에 처한 흑퀸을 뚫어져라 응시한다.

모니카, 이번엔 운 좋게 살아남았는지 모르지만 다음엔 어림없어. 우리 게임은 끝날 때까지 끝난 게 아니야.

5

2001년 9월, 며칠 사이에 마수드의 암살과 세계 무역 센터 테러를 겪고 난 모니카 매킨타이어는 극심한 우울증에 빠진다.

헝클어진 마음을 다잡고 불면증에서 벗어나기 위해 항우울제와 수면제를 입에 털어 넣었지만 효과가 없다. 자살 충동을 느끼며 멍하니 창문 너머를 응시하던 그녀를 붙든 건 오직 한 가지 열망…… 그녀가 〈세상만사의 화근〉이라 여기는 대상을 영원히 제거해야 한다는 마음뿐이었다.

지금 내가 뛰어내리면 이 게임은 그녀의 승리로 끝날 테니까.

모니카는 결국 워싱턴 근교에 있는 우울증 치료 전문 정신병원에 입원한다.

오만가지 약이 몸에 들어가자 의식이 몽롱해지면서 그나마 자학적인 행동은 불가능해진다.

처음 몇 주 동안 대부분의 시간을 비몽사몽으로 보낸 그녀는 뇌가 다시 정상 작동한다는 느낌이 들자 병원 도서관에서 주로 시간을 보낸다. 그녀에게는 신경 세포 운동이나 다름없는 독서를 통해 서서히 자기 통제 능력을 되찾는다.

지크문트 프로이트와 알프레트 아들러가 그랬듯이 모니카도 우울증 환자들이 살아온 내력에 관심을 갖기 시작한다.

그녀는 동병상련의 심정으로 그들의 전기를 찾아 읽는다.

에이브러햄 링컨은 우울증 가족력이 있는 집에서 태어났다. 그의 공황 장애는 어머니와 누나의 사망 이후 더 악화됐다.

에드거 앨런 포는 자신이 꾼 악몽에서 영감을 얻어 공포 소설을 쓰곤 했다. 그가 꾼 꿈들은 술과 마약 중독, 그리고 지독한 우울증의 결과였다. 그는 결국 마흔 살에 세상을 떠났다.

찰스 디킨스의 전기에는 그를 우울하고 우수에 젖은 사람으로 기억하는 지인들의 회상이 나온다.

레프 톨스토이는 『전쟁과 평화』를 집필하고 나서 극심한 우울증에 시달린 나머지 집을 떠나 계획 없이 기차를 타고 여행하다가 폐렴에 걸려 사망했다.

윈스턴 처칠 역시 우울증 환자였다. 그는 불면증과 자살 충동에 시달리는 시기를 〈검은 개가 돌아오는 때〉라고 불렀다.

노벨 문학상 수상자인 어니스트 헤밍웨이는 만성 우울증에 시달렸다. 전기 충격 요법까지 시도했지만 알코올 의존증이 생겼고, 예순한 살에 권총을 쏴 스스로 생을 마감했다.

마틴 루서 킹은 할머니의 죽음 이후 줄곧 우울증과 자살 충동에 시달렸다.

모니카는 자신만이 병을 앓는 게 아니며 자신이 존경하는 사람들이 똑같은 시련을 겪었다는 사실에서 위안을 얻는다. 그녀는 고통을 상대화해 바라보려고 애쓴다.

생각이 복잡한 사람들은 어쩔 수 없이 존재의 비극성을 인식할 수밖에 없어. 좋은 두뇌를 가졌다는 건 그런 의미에서 저주일지도 몰라.

가끔은 아무 생각 없이 살고 싶기도 해. 그저 무리 속 늑대나 양이 되어 살면 얼마나 행복할까.

마음이 가난한 사람은 행복하다. 하늘나라가 그들의 것이다! 무슨 말이 더 필요하겠어?

모니카가 입원실에 앉아 실소를 터뜨린다.

웃음소리가 기괴한 폭소로 변하면서 멈출 기미를 보이지 않자 간호사들이 달려와 진통제와 진정제, 수면제를 주사한다. 모니카는 몽롱한 상태에서 자신의 뇌가 더 이상 작동하지 않는다는 느낌을 받는다.

가끔 니콜의 얼굴이 떠오른다.

모니카는 세계 무역 센터 공격은 펜타곤 타격을 위한 미끼에 불과했다고 여전히 확신하고 있다.

12월 31일, 그녀는 간호사에게 부탁해 TV가 설치된 휴게실로 간다. 한 해 동안 일어난 사건들이 시간 순서에 따라 화면을 지나간다.

• 2월: 과학자들이 인간 게놈 지도의 초안을 공식 발표했다. 이로써 인간이 가진 유전자 염기 배열을 알 수 있게 됐다.

• 3월: 탈레반이 바미안 유적지의 석불들을 폭파했다.

• 9월 9일: 아프가니스탄 반군 사령관 아마드 샤 마수드가 암살됐다.

• 9월 11일: 세계 무역 센터의 두 타워와 펜타곤에 테러가 자행됐다. 오사마 빈 라덴이 지도하는 알카에다의 소행이라

고 지목되자, 이로써 1989년 냉전 종식 이후 새로운 군사적
목표가 된 이슬람을 상대로 하는 미국의 대테러 전쟁이 시작
됐다.

　정신이 혼곤한 속에 모니카는 생각한다.

　마수드 말이 맞았어. 적은 늘 존재해.

　1940년의 적은 나치주의자였고 1960년의 적은 공산주의자였
고 2000년의 적은 이슬람주의자야.

　음과 양의 관계처럼 아일랜드와 잉글랜드, 세르비아와 크로아티
아, 아르메니아와 튀르키예가 서로 대립하지.

　몇 세대, 심지어 몇 세기 동안 해묵은 증오가 반복되고 있어. 아
무도 평화는 상상조차 하지 않아.

　지금 니콜과 나도 마찬가지야.

6

2001년 12월 31일.

니콜 오코너와 빅토르 쿠프리엔코가 모스크바 서쪽 교외에 위치한 고급 주택가인 루블레브카의 다차에서 한 해의 마지막 날을 보내고 있다.

담비 모포 밑에 알몸으로 누워 있는 그들 앞에 TV가 켜져 있다. 빅토르는 매해 12월 31일 이 시간에 마치 의식처럼 TV를 시청하는 니콜의 습관을 잘 알고 있다. 〈세계 체스 대전〉의 형세를 이해하기 위해 꼭 필요하다는 것이다.

그가 보드카를 한 잔 건네자 니콜이 정신이 맑아야 한다며 고개를 가로젓는다. 그녀가 〈인간 무리의 진보〉에 결정적 영향을 미친 사건들을 골라 메모하기 시작한다.

• 2월: 아프리카 차드에서 인간에 가장 가까운 영장류의 두개골 화석이 발견됐다. 이로써 현생 인류의 기원은 약 7백만 년 전으로 거슬러 올라간다는 추정이 가능해졌다.

• 8월: 이스라엘 연구소가 줄기세포에서 심장 세포를 만들어 낼 방법을 찾았다. 이로써 줄기세포 배양을 통한 인공 장기 복제 가능성이 열리게 됐다. 앞으로 〈고장 난 부속품〉을 교체해 난치병 환자들을 치료하는 것도 가능해질 것으로

기대된다.

• 11월: 탈레반이 마수드의 옛 동지들이 이끄는 반군의
공격을 받아 아프가니스탄의 수도인 카불 밖으로 밀려났다.

빅토르가 다가와 니콜의 어깨를 애무하듯 주물러 준다.

「가장 힘든 일이 아직 남아 있어.」

니콜이 무표정한 얼굴로 혼잣말하듯 중얼거린다.

「실행 방법을 고민 중이야.」

「아무리 봐도 당신이 내 직책에 더 적임자인 것 같아.」

그가 농담 반 진담 반으로 말한다.

「대중의 의식은 여전히 너무 보수적이기 때문에 남자가
여자보다 머리가 좋다고 생각해. 뭐, 차라리 잘된 일일지도
몰라……. 그걸 역으로 이용하면 되니까. 당신들이 까맣게
모르는 상태에서 우리 여성들이 큰일을 도모할 수도 있지.」

뭐라고 응답할지 난감해진 빅토르가 그녀에게 키스를 해
입을 다물게 한다.

백과사전
전 세계적인 IQ 하락 현상

세계인의 평균 IQ는 1975년생 세대부터 떨어지기 시작했다. 연구마다 다르게 나타나기는 하나 한 세대에 평균적으로 7 정도 하락한 것으로 보인다.

IQ 하락 현상을 연구한 심리학자들은 몇 가지 원인을 제시했다. 우선, 학업에 많은 시간을 보낸 고학력자들의 결혼이 늦어지고 이들이 자녀 또한 많이 낳지 않는다는 사실을 주요한 원인으로 꼽는 시각이 있다. 또 다른 원인으로는 자동화로 인한 인간의 인지 능력 감퇴가 꼽힌다. 현대인은 불을 피울 줄도 바느질을 할 줄도 모른다. 예전처럼 손가락을 섬세하게 놀려야 하는 일을 더 이상 하지 않는다. 스크린에서 눈을 떼지 못하는 것 또한 한 가지 일에 정밀하게 집중하는 것을 어렵게 만들었다.

다른 원인을 지목하는 전문가들도 있다. 가령 환경 오염이나 교육의 질 저하, 젊은 인구의 독서 감소가 IQ 하락을 초래했을 수 있다는 것이다.

마지막으로, 언어의 빈곤화가 꼽힌다.

시제 사용이 갈수록 단순화돼 반과거, 복합 미래, 과거 분사 등의 사용 빈도가 줄어들면서 사고의 폭이 좁아지게 된다고 전문가들은 지적한다.

조지 오웰과 레이 브래드버리는 각각 『1984』와 『화씨 451』에서 반체제적 사고의 형성을 막기 위해 전체주의 정권들이 어휘를 축소하려는 시도를 했던 사실을 상기시킨다.

기원전 210년경, 중국 진 나라 황제인 진시황은 백성이 머리로 생각하는 것을 바라지 않았다. 무조건 자신에게 해가 된다고 판단했기 때문이다. 결국 그는 분서갱유라는 문화 탄압을 대규모로 시행한다. 이는 반체제적 사고를 차단하려는 목적이었다.

에드몽 웰스,
『상대적이며 절대적인 지식의 백과사전』

제7막　　　　　　　　　키트리니타스

1

2015년 7월 14일, 모니카의 나이 쉰다섯.

고통스러운 2001년을 보내고 난 그녀는 혐오스러운 인간 무리에서 멀어질 방법을 찾고 있었다.

젊은 시절 산과 사막으로 도망쳐 마음의 평정을 되찾았던 기억을 떠올리며 이번에는 바다로 떠나기로 결심했다.

단독 세계 일주 항해에 나서기 위해 높이 12미터짜리 쌍동선 한 척을 구입했다. 필요한 장비와 식량을 배에 싣고 보스턴 남쪽에 위치한 케이프코드 항구를 출발했다.

눈 덮인 바위산과 모래사막에서보다 바다 한가운데서 그녀는 더 깊은 고독을 느꼈다. 자신의 삶에 주어진 소명이 무엇인지 고민했다.

미국을 떠난 후 아소르스 제도와 포르투갈을 지나 남항한 모니카는 아프리카 대륙을 한 바퀴 빙 돌아 올라와 인도를 거쳐 중국 해안에 도달했다. 일본을 지나고 오스트레일리아 해안을 거쳐 태평양으로 나가 샌프란시스코까지 항해했다.

그렇게 1년의 시간을 자신과의 대화로 보냈다.

파도가 잔잔할 때는 글을 썼다.

그녀는 지나온 시간들을 하나하나 되짚으며 매일 자신의 내면과 만났다.

1년간 쓴 자전적 기록에 그녀는 〈눈물이 빗물처럼〉이라는 제목을 붙였다. 글을 쓰는 동안 개인과 집단의 차이에 대해, 개개인이 갖는 독특한 존재성에 대해 고민했다.

글이 완성되자 세계 일주 항해도 끝나 있었다. 배를 타고 세계를 동에서 서로 한 바퀴 돌았지만 여전히 동류 인간 집단으로 돌아갈 마음은 나지 않았다.

그녀는 다시 북극에서 출발해 남극까지 가는 항해에 나섰다. 또 한 권의 자전적 이야기가 완성됐다. 제목은 〈우리 존재의 신비〉.

고된 항해 기간 동안 글쓰기는 그녀에게 해방감을 안겨 주었다.

망망대해에서 절대적 침묵 속에 자신이 세상에 존재하는 이유만을 생각하다 보면 때때로 독특한 의식 상태에 이르곤 했다.

고립으로 인한 철학적 마비 상태에서 그녀를 건져 올려 준 것은 거친 풍랑과 돌고래, 그리고 이따금 기적을 울리며 지나가는 선박들이었다.

항해 3년째에 이르자 지구를 동서남북으로 한 바퀴씩 돌았듯이 자신의 내면도 구석구석 들여다보았다는 생각이 들었다. 이제는 타인의 이야기를 글로 쓰고 싶어졌다.

모니카는 자신의 경험을 바탕으로 소설을 쓰기로 했다.

일단 두 주인공부터 만들었다. 블랙 퀸, 일명 B. Q.라는 이름으로 활동하는 CIA 요원 비어트리스 콸리와 그녀의 숙적이자 화이트 폰, 일명 W. P.라는 별명으로 불리는 보이나 페트로브나.

두 여성은 아프가니스탄을 무대로 군사 작전과 외교적 흥정을 펼치며 격돌하고 한 남자를 놓고도 양보 없는 경쟁을 벌인다.

소설 제목은 〈검은 여왕〉으로 정해졌다.

서스펜스, 정치, 폭력, 배신, 사랑, 섹스가 버무려진 작품은 현대 스파이 소설의 구성 요소를 모두 갖추었다. 이 소설적 장치들의 귀결이자 클라이맥스는 아포칼립시스적 참사를 연상시키는 911 테러였다.

소설이 완성되자 모니카는 출판계에 인맥이 있는 뉴욕 친구 피오나 골드블룸에게 연락을 취했다.

피오나가 존 르카레 못지않은 인기를 끌 것이라며 반색했다. 전직 MI5 스파이였던 그 유명 작가의 작품처럼 모니카의 소설에서도 독자들이 사실성을 발견하고 흥미를 느낄 것이라고 했다.

모니카는 케이트 피닉스라는 필명을 만들었다. 자신의 사진을 책 표지에 실어서는 안 된다고 피오나에게 신신당부했다. 라디오와 TV, 신문사 인터뷰도 하지 않을 것이며 사인회나 도서전 참석도 불가능하다는 조건을 달았다.

자신의 신원이 노출되지 않게 가림막 역할을 부탁하자 피오나는 신비주의가 대중의 호기심을 한층 자극할 것이라며 흥분을 감추지 못했다.

여러 출판사에서 케이트 피닉스의 첫 스파이 소설에 관심을 보인다고 피오나가 알려 왔다. 해외 저작권 수출은 물론 영화를 비롯한 부가 저작권 계약 가능성 또한 높은 잠재적 베스트셀러라는 소문이 출판계에 파다하다고 했다.

뜨거운 입찰 경쟁 끝에 선인세가 30만 달러로 책정됐으며, 첫 소설에 이 액수의 선인세가 지급된 사례는 지금까지 없었다고 피오나가 전했다. 모니카는 우쭐했지만 내색하지 않았다. 그녀는 친구에게 레이더망에서 사라져 지낼 것이라면서, 다음에 연락할 때는 도청이 불가능한 암호화된 통신 장치를 이용할 것이라고 했다. 앞으로 계속 위치를 바꿔 가며 배 위에서 지내게 될 것이라고만 간단히 알려 주었다.

몇 년을 항해하고 나니 바다에 싫증이 났다. 연어가 생의 절반에 이르러 바다를 떠나 강을 거슬러 올라가듯이 그녀는 조상들의 땅에 정착하기로 마음먹었다.

그녀는 자신이 유일하게 믿는 옛 부하 직원 게리 설리번에게 여권을 포함한 위조 서류와 가짜 과거 이력을 만들어 달라고 부탁했다. 설리번은 그사이에 중령으로 승진해 있었다.

모니카는 새 신분증을 들고 부동산 중개 사무소들을 돌며 집을 알아보다 마음에 꼭 드는 집을 발견했다. 그녀와 친분이 있는 티머시 매킨타이어가 숨겨진 보석이라며 소개해 준 고성이었다. 인버레어리에서 몇 킬로미터 떨어져 대서양에 면해 있는 이 아담하고 낡은 중세 시대 성은 주인이 팔려고 내놨지만 부동산 중개업소들의 매물 리스트에는 올라와 있지 않았다. 옛날에 매킨타이어 성씨를 가진 사람들이 소유했던 곳이라는 설명에 혹해 가보니 폐허나 다름없었다. 하지만 조상들이 여기 살았다는 사실을 모종의 징표를 받아들인 그녀는 서슴없이 계약서에 사인하고 나서 성 한쪽 구석에 기거하며 수리를 시작했다.

출간된 『검은 여왕』은 반응이 신통치 않았다. 기자들이 서

평 하나 써주지 않았고 신비주의 작가라는 전략도 기대만큼 먹히지 않았다. 셜록 홈스, 에르퀼 푸아로, 제임스 본드 같은 영웅도 대중에게 꾸준한 관심을 받기까지 많은 시간이 걸렸으니 수집 효과가 생길 때까지 〈시리즈〉로 책을 내는 게 어떻겠느냐고 피오나가 출판사를 설득했다. 결국 출판사에서 선인세를 깎는 조건으로 제안을 받아들여 모니카는 두 번째 소설을 쓰게 됐다.

선인세로 받은 돈은 성의 난방과 전기 설비, 배관 공사에 썼다. 예산 한도 내에서 창문 몇 개도 이중창으로 교체했다. 집 상태로 보아 공사가 끝나지 않을 것 같아 보였지만, 제일 큰 방의 묵직한 벽난로 옆에 책상을 갖다 놓자 단출한 집필 공간은 마련되었다.

어려운 형편에도 모니카는 스코틀랜드의 고독을 즐겼다. 벽 두께가 2미터가 넘는 적막한 성에서 혼자 지내다 보면 조상들의 유령과 동거 중이라는 기분이 들 때도 있었다.

눈에 보이지 않는 동거인들 말고도 새로운 친구가, 진짜로 살아 있는 친구가 하나 더 생겼다. 이 검은 고양이를 보자마자 그녀는 마수드라는 이름을 붙여 주었다.

모니카는 〈검은 여왕〉 시리즈의 두 번째 책을 집필하기 시작했다. 천재성과 악마성을 동시에 지닌 비어트리스 콸리와 보이나 페트로브나가 서로를 향한 증오를 불태우면서 벌어지는 이야기는 모니카의 가슴을 뛰게 했다.

전작처럼 이 책도 대중의 관심을 끌지 못했다. 하지만 신간이 전작에 대한 관심을 불러일으켜 1권 판매가 두 배로 늘어났다. 기계가 돌기 시작한 것이다. 그러자 출판사와 쉽게 세 번째 책이 계약됐다.

소식을 전해 들은 모니카는 쓴웃음을 지었다.

이건 포커 게임과 비슷해. 이미 많은 투자를 한 출판사 입장에서는 판매가 저조하더라도 손실을 만회하려면 계속 투자할 수밖에 없는 거야. 체스 게임과 포커 게임은 비슷해 보여도 완전히 달라. 체스에서는 운과 심리전이 차지하는 비중이 적고 전략이 모든 것을 결정하지. 하지만 포커에서는 심리적인 요소가 승패에 결정적으로 작용해.

2015년 7월의 화창한 여름날 아침, 모니카가 마수드의 털을 쓰다듬으면서 친구였던 판지시르 계곡의 사자를 생각한다.

내가 이 소설을 쓰는 건 당신을 위해서이기도 해요. 사람들은 허구라고 여기겠지만 나는 진실을 적어 내려가고 있으니까.

소설을 쓰다 보니 지정학에 대한 관심도 되살아났다. 모니카는 자석 판에 대형 세계 지도를 붙인 다음 알록달록한 색깔의 동그란 자석들을 올려 대형 체스보드처럼 만든다.

일반 체스보드와 다른 점이 있다면 말이 서른두 개가 아니라 수백 개라는 것이다.

그녀는 각각의 말에 역할과 지위를 부여한다. 폰은 보병, 룩은 성채, 나이트는 탱크나 군함, 퀸은 장군, 그리고 킹은 국가 원수. 또한 애초의 흰색과 검은색 외에 여러 가지 색깔을 추가한다. 구별을 쉽게 하기 위해 노랑, 주황, 빨강 같은 따뜻한 색깔은 서구 진영을, 파랑, 청록, 녹색 같은 차가운 색깔은 동구 진영을 상징하는 것으로 정한다.

음과 양의 에너지가 서로 대립하며 충돌하는 가운데 어느

한 진영에 속하지 않고 존재하는 나라들은 중립적인 색깔인 보라색과 회색으로 표시한다.

모니카는 자신의 경험을 바탕으로 공개적인 전쟁들 외에도 눈에 보이지 않는 전투들이 무수히 벌어지고 있다는 것을 안다. 첩보 기관들 간의 전투, 무대 뒤에서 펼쳐지는 외교, 조작, 그리고 테러까지. 이 모두가 국제 정치라는 체스보드 위에서 벌어지고 있는 일들이다.

TV 뉴스를 보던 그녀가 문득 한 장면에서 미간을 찌푸린다.

빈에서 이란이 독일, 중국, 미국, 프랑스, 영국, 러시아와 핵 협정을 체결했다는 소식이 나오고 있다. 이란이 군사 목적의 핵 개발을 중단하고 미국과 유럽 연합은 이란에 대한 경제 제재를 점진적으로 해제한다는 것이 이 핵 합의의 골자였다. 반기문 UN 사무총장은 15년 가까이 갈등과 분쟁이 지속된 끝에 체결된 이 협정을 반기면서 〈지역 평화를 위한 협력〉의 길이 열렸다고 높이 평가했다. 협정 체결에 따라 국제 원자력 기구가 사찰단을 파견해 핵무기 개발이 의심되는 시설들을 조사할 수 있는 가능성이 열렸다고 아나운서가 전한다. 이스라엘만이 베냐민 네타냐후 총리를 통해 반대 의사를 밝히며 〈속임수 협정〉이라고 깎아내렸다.

모니카가 고양이와 눈을 맞추며 진지하게 말한다.

「이란은 분명히 핵폭탄을 만들 거야. 물론 비밀리에. 국제 원자력 기구 사찰단이 아무것도 찾아내지 못하는 사이 이란은 시간만 벌게 될 거야.」

고양이가 눈을 동그랗게 뜨고 귀를 옴찍옴찍하면서 모니카를 쳐다본다. 유일한 관심사인 간식을 기대하는 것이다.

뉴스를 들을수록 그녀는 자신의 직감에 대한 확신을 갖게 된다. 모니카가 다시 고양이에게 말한다.

「1938년 뮌헨 협정과 판박이야. 이건 평화를 위한 협정이 아니야. 저들은 지금 무제한 전쟁을 준비하는 자들에게 굽실대면서 시간을 벌어 주고 있어.」

그런데도 전 세계가 집단 최면에라도 걸린 듯 그걸 믿고 있어.

대체 얼마나 많은 사람이 믿으면 거짓말이 진실로 둔갑하게 되는 걸까?

실눈을 뜨고 화면을 들여다보던 모니카가 몸을 흠칫한다.

니콜이야.

그녀가 빈에 와 있어…….

무슨 자격으로? 러시아 협상단 자격으로?

FSB 요원 자격으로?

이건 우연의 일치로만은 볼 수 없어.

모니카가 주먹을 꽉 쥔다.

「니콜이 빈에 와 있다면 이건 그녀가 이 일의 배후라는 뜻이야.」

고양이가 고개를 갸우뚱하며 마치 그녀의 말을 다 이해하는 듯한 표정을 짓는다.

모니카가 위성 안테나에 잡히는 전 세계 TV 채널을 이리저리 돌리다 북한 뉴스에 고정한다. 빈 협정이 세계 평화를 위한 중요한 진전이라는 아나운서의 논평을 듣는 순간 모니카가 미간을 모으며 고개를 갸웃거린다.

「북한이 이란 핵 협정을 반기는 것은 어떤 간접적인 이득이 있기 때문일 거야……. 젠장, 김정은이 통치하는 북한이라는 걸 왜 미처 생각하지 못했을까! 외부의 통제나 감독 없이 핵 문제를 포함해 그 어떤 조작이라도 할 수 있는 나라가 바로 북한이야. 게다가 핵미사일과 핵폭탄 제조 기술까지 갖추고 있지.」

고양이 마수드가 동의한다는 듯 작고 뾰족한 귀를 옴찔옴찔한다. 모니카가 괜히 고무되어 계속 논지를 펼친다.

「이란은 러시아와 중국의 묵인 속에 북한에 핵무기 제조를 맡길 거야. 이걸 모르고 서방 국가들은 평화를 위한 승리 운운하며 자축하고 있으니…….」

가슴으로부터 분노가 치밀어 오르자 손이 떨리기 시작한다. 이것이 어떤 전조인지 아는 그녀가 늘 손 닿는 곳에 있는 진정제를 물 없이 한 알 삼킨다. 그러고는 눈을 감고 숨을 크게 들이마신다.

「지금 내가 혼자 할 수 있는 일은 아무것도 없어. 그렇다고 뭔가 크게 터질 걸 알면서 수수방관할 수도 없고.」

모니카가 결국 전화 수화기를 들고 펜타곤에 근무하는 설리번의 번호를 누른다.

「여보세요, 게리. 모니카예요.」

「오랜만에 목소리 들으니 반갑군요. 어디서 전화하는 거예요?」

「지금 자세한 얘기는 할 시간이 없어요. 내가 전화한 건 세계 평화를 위협하는 위험 상황이 발생했다는 걸 알려 주기 위해서예요.」

「밑도 끝도 없이 갑자기 그게 무슨 말이죠?」

「빈에서 체결된 이란 핵 협정 말이에요.」

「평화 협정이잖아요. 무슨 문제라도 있나요?」

「순진한 오바마가 한심하게 보일 지경이에요. 미국 정보 기관에서는 이란 뉴스를 보기나 하는지 모르겠네요. 이스라엘과 사우디아라비아, 아랍 에미리트를 파괴하고 주변 지역을 미국과 이슬람 수니파, 유대교의 영향력에서 해방시키기 위해 수단과 방법을 가리지 않고 핵폭탄을 보유하겠다고 목소리를 높이던데.」

「내부 선동용일 거예요.」

게리가 시큰둥하게 대답한다.

「아니, 내 생각엔 단순한 허언이 아니에요! 아주 노골적으로, 게다가 강경하게 주장하고 있다니까요. 북한 쪽 상황은 예의 주시 하고 있겠죠?」

「북한이 이란에서 얼마나 먼데 그래요, 모니카.」

「북한 뉴스를 보니까 이번 협정을 열렬히 반기고 있더군요. 북한 독재 정권이 이란을 강력히 지지하는 데다 핵무기까지 보유한 점을 감안하면 그들이 무슨 짓을 꾸미고 있는지 알아볼 필요가 있어요.」

수화기 건너편이 조용하다.

「왜 아무 말이 없어요, 게리?」

「저도 그 협상에 실무자로 참여했습니다. 전 이번 협정의 이행을 보장할 만한 충분한 장치들이 마련돼 있다고 생각해요.」

「911 테러 때 내 직감이 맞아떨어졌던 거 기억하죠?」

「조금 더 빨랐더라면 좋았겠죠.」

「어쨌든 우리 둘은 살았잖아요.」

설리번이 차마 이 말만은 되받아치지 못한다.

「중령으로 승진해 권한도 많아졌을 테니 몇 가지 부탁 좀 들어줘요. 일단 니콜 오코너의 동태를 살피면서 어떤 편법을 사용해 그녀가 이란 핵 협상 테이블에 러시아 대표단의 일원으로 앉게 됐는지 알아봐 줘요. 그녀와 일하는 이란 측 인사들이 누군지도 살펴봐 주고요. 그녀와 협력 관계에 있는 사람들, 그리고 그녀의 지시를 받는 사람들의 이름과 공식 직함, 직책, 공식 비공식 임무 내용까지 모두 알아내 전해 줘요. 어쩌면 지금 벌어지는 상황은 제3차 세계 대전의 전조일지도 몰라요. 어떻게 대처해야 할지 내 선에서 최대한 고민해 보겠어요.」

2

2015년 9월 24일, 니콜 오코너의 나이 쉰다섯. 스스로 늙었다기보다는 원숙해졌다고 느낀다.

뉴욕 세계 무역 센터 테러 이후 상관들은 그녀를 전보다 더 신임했다. 그들은 결과 자체보다 세계적 파장을 일으켰다는 점을 높이 평가했다. 동료들은 진짜 배후가 밝혀지지 않았다는 점에서 니콜의 이번 기획이야말로 걸작이라고 평가했다.

그녀는 공로를 인정받아 대령으로 진급했다. 어깨 위 계급장에는 별 세 개가 붙었다.

대령으로 진급하자 대우도 확연히 달라졌다. 운전기사가 딸린 차량과 경호원 두 명이 배정됐고 집무실도 고급 고층 빌딩으로 옮겨졌다. 니콜은 새 집무실에서 〈폰들을 움직이는〉 작전을 기획하고 실행에 옮겼다.

비록 비전통적인 방식이지만 그녀의 기획은 항상 좋은 결과를 낳아 상관들에게 신뢰를 주었다. FSB 고위 간부들은 그녀가 복잡하고 정교한 작전을 준비할 수 있게 충분한 시간과 자원을 제공해 주었다.

군중을 활용한 목표물 제거 방식은 동료들 사이에서도 인정을 받았다.

그녀의 아버지가 양모 사업으로 돈을 번 오스트레일리아의 거부였다는 사실에 착안한 동료들은 그녀의 전략적 스타일이 〈양치기 스타일〉이라고 우스갯소리를 하기도 했다.

FSB 간부들은 911 테러가 조지 부시의 미국이 사담 후세인의 이라크와 전쟁에 돌입하는 결정적 계기가 됐다는 점 또한 높이 샀다.

일석이조의 효과를 봤다는 것이다.

〈말벌처럼 황소의 눈을 쏘아야 한다. 그래야 앞이 보이지 않는 황소가 미쳐 날뛰다 동맹들까지 무차별적으로 공격하게 만들 수 있다〉는 철학은 니콜을 FSB의 신화적 존재로 만드는 데 일조했다.

러시아 정보기관은 미국이 나서서 이란의 최대의 적을 제거해 주었다는 점을 이번 테러의 또 다른 성과로 꼽았다. 미국 정부가 소위 민주적인 선거를 통해 수니파 이라크 수뇌부를 시아파로 교체해 주었기 때문이다!

니콜이 입버릇처럼 말하는 〈전쟁에서 승리하는 가장 효과적인 방법은 적이 자멸하게 만드는 것이다〉는 러시아 정보기관의 새로운 모토로 자리 잡았다.

니콜 오코너 대령은 모니카 매킨타이어 제거에도 나서, 러시아 정보기관을 총동원해 그녀의 흔적을 찾았다.

단독 항해에 나섰다는 정보가 입수되는가 하면 산속 오지에 은둔해 있다는 정보도 들어왔다. 심지어는 성형 후 개명했다는 소식까지 들렸다.

하지만 신빙성이 떨어지는 정보를 기반으로 대규모 작전을 기획하는 것은 불가능한 일이었다. 시간이 흐르면서 그녀의 존재는 점차 니콜의 머릿속에서 잊혔다. 언젠가는 다시 모습을 드러내리라는 막연한 확신만 남아 있었다.

니콜 오코너는 사교계에서도 유명 인사가 됐다. 그녀는 모스크바, 상트페테르부르크, 쿠바, 니카라과, 심지어 북한에서도 멋진 파티를 기획해 인기를 끌었다.

낮에는 엄격한 제복 차림에 훈장을 가슴에 단 군인으로 이악하게 일에 매달리다가도 밤이 되면 화려한 파티의 여왕으로 변신했다.

그녀에게 파티는 〈에그레고르〉의 장소였다.

니콜은 대사관, 박물과, 성, 심지어 군 병영 같은 뜻밖의 장소들까지 멋진 파티 장소로 변모시켰다.

그녀는 디제잉에도 뛰어난 재능을 보여, 러시아 록 음악과 오스트레일리아 선주민 음악을 믹싱해 빠르고 격정적인 비트를 만들어 냈다.

분위기가 절정에 달하면 턴테이블을 뒤로하고 댄스 플로어로 뛰어 내려가 몸을 흔들어 댔다.

그녀의 금발 머리카락이 공중에서 흩날리는 동안 파티장의 분위기는 뜨겁게 달구어졌다.

〈육체의 에고레고르〉가 〈정신의 에고레고르〉를 촉진한다고 그녀는 우스갯소리를 했다. 군과 정보기관 동료들이 한자리에 모여 꿍�꽝거리는 테크노 음악에 맞춰 몸을 흔들다 보면 파티는 어느 순간 무속 의식으로 변하는 느낌이 들었다.

이들을 트랜스 상태로 이끈다는 점에서 나는 오스트레일리아 선주민 축제의 꿈의 사제와 하나도 다를 바 없어.

참피친파와 쌍둥이 생각에 가슴이 뻐근해지면 더 격렬하

게 몸을 흔들었다. 흥분이 최고조에 달하면 그녀의 눈이 갑자기 날카롭게 번뜩였다.

난 백퀸이야. 양 떼를 인도하는 양치기지. 누가 도살장으로 향하고 누가 절벽 밑으로 떨어질지 정하는 사람은 바로 나야.

이렇듯 에로스와 타나토스의 에너지가 결합하는 순간 그녀는 자신의 위력을 새삼스럽게 느꼈다. 외모 콤플렉스가 있는 그녀가 이 순간만큼은 자신이 최고라고 자부했다.

아무리 높은 계급장을 단 남자들도 그녀 앞에서는 보잘것 없는 폰에 불과했다.

니콜 오코너는 기획하는 작전마다 성공을 거두며 승승장 구했다. 군중과 집단 공포를 활용하는 대규모 작전들은 그녀의 트레이드마크가 되었다.

그녀는 마침내 장성급으로 진급해 국가 간 파워 게임에 영향을 미치는 작전을 직접 기획하기 시작했다.

드디어 전 세계 거물급 지도자들을 상대로 체스 게임을 둘 수 있게 된 거야.

그녀가 보기에 독재 국가인 이란과 북한은 신뢰할 만한 파트너였다. 야당이 존재하지 않고 자유선거가 없으며 독립적인 사법부와 언론의 눈치를 볼 필요가 없었다. 북한식 공산주의와 이란식 이슬람주의는 고분고분한 양 떼를 이끄는 전체주의 국가 체제였다.

군대와 경찰, 정보기관, 선전 선동의 나팔수 역할을 하는 언론, 그리고 정치범 수용소의 존재가 이 두 나라의 안정적인 체제 유지에 핵심적인 역할을 했다.

그녀는 〈결과가 과정을 정당화한다〉는 마키아벨리의 철

학을 자신의 신조로 삼았다.

눈에 띄지 않게 활동하기 위해서는 그럴싸한 〈명함〉이 필요하다고 판단한 니콜은 상부에 요청해 제네바에 본부를 둔 WTO의 러시아 대표가 되었다. 덕분에 외교관 자격으로 세계 곳곳을 자유롭게 돌아다닐 수 있었고, 빈에서 열린 이란 핵 협상에도 러시아 대표단 수석 대표 자격으로 참가할 수 있었다.

그리고 2015년 9월 24일 오늘, 니콜은 아침 햇살을 받으며 사우디아라비아 지다의 알함라 지구, 알안달루스 거리에 위치한 러시아 영사관 안으로 들어선다. 새로운 지정학적 게임을 준비하는 마음가짐이 비장하다.

니콜 오코너가 리야드의 러시아 대사관이 아니라 지다의 영사관을 약속 장소로 잡은 것은 미국 정보기관들이 영사관보다 대사관을 집중 감시하기 때문이다. 이유는 한 가지 더 있다. 잠시 후 그녀가 만날 사람이 내일 성지 순례를 위해 메카로 떠나야 하는데, 지다에서는 메카가 1백 킬로미터 거리에 불과해 차로 한 시간이면 갈 수 있다. 리야드에서는 9백 킬로미터나 떨어져 있는 곳이다.

니콜이 자신이 약속 장소로 정한 영사관 내 주 응접실에 앉아 있다. 덩치가 우람한 남자가 막 안으로 걸어 들어온다. 서리가 하얗게 내린 턱수염을 가지런히 길렀다. 전체적인 서양식 옷차림과 부조화를 이루는 검정색 재킷의 만다린 칼라가 눈길을 끈다.

니콜이 자리에서 일어나 손을 내밀어 악수를 청한다.

「만나서 반갑습니다.」

그가 상한 고깃점이라도 대하듯 그녀의 손을 내려다보더니 고개를 돌린다.

내가 경솔했어. 이렇게 종교적인 사람은 여성과의 신체 접촉을 혐오한다는 걸 왜 미처 생각 못 했을까.

남자가 얼굴에 희미한 미소를 띤 채 계속 그녀의 시선을 피한다.

전문가인 니콜은 그의 첫인상을 조금도 괘념치 않는다. 눈앞의 남자는 그녀에게 단지 체스보드 위의 말일 뿐이다. 호감을 느끼냐 아니냐는 중요한 게 아니다.

니콜이 상대를 찬찬히 뜯어본다. 이란 핵무기 개발 계획인 아마드 프로젝트를 주도하고 있는 그 유명한 모센 파흐리자데. 그는 이슬람 혁명 수비대 장교 출신에 테헤란에 있는 이맘 호세인 대학의 물리학 교수를 지내기도 했다. 모센 파흐리자데는 현재 장거리 미사일에 결합할 핵탄두를 개발하는 3단계 과정을 진행 중이다.

니콜 오코너는 그를 이렇게 직접 만날 수 있는 것이 얼마나 행운인지 잘 알고 있다.

모센 파흐리자데는 공개적인 장소에 거의 모습을 드러내지 않는다.

그는 빈에서 열린 이란 핵 협상에도 참가하지 않았다. 핵 협정 이행과 관련해 국제 원자력 기구에서 여러 번 만남을 요청했으나 번번이 거절했다.

니콜은 허공에 있던 손을 슬그머니 내리면서 그에게 테이블 앞 의자에 앉을 것을 권한다.

이번 회동에는 지다 주재 러시아 영사와 러시아 엔지니어한 명, 그리고 러시아 정보기관 고위 장교 한 명도 함께 참석했다. 이란 핵 과학자 또한 니콜이 정확한 직책을 알기 힘든 턱수염을 기른 남자 둘을 대동하고 나왔다.

「우리가 필요한 부품 목록입니다.」

파흐리자데가 아직 입도 열지 않은 러시아 영사를 쳐다보며 말한다.

그가 니콜 쪽으로는 시선도 주지 않은 채 영사에게 종이 한 장을 건넨다.

「우리가 여기 온 목적이 바로 그 부품 공급입니다.」

영사가 정중하게 말한다.

「또 하나, 이자들을 제거해 주길 바랍니다.」

이란 과학자가 사람들의 이름이 쭉 적힌 명단을 영사에게 건네자 영사가 받아 다시 니콜에게 건넨다.

「당신들이 직접 해치우기 싫으면 우리한테 인도만 해줘도 됩니다.」

과학자가 분명하게 요구 사항을 말한다.

니콜이 받은 명단에는 CIA와 이스라엘 정보기관 모사드 소속 요원들의 이름이 적혀 있다.

핵심 쟁점들에 대해서는 이미 합의가 이루어진 상태이기 때문에 세부 사항들만 논의하는 자리임에도 불구하고 줄다리기 속에 협상은 한 시간가량 이어진다. 세세한 사항들까지 합의가 끝나자 니콜이 밖으로 나가 대기 중이던 북한군 장교 세 명을 안으로 불러 다시 대화를 이어 간다.

또 한 시간이 흐르자 이란 과학자가 자리에서 일어나며 희생제인 이드 알아드하 참가를 위해 그만 메카로 출발해야겠다고 말한다.

「내일 시작하는 줄 알았는데요.」

니콜이 그에게 말한다.

「나한테는 오늘이 시작이에요.」

그가 여전히 영사만을 상대하며 대답한다.

「나를 위해 방을 준비해 놨다고 들었는데, 거기로 좀 안내해 주겠습니까?」

영사가 고개를 끄덕이며 자리에서 일어나더니 지하실 쪽을 가리키며 앞장선다. 영사가 이란인 세 명과 함께 방으로 들어가자 뒤따라 간 니콜이 문턱에 서서 묻는다.

「저도 같이 있어도 될까요?」

아무 대답이 없자 영사가 페르시아어로 질문을 다시 한다. 그때서야 파흐리자데의 동행 중 비교적 개방적으로 보이는 턱수염 사내가 승낙의 의미로 고개를 끄덕인다.

방 안에는 비닐 포장이 쳐져 있다. 이란인들이 무릎을 꿇고 앉아 한참 기도를 하더니 파흐리자데가 자리에서 일어나 날이 둥그런 단도 한 자루를 품에서 꺼낸다. 그가 다리가 묶인 채 온몸을 버둥거리는 양의 목을 내리친다.

사우디아라비아에서 우리 목장 양들을 산 채로 사 간다더니 바로 이런 용도로 쓰는구나. 지금 이 나라 전체에서 똑같은 장면이 펼쳐지고 있을 테지.

세 남자가 다시 무릎을 꿇고 앉아 기도를 이어 간다.

이게 자신들을 정화시켜 준다고 믿는단 말이야?

니콜은 사소한 감정에 휘말려 자칫 자신이 기획 중인 지정학적 게임이 어그러지기라도 할까 생각을 고쳐먹는다.

우리의 동맹이 양을 희생으로 바치는 전통을 가지고 있다면 그걸 존중해 줘야지. 난 인간을…… 희생으로 바치려는 저들의 일에 그저 조력자 역할을 할 뿐이야.

의식이 끝나자 영사관 직원들이 들어와 방을 깨끗하게 물청소한다.

아마 저들이 옳을 거야.

똑같은 의식을 치르는 전 세계 17억 인구가 모두 틀릴 수는 없을 테니까.

3

2015년 9월 24일, 오전 8시.

하지 성지 순례가 시작되는 날, 전 세계에서 온 2백만 명 넘는 사람들이 성스러운 도시 메카에 모였다.

모니카 매킨타이어가 검은 기둥 모양의 카바 신전이 바라보이는 한 고급 호텔 꼭대기 층에 투숙해 방 발코니에서 밖을 내다보고 있다.

지금 모니카의 시선이 향하는 곳은 높이가 15미터에 이르는 직육면체 신전이 아니라 왼쪽으로 보이는 미나 계곡과 통하는 넓은 대로다. 카바 신전의 검은 돌에 입을 맞추고 주변을 시계 반대 방향으로 일곱 바퀴 돈 성지 순례자들이 그 길을 통해 미나 계곡 쪽으로 이동하기 때문이다.

모니카는 수차례의 사전 답사를 통해 약한 고리를 찾아냈다.

다음 게임이 펼쳐질 곳은 바로 여기야.

고마워, 니콜. 네 덕에 폰을 활용하는 전략을 배웠어.

1985년 더블린 크로크 파크에서는 실패했지만 이번에는 다를 거야. 네가 그때처럼 자동차를 몰고 나타나 군중을 갈라놓을 수 없을 테니까. 그 이유는 간단해. 지금 이 일대는 자동차 운행이 금지돼 있거든.

모니카가 옆에 있는 게리 설리번 쪽으로 고개를 돌린다.

「파흐리자데가 순례자들 가운데 있는 게 확실하죠?」

「신발에 위치 추적 장치를 부착해 놓았기 때문에 움직임을 실시간으로 확인할 수 있어요.」

「사우디아라비아 경찰로 위장한 우리 쪽 대원들도 잠복 대기 중이고요?」

설리번이 확인 전화를 몇 통 돌린다.

「준비 완료 상태에서 요원들이 작전 개시 명령만 기다리고 있어요.」

주변이 한눈에 들어오는 위치에서 모니카가 군중의 움직임을 예의 주시 한다. 망원경을 위쪽으로 조준해 주변 건물들의 고층을 휘둘러본다.

네가 멀지 않은 곳에 있다는 걸 느낌으로 알 수 있어.

네가 내 존재를 감지하고 있다는 것도 알아. 우린 항상 서로의 존재를 직감적으로 느꼈지. 안 그래, 니콜?

지다 영사관에 설치한 도청 장치를 통해 너와 파흐리자데의 대화를 엿듣지 않았더라도 난 알 수 있었을 거야. 이건 직감의 차원이니까.

자, 이제 새로운 체스 게임을 시작하자.

지난번에는 네가 폰 열아홉 개로 탑 두 개를 무너뜨리고 성채 하나를 훼손시켰지.

이번에는 내가 네 비숍을 제거해 주겠어.

이란 핵 개발 책임자 파흐리자데를…….

4

「무슬림도 아닌 사람이 여기서 뭘 하는 거예요?」

계곡으로 향하는 군중에 섞여 걸음을 옮기던 이란 핵 과학자가 언성을 높인다. 여전히 니콜에게 눈길조차 주지 않는다. 그는 정결함을 상징하는 흰색 옷을 입었다. 니콜 역시 의식에 어울리는 복장을 하고 머리카락을 천으로 가렸다.

「당신은 이 성스러운 순례에 참가할 자격이 없어요. 당장 행렬 밖으로 나가요. 당신은……」

그가 니콜을 지칭할 모욕적인 단어를 고심하는 눈치다.

〈이교도〉라고?

「당신은…… 서양 여자니까.」

니콜이 감정을 자제하기 위해 침을 삼킨다.

이 남자는 내 게임의 말에 불과해. 괜히 사적인 감정을 개입시킬 필요 없어. 종교적인 사람이 자신의 종교적 확신을 말하는 것이니 그냥 존중해 주면 돼.

니콜은 교묘한 방법으로 검문을 통과해 순례 행렬에 끼어들었다. 순례자들 사이에 섞여 있으면 누가 와서 종교를 확인하는 일은 없을 것이었다. 그녀는 얼굴도 가릴 겸 햇볕도 차단할 겸 흰 양산을 펼쳐 들었다.

「당신을 해치려는 기도가 있을 거라는 첩보가 입수돼 지켜 주러 왔어요.」

니콜이 파흐리자데를 향해 말한다.

「누가요? 이스라엘이?」

마지막 단어를 내뱉으며 그가 몸서리를 친다.

「미국이요. 미국 정보기관에 침투해 있는 우리 두더지들
이 오늘 여기서 당신한테 무슨 일이 일어난다고 확신하고 있
어요. 더 일찍 알려 주지 못해 미안해요. 나도 몇 분 전에 들
었어요.」

그가 고개를 가로젓는다.

「미리 알았어도 왔을 거예요. 지금 이 자리에 있는 건 그
어떤 위험도 감수할 만큼 중요한 일이니까. 우리 무슬림들의
다섯 가지 의무 중 하나죠.」

「만약 당신한테 무슨 일이라도 생기면?」

「내 목숨은 신께 달렸어요. 그분만이 생사 결정권을 가지
고 계시죠.」

「그 신께서 당신을 살리기 위해 나를 보내셨다고 생각해
주면 안 되겠어요?」

모센 파흐리자데가 실쭉 가시 돋친 미소를 띄워 올린다.

「제아무리 뛰어난 외국 특수 요원이라고 해도 여기서 날
어떻게 하는 건 불가능한 일이에요. 이 많은 군중을 봐요. 나
를 해치기 전에 놈이 먼저 군중에게 돌을 맞아 죽을 거예요.
지금 우리가 미나 계곡으로 가서 악마의 돌기둥에 자갈을 던
져 악마를 죽이려는 것과 똑같이 말이에요.」

「상황을 몰라서 그래요. 당신 목숨이 경각에 달려 있다
고요.」

그가 여전히 니콜의 눈길을 피하며 시큰둥한 표정을 짓는다.

「남자인 내가 왜 여자인 당신 말을 들어야 하죠?」

그의 얼굴에 냉소적인 비웃음이 가득하다.

젠장, 짜증스러워도 참을 수밖에. 싫든 좋든 이 사람 목숨을 구하는 게 내 일이니까.

행렬의 이동 속도가 점차 느려지더니 어느 순간부터 전혀 앞으로 나아가지 못한다. 순례자들의 대열이 미나 계곡의 양쪽 절벽을 잇는 자마라트 다리 한가운데서 멈춰 선다.

니콜은 9년 전 바로 이곳에서 순례자 363명이 압사했던 사고를 떠올린다.

그녀가 극도로 긴장한 얼굴로 까치발을 하고 주변을 살핀다.

다리 위에서 병목 현상이 일어나고 있어.

앞뒤 좌우가 사람들로 빽빽해지더니 순식간에 몸을 옴죽할 수도 없는 상태가 된다.

니콜이 파흐리자데 쪽을 쳐다본다. 그가 눈을 감더니 갑자기 기도를 하기 시작한다.

다리 위를 메운 하얀 실루엣들의 입에서 웅얼웅얼 흘러나오는 기도 소리가 하늘로 퍼져 나간다. 니콜의 귀에는 똑같은 문장들로 들리는 기도 소리가 무한 반복된다.

종교를 인민의 아편이자 무지한 다수의 군중을 조종하는 도구로 인식하는 공산주의자 니콜은 눈앞에 펼쳐지는 광경을 경이로운 눈으로 바라본다.

「가능할 때 어서 여길 빠져나가야 해요.」

파흐리자데는 못 들은 척 대꾸도 하지 않는다. 그의 기도 소리가 갈수록 커진다.

내 주특기인 군중 활용 전략을 지금 모니카가 쓰고 있어.

니콜이 고개를 쳐들고 혹시 그녀가 주변에 있는 호텔 발코니에서 자신을 내려다보고 있지 않는지 두리번거린다. 하지만 발코니마다 사람들이 빼곡하고 거리도 멀어 육안으로 확인하기는 불가능하다.

모니카, 미안하지만 네 뜻대로 안 될 거야. 내 방식으로 네가 날 이기는 건 불가능해. 내가 퀸과 나이트로 게임을 하지 않듯이 너도 폰과 비숍으로 날 잡을 순 없어.

순례자들 틈에서 니콜 오코너가 인상을 쓰며 호흡을 고르려고 애쓴다. 밀고 밀리는 아우성 속에 비명 소리가 터져 나온다.

빨리 방법을 찾지 않으면 안 돼.

니콜이 고개를 들어 멀리 대열 앞쪽을 바라본다.

모두가 같이 안전해질 방법을 찾아야 하는데 다들 자기 살 궁리만 하고 있어. 무조건 앞으로 나아가려고 하니까 미는 힘만 커지는 거야. 이러다 모두…… 죽을 수도 있다는 걸 사람들이 알고 있을까.

니콜의 생각이 꼬리에 꼬리를 문다.

내 전략에 당하기만 했던 모니카가 이번에는 그걸 역으로 활용하고 있어. 목표물과 공격 장소, 시간을 미리 정해 놓고 정확히 내가 에젤 경기장에서 사용한 방식으로 하고 있는 거야. 나한테서 보고 배운 거지. 이번에는 그녀가 같은 실수를 반복할 리 없는데, 그때처럼 자동차로 인파를 막아 감속 효과를 발생시킬 수도 없는 상황이야. 사망자가 많이 나올 수밖에 없겠어.

벌써 고함과 비명 소리로 귀가 먹먹해 온다.

언뜻 봐도 1제곱미터당 인구 밀집도가 다섯 명을 훌쩍 넘었어.

니콜이 눈을 질끈 감는다.

이럴 때일수록 침착해야 해.

아직 막다른 골목에 몰린 체크메이트 상황은 아니야.

분명히 무슨 방법이 있을 거야.

생각을 집중해야 해.

이리 밀리고 저리 밀리며 몸을 옆으로 틀 수조차 없는 처지라 생각은커녕 숨 쉬기조차 힘들다. 설상가상 다리 위로 땡볕이 내리꽂혀 기온은 이미 40도에 육박하고 있다.

누가 그녀의 양산을 홱 낚아채 간다. 자신보다 양산이 더 필요한 노인이겠거니 하며 니콜은 화를 억누른다.

사방에서 가쁜 숨소리가 들려온다. 사람들이 파도에 휩쓸리듯 떠밀려 간다. 밀집도가 끝없이 높아진다.

그녀와 밀착해 서 있는 이란 과학자의 숨소리가 거칠다. 그의 시크무레한 땀 냄새에 공포가 배어 있다.

모센 파흐리자데가 옆 사람에게 밀려 바닥에 넘어진다. 누군가가 그의 얼굴을 치는 바람에 코피가 터지고 눈두덩에서 피가 흐른다. 곧이어 뒷사람이 그의 배를 밟고 지나간다. 갈비뼈가 부러진 모양인지 그가 몸을 말고 고통스러운 신음 소리를 낸다. 니콜이 팔꿈치를 벌려 공간을 확보하면서 그를 잡아 일으키려고 애쓴다. 누가 허리를 숙이고 있는 그녀의 귀 언저리를 세게 치고 지나간다.

「통증이 심한 걸 보니 갈비뼈가 상한 게 분명해요. 빨리 날

병원에 데려다줘요!」

이란 과학자가 그제야 니콜과 눈을 맞춘다.

니콜이 그를 똑바로 일으켜 세우고 나서 방향을 뒤로 틀어 어깨를 밀면서 조금씩 걷게 한다.

「위험에서 벗어나려면 인파와 반대 방향으로 움직여야 해요. 카약을 타고 강을 거슬러 올라간다고 상상해요. 혹시 중간에 헤어지게 되면 이 세 가지를 반드시 기억해요. 첫째, 절대 다리 가장자리로 떠밀려 가면 안 돼요. 가급적이면 다리 난간에서 멀리 떨어져 이동해요. 둘째, 발이 바닥에 닿는지 수시로 확인해요. 절대 몸이 공중에 뜨면 안 돼요. 셋째, 양팔을 방패 삼아 권투 선수처럼 몸을 가려요. 그래야 갈비뼈가 부러졌어도 호흡을 정상적으로 할 수 있어요.」

인파의 흐름이 마치 일렁이는 강물 같아 보인다.

사람의 물결이라고 생각하지 말고 황토물이 흐르는 강이라고 생각하자.

별안간 물살이 일어 인파를 한쪽으로 휩쓸어 간다. 군데 군데 소용돌이가 발생한다.

다리 난간 한쪽이 압력을 견디다 못해 무너진다.

쏜살같은 급류가 흐르듯 흰 덩어리들이 뚫린 난간 사이로 콸콸 쏟아져 내린다. 몇 미터 다리 아래 풍경은 마치 새하얀 천 위에 붉은 양귀비꽃 무더기가 수북수북 쌓여 있는 듯한 착시를 불러일으킨다.

5

모니카가 카바 신전이 바라보이는 호텔방 발코니에서 고배율 망원경으로 상황을 살피고 있다.

옆에서는 게리 설리번이 전화기를 들고 순례자 행렬에 섞이거나 사우디아라비아 경찰로 위장한 채 자마라트 다리 주변에 잠복 중인 CIA 요원들로부터 정보를 수집 중이다.

자마라트 다리는 흰색의 거대한 대양을 연상시킨다. 눈 깜짝할 사이에 성난 파도가 일어 사람들을 다리 가장자리로 쓸어 간다. 일순간에 난간이 부서져 하얀 형체들이 폭포수처럼 아래로 쏟아져 내린다.

순례자들이 뒤엉킨 다리 위는 아수라장이 된다.

모니카가 벌써 몇 분째 초조한 얼굴로 발코니를 서성거린다. 대혼란 속에서 현장 요원들이 정보를 전송하기가 쉽지 않을 게 분명하다.

설리번이 수화기를 귀에서 떼며 말한다.

「모센 파흐리자데는 부상을 입고 현장을 빠져나갔다고 합니다.」

「아니, 대체 어떻게 저길 빠져나갔단 말이에요?」

「우리 요원들에 의하면 넘어져 사람들에게 밟히는 걸 옆에 있던 여자가 일으켜 세워 인파와 반대 방향으로 이동시켰다고 해요.」

니콜이야.

둘을 한꺼번에 없앨 수 있는 기회를 놓쳤어!

젠장, 폰을 활용한 게임은 내가 그녀의 적수가 안 된다는 뜻인가? 하는 수 없지, 퀸을 전면에 배치하는 수밖에. 내가 직접 나서야겠어.

「파흐리자데는 지금 어디 있어요?」

설리번이 부하들과 통신한 뒤 GPS에 잡힌 위치를 휴대폰으로 전송받아 모니카에게 보여 준다.

「미나 알와디 병원에 있는 것으로 위치가 잡혔어요. 부상당한 순례자들을 그 병원으로 이송하고 있다는군요.」

「혹시 소음기가 부착된 총 있어요?」

게리 설리번이 여행 가방에서 우지 기관 단총을 꺼내 소음기와 레이저 표적 지시기를 부착한다.

「어디에다 쓰게요?」

「일을 마무리하려고.」

「같이 가요.」

「아니, 혼자 움직이는 편이 더 효율적이에요.」

그녀가 황급히 호텔방을 나선다. 의족을 달아 절뚝이긴해도 걸음걸이가 무척 빠르다. 모니카는 아프가니스탄에서 총상을 입고 귀국한 뒤 꾸준히 재활 치료를 받고 무술을 비롯한 개인 운동을 한 덕에 장애를 상쇄할 만큼의 유연성과 민첩성을 갖추게 됐다.

모니카가 잰걸음으로 혼란에 빠진 도시를 이동한다. 곳곳이 봉쇄돼 있고 차와 사람이 뒤엉켜 아수라장을 이룬다. 앰뷸런스와 경찰차가 도로에 멈춰 서 경적만 울려 대고 있다. 공포에 질린 보행자들이 우르르 어디론가 뛰어간다.

아비규환. 사우디아라비아 경찰과 구조대는 효율적인 공조는커녕 우왕좌왕하며 서로에게 방해만 되고 있다.

이동 경로가 길고 복잡하지만 모니카는 신속하게 움직인다.

드디어 〈미나 알와디 병원〉이라는 간판이 눈에 들어온다.

병원은 밀려드는 부상자들로 장사진을 이룬다. 모니카는 몰래 직원 탈의실로 들어가 옷걸이에 걸린 의사 가운을 몸에 걸치고 청진기를 목에 건 다음, 복도로 나와 병실 앞에 붙어 있는 입원 환자 명단을 일일이 확인하기 시작한다. 파흐리자데의 이름을 발견한 그녀는 품에서 총을 꺼내 안전장치가 풀려 있는지 확인한 후 레이저 표적 지시기를 켜고 안으로 들어간다.

쉰여 개의 침상이 빽빽이 놓여 있다.

부상자의 얼굴을 한 명 한 명 확인하기 위해 침대로 다가가는데 갑자기 가슴에 초록색 불이 반짝한다. 재빨리 한 발 비켜서자 총알이 바람 소리를 내며 옆을 지나간다.

상대가 나와 똑같은 무기를 가진 모양이야.

모니카가 추정 발사 지점을 향해 연발 사격을 가한다.

부상자들은 정체불명의 외부 저격수와 총격을 벌이는 의사에게 신경조차 쓰지 않는다.

이건 함정이야. 놈의 목표는 바로 나였어.

환자들 사이에서 총격전을 계속하지 않으려면 서둘러 밖으로 나가야 한다. 그녀가 복도 바닥에 방치돼 있는 부상자들을 타 넘으며 출구를 향해 뛰어간다. 모니카는 병원 앞뜰에 주차돼 있는 앰뷸런스들 중 한 대를 골라 몸을 숨긴다.

놈이 곧 뒤따라 나오겠지.

초록색 불빛이 얼굴 옆에서 반짝하더니 총알 하나가 귓전을 팽 스치며 지나간다. 이제 최소한 놈의 위치는 파악됐다.

거리가 좁혀질 때까지 기다리자.

무표정한 얼굴로 다가오는 금발 여자의 실루엣이 보인다.

젠장, 니콜이잖아!

모니카가 재빨리 몸을 빼 상대를 조준하지만 총알이 빗나간다. 이번엔 저쪽에서 총알이 날아와 그녀가 차 뒤로 다시 몸을 피한다.

마치 서부 활극의 주인공이 돼 최후의 결투를 벌이는 기분이다.

앰뷸런스들의 사이렌 소리와 부상자들을 실어 나르는 자가용들의 경적 소리, 하늘을 뒤덮은 고함과 비명 소리 속에서 모니카의 오감이 팽팽해진다. 눈앞에 지옥도가 펼쳐지고 있다.

그녀를 제거할 절호의 기회야. 절대 놓쳐선 안 돼.

모니카가 총을 허리춤에 꽂고 차 바닥에 엎드려 상대의 발이 움직이는 방향을 눈으로 좇는다. 발이 보이지 않는 순간 달려 나가 뒤에서 그녀를 덮친다. 왼팔로 목을 감아 끌어당기면서 오른팔로 총을 든 그녀의 손을 내리친다.

니콜이 총을 놓치면서도 팔꿈치로 모니카의 복부를 가격해 몸을 뒤로 뺀다. 그녀가 손을 뻗어 바닥의 총을 주우려는 순간 모니카가 재빨리 발로 걷어찬다.

그들이 마치 영역 싸움 중인 고양이들처럼 뒤엉켜 상대의 손목을 붙잡고 아스팔트 바닥을 뒹군다.

바삐 움직이는 간호사들은 그들에게 눈길조차 주지 않고, 들것을 든 구급 대원들은 그들을 타 넘고 지나간다. 베일을 쓰지 않았다고 더러 한 소리 하고 지나가는 사람들은 있어도 난투극을 벌이는 두 여자에게 가까이 다가오는 사람은 없다.

모니카가 니콜의 목을 피가 나도록 깨물자 니콜이 손톱으로 모니카의 얼굴을 할퀸다.

먼저 승기를 잡은 니콜이 모니카에게 올라타 양 무릎으로 배를 찍어 누르면서 목을 조르자 모니카가 캑캑거리면서 발 버둥을 친다. 그녀가 손을 뻗어 무기가 될 만한 것을 찾다 깨진 병 조각이 잡히자 정확한 동작으로 니콜의 눈에 찔러 넣는다. 물컹한 느낌에 이어 딱딱한 표면이 감지되는 순간 니콜의 눈에서 피가 솟구쳐 오른다. 니콜이 손으로 얼굴을 감싸며 비명을 지른다.

내가 이겼어.

그때 건장한 팔들이 나타나 우악스럽게 그들을 떨어뜨려 놓는다. 발광한 여성 둘이 싸운다는 신고를 받고 사우디아라비아 경찰이 출동한 것이다.

모니카가 경찰차 뒷좌석에 앉아 백미러에 비친 자신의 얼굴을 쳐다본다. 깊게 팬 상처에서 피가 흐르지만 이겼다고 생각하는 순간 저절로 미소가 지어진다.

나는 다리 하나가 없어졌지만 그녀는 이제 눈 하나가 없어졌어.

가까운 경찰서로 이송돼 취객들을 넣는 유치장에 감금된 모니카를 금방 게리 설리번이 빼내 미국 대사관으로 데려간

227

다. 간단히 얼굴 상처를 치료받고 나자 그가 모니카에게 작전 결과를 알려 준다.

「인명 피해 관련 첫 공식 발표가 나왔어요. 이란인 4백여 명을 포함해 2천 명 이상이 사망한 걸로 추정된답니다. 이란 정부가 이번 참사의 책임자로 사우디아라비아를 지목하고 있어요. 양국이 비난을 주고받으며 관계가 악화 일로를 치닫고 있다고 하는군요.」

「파흐리자데는 어떻게 됐어요?」

「생명에 아무 지장이 없어요.」

백과사전
호딘카의 비극

1896년 5월 30일, 모스크바 외곽의 호딘카 들판에서 러시아의 마지막 황제 니콜라이 2세의 대관식이 열릴 예정이었다. 차르는 대관식에 참여하는 백성들을 위해 잔치를 벌이고 기념 선물을 나눠 주라고 지시했다.

선물은 소시지와 개암, 건포도, 무화과로 구성된 식료품 꾸러미와, 니콜라이 2세와 황비 알렉산드라의 이니셜이 새겨진 법랑 잔으로 정해졌다.

대관식에 가면 선물을 나눠 준다는 소문이 삽시간에 퍼졌다. 사람들은 공짜 식료품과, 싸구려 제품이지만 특별한 의미가 담긴 기념 잔을 받을 기회를 놓치고 싶어 하지 않았다.

대관식 전날부터 사람들이 모여들기 시작해, 자정에는 이미 20만 명이 호딘카 들판에 운집했다. 선물을 받으러 온 사람들이 들판에서 밤을 샜다. 날이 밝기 시작할 즈음에는 군중은 두 배로 늘어났다.

선물 증정은 오전 10시부터 시작될 예정이었으나 군중이 새벽부터 아우성을 치자 선물 배포를 위해 현장에 배치돼 있던 경찰들이 사람들 머리 위로 기념 잔을 휙휙 던져 주었다. 흥분한 사람들이 날아오는 기념품을 받으려고 한곳으로 몰리자 들판은 아수라장으로 변했다.

계곡으로 이어지는 들판 가장자리에 서 있던 사람들은 아래로 추락했고, 밀고 밀치다 넘어진 이들은 다른 사람들 밑에 깔려 압사했다.

뒤늦게 사고 현장에 도착한 경찰과 군대가 할 수 있는 일은 계곡에서 시신을 끌어 올리는 것뿐이었다. 공식적으로 발표된 사망자 수는 1,389명, 부상자 수는 최대 2만 명으로 추산됐다.

사건을 보고받은 니콜라이 2세는 조금도 감정의 동요를 보이지 않은 채 예정대로 대관식을 거행하라고 지시했다. 대관식 기념 무도회 또한 예정대로 프랑스 대사관에서 열렸다.

이 비극적인 사건은 러시아 국민에게 크나큰 충격을 안겼다. 레프 톨스토이는 미완성 단편소설 「호딘카: 니콜라이 2세 대관식에서 발생한 사건」에서 이 사건을 상세히 묘사했다. 호딘카의 비극은 1917년에 발발한 러시아 혁명의 중요한 기폭제 중 하나로 알려져 있다. 이 대관식의 주인공이었던 차르 니콜라이 2세는 이후 볼셰비키들의 손에 처형당했다.

에드몽 웰스,
『상대적이며 절대적인 지식의 백과사전』

6

2015년 12월 31일, 스코틀랜드의 고성.

모니카가 해마다 이날이면 하는 대청소를 하면서 프랑스 가수 조르주 브라상의 노래 「복수(複數)」를 흥얼거린다.

> 복수는 인간에게 아무 쓸모가 없어
> 넷을 넘는 순간 우린 멍청이들의 무리가 되거든
> 아웃사이더, 젠장, 이게 내 철칙이야, 난 아웃사이더로 살아가지
> 늑대들의 울음소리 속에서는 내 목소리가 들리지 않아

그녀가 마지막 소절을 여러 번 반복해 부른다.

웬만큼 청소가 끝나자 그녀가 거실에 걸린 괘종시계를 올려다본다. 의식을 치를 시간이다.

모니카가 담요를 한 장 들고 와 거실 TV 앞에 놓인 커다란 안락의자에 자리를 잡는다. 마수드가 기다렸다는 듯이 무릎으로 뛰어 올라와 몸을 동그랗게 만다.

모니카가 리모컨을 들고 TV를 켜 뉴스에 채널을 맞춘다.

그녀가 TV에 시선을 고정한 채 메모를 시작한다.

• 1월: 아르헨티나의 검사 알베르토 니스만이 자택에서 머리에 총을 맞고 숨진 채 발견됐다. 그는 현직 대통령인 크리스티나 페르난데스가 이스라엘-아르헨티나 친선 협회 (AMIA) 건물에서 벌어진 1994년 자살 폭탄 테러 사건에 연루됐다는 사실을 곧 발표할 예정이었다. 이 테러로 85명이 숨진 바 있다. 아르헨티나 정부는 니스만 검사의 공식 사인이 자살이라고 발표했다.

• 3월: 살만 사우디아라비아 국왕은 이란으로부터 공개적인 지지를 받는 예멘 내 시아파 후티 반군에 대한 군사 작전 개시를 결정했다.

• 11월: 파리에서 테러 사건이 발생했다. IS 소속이라고 주장하는 테러리스트 세 명이 록 콘서트장에 난입해 관객들에게 무차별 난사를 가한 일 외에도 파리 시내 곳곳에서 학살극이 이어졌다. 이 테러로 131명이 사망하고 413명이 부상을 입었다.

모니카가 TV를 끄고 창가로 가 스코틀랜드의 황야를 내다본다.

문득 산책이 하고 싶어져 출입문 쪽으로 향하다 복도에 걸린 거울 앞에서 걸음을 멈춘다.

다리에 의족을 낀 여자를 거울 속에서 마주하는 순간 지난 일들이 주마등처럼 눈앞을 지나간다.

이제 너에 대한 집착은 버리기로 했어, 니콜. 아쉽지만 너와의 게임은 여기서 멈출 생각이야. 앞으로 다시는 널 찾아내려고 애쓰지 않을 거야. 널 해치려고도 하지 않을 거야. 혹시 너도 나와 비슷한 생각을 하고 있을까?

나는 내 삶을 살 테니 너도 네 삶을 살아.

7

메카에서 눈을 다친 니콜 오코너는 CIA 스파이가 침투해 있을지 모르는 사우디아라비아 병원에서 치료받기를 포기하고 즉시 모스크바로 돌아왔다. 안과 전문의 여러 명이 매달렸지만 눈을 살리지는 못했다. 의안과 안대 중 하나를 선택해야 하자 그녀는 강단 있어 보이는 두 번째 방법을 택했다. 이로써 니콜은 영국 제독 허레이쇼 넬슨, 캐나다 출신 엘리트 사격수 레오 마조르, 전 이스라엘 국방 장관 다얀 모셰와 나란히 안대와 외눈으로 유명한 전사들의 명단에 이름을 올리게 됐다.

하나를 잃어 봐야 눈이 두 개인 게 얼마나 행운인지 알 수 있지.

니콜은 자신의 처지를 철학적으로 객관화하려고 애쓴다.

몸이 어느 정도 회복되자 최고의 정보원들로 팀을 꾸려 모니카 매킨타이어를 찾기 시작했다.

하지만 흔적조차 발견할 수 없었다.

뛰어난 개인의 능력보다 집단의 힘을 믿는 그녀는 러시아 대외 정보국 IT 전문가들에게 도움을 요청했다. 특히 컴퓨터 바이러스와 역정보 메시지 및 비디오 생성, 정보 시스템 해킹이 주업무인 센터 21에 적극적인 협조를 부탁했다.

자신의 꼬리를 물어 원을 만드는 그리스 신화 속 뱀 우로 보로스의 이름을 딴 바이러스 덕분에 타국 행정 기관들을 해킹해 모니카가 공식적으로 은퇴했다는 것까진 확인했지만 더 이상의 정보는 수집하지 못했다. 은퇴 이후 미국을 비롯한 서방 국가들의 행정 기관 데이터베이스에 그녀의 이름은 단 한 번도 올라온 적이 없었다.

「더 찾아봐요. 그녀의 소재를 반드시 알아내야 해요.」

더 이상의 진전은 없었다. 모니카 매킨타이어는 증발이라도 한 듯 자취를 감추었다.

최신 음성 인식 기술과 안면 인식 기술까지 동원해 봤지만 허사였다. 감시 카메라에도 통화 기록 필터링 시스템에도 그녀의 흔적은 남아 있지 않았다.

오지에서 철저한 은둔 생활을 하는 것 외에 다른 가능성은 없어.

반대로 왕성한 사회생활을 하는 니콜 자신은 모니카에게 그대로 존재가 노출돼 있었다.

그녀는 내 위치를 알 수 있지만 나는 그녀의 위치를 알 수 없으니 전적으로 나한테 불리한 게임이야.

러시아 대외 정보국 요원이 최후의 수단으로 어나니머스 사이버 활동가들에게 도움을 요청해 보자고 제안했다. 범죄를 저지른 미국 정보 요원 모니카 매킨타이어의 소재 파악이 필요하다고 하자 공명심에 불타는 전 세계 젊은 해커들이 팔을 걷어붙이고 나섰다.

이제 결의에 찬 젊은 늑대 무리까지 모니카의 흔적을 찾아 전 세계를 샅샅이 뒤지고 있어.

이런 게 바로 집단 지성의 힘이지.

조만간 꼬리가 밟힐 거야.

하지만 기대와 달리 그녀의 존재가 레이더망에서 완전히 사라졌음을 재확인할 뿐이었다.

니콜은 포기하고 제네바로 돌아가 WTO 주재 러시아 외교관이라는 공식 직함을 달고 다시 업무를 시작했다.

새해를 하루 앞둔 12월 31일, 그녀가 자신이 기획한 러시아 영사관 테크노 송년 파티에 참석해 있다.

파티 분위기가 무르익었다는 생각이 들자 그녀가 비장한 각오를 한 듯 마이크 앞에 선다.

「러시아가 과거 공산주의의 영광을 포기했다고 해서 앞선 세대가 꾼 꿈을 우리가 잊을 수는 없습니다. 반드시 집단이 개인을 이깁니다. 핍박받는 군중이 기필코 떨쳐 일어나 핍박하는 개인들을 응징하게 될 것입니다. 그것이야말로 앞으로 우리가 해야 할 가장 진실하고 고결한 투쟁입니다.」

니콜이 애창곡인 「인터내셔널가」를 틀어 놓고 좌중을 향해 말한다.

「우리 삶의 교본이자 길잡이인 이 노래를 다 같이 불러 보지 않겠습니까?」

파티 참석자들이 한목소리로 힘차게 혁명가를 부르자 에그레고르가 만들어지는 게 느껴진다.

깨어라 노동자의 군대

굴레를 벗어던져라

정의는 분화구의 불길처럼

힘차게 타오른다

대지의 저주받은 땅에

새 세계를 펼칠 때

어떠한 낡은 쇠사슬도

우리를 막지 못해

감격에 젖어 노래를 부르다 보니 민중이라는 대의를 발견하던 청년 시절처럼 몸에 전율이 인다. 그녀의 눈빛에 결기가 서린다.

이게 내가 살아가는 이유야.

매일 아침 눈을 떠 몸을 움직이게 되는 이유야.

살인도 서슴지 않는 이유야.

전 세계 고통받는 사람들을 위해 내가 대신 복수에 나서야 하는 이유야.

빅토르가 경이로운 눈으로 그녀를 쳐다본다.

「당신 정말 대단한 사람이야. 가끔은 그런 에너지가 어디서 나오는지 궁금해져.」

「내가 옳다는 확신, 그 확신이 바로 동력이야. 의구심이 들었던 사람들도 지금 이 노래를 들으며 우리가 〈좋은 사람〉이고 저들이 〈나쁜 사람〉이란 걸 다시 확신하게 될 거야.」

어린아이 같은 단어 선택이 사랑스러웠는지 빅토르가 그녀를 다정하게 끌어안으며 입맞춤한다. 그녀의 귀에 대고 속삭인다.

「만약에 말이야…… 우리가 〈나쁜 사람〉이면 어쩌지?」

니콜이 못 들은 척하며 시간을 확인하고는 러시아 테크노 곡들이 연속 재생 되게 맞춰 놓고 무대를 내려온다.

그녀가 빅토르의 팔을 잡아 가까운 응접실로 이끈다.

「무슨 일인데?」

「누가 착한 사람이고 누가 나쁜 사람인지 정확히 확인해봐야지.」

그녀가 그의 이마에 입을 맞추며 씩 웃는다.

니콜이 빅토르의 가슴에 몸을 반쯤 묻은 채 주머니에서 스마트폰을 꺼낸다. TV를 켜고 뉴스에 채널을 맞춘 다음 스마트폰에 메모를 하기 시작한다.

• 2월: 러시아, 프랑스, 독일, 우크라이나 지도자들이 만나 우크라이나 동부 돈바스 지역에서의 휴전을 보장하기 위한 제2차 민스크 협정을 체결했다.

• 5월: 인도에서 그늘 아래 온도가 46도가 넘는 폭염이 기승을 부려 대도시들에서 1천 명 이상이 사망했다. 급격한 에어컨 사용 증가로 정전 사태가 속출하기도 했다.

• 6월: 미국 대법원이 동성 결혼을 법적으로 인정하는 판결을 내렸다.

• 8월: IS가 시리아 팔미라 유적지를 파괴했다.

• 2015년은 역사상 가장 무더운 해로 기록됐다.

• 11월: 프랑스 파리에서 유엔 기후 변화 회의가 열렸다. 집단의 이익을 위해 자국의 경제 성장을 포기할 나라는 단한 곳도 없기 때문에 이 회의는 실패로 끝날 가능성이 크다. 인터넷상에서 수집한 키워드들을 분석해 미래를 예측하는 프로그램인 웹봇은 이미 이 같은 실패를 예견한 바 있다.

메모 중이던 니콜이 멈칫하며 골똘한 생각에 잠긴다.

웹봇? 가상의 세계에서 구현되는 집단 지성이야말로 내가 간절히 바라던 거야.

이제 현실에까지 영향을 미칠 수 있게 됐구나.

이 집단의식 개념에 최초로 〈노스피어〉라는 이름을 붙인 사람은 블라디미르 베르나츠키였고, 확장 발전시킨 사람은 프랑스 철학자 테야르 드 샤르댕이었지.

니콜은 오스트레일리아 부족민 축제에서 전 세계인들의 생각을 하나로 연결해 주는 의식의 구름이 존재한다는 것을 처음 체험했었다.

오늘날 우리는 지구를 거미줄처럼 휘감은 웹에서 이 의식의 구름에 접속할 수 있어.

불현듯 모니카 생각이 머릿속에 끼어든다.

내가 언제까지 이 하나의 생각에 매몰돼 살아야 하지?

그녀 때문에 너무 많은 것을 놓치고 살았어.

아쉬움은 남지만 여기서 멈추자. 비록 그녀 때문에 눈 하나를 잃었지만 〈눈에는 눈, 이에는 이〉라는 보복 논리를 따르고 싶진 않아.

나한테는 한 개인에 대한 복수보다 더 중요한 목표가 있어. 앞으로 인류를 위해 내가 해야만 할 일이 많아.

다시는 복수심 때문에 길을 잃지 않겠어.

이제 나는 내 갈 길을 갈 거야. 그녀는 그녀의 길을 가게 내버려 두자.

그것만이 내 본연의 모습을 되찾는 길이야.

백과사전
인터넷 집단 지성

웹봇은 인터넷상의 정보를 수집하고 분석해 미래를 예측하는 프로그램이다. 개발자들은 웹에서 오가는 정보를 체계적으로 훑어 집단 무의식을 파악한 뒤 이를 바탕으로 미래에 일어날 일을 예측하고자 했다.

달리 말하면 인터넷에 접속하는 모든 사람들의 생각과 행동을 분석해 앞으로 벌어질 일을 추론하는 것이 웹봇 프로그램의 목적이다.

웹봇의 예측이 적중한 대표적인 사례들로는 2004년 인도네시아 수마트라를 강타한 지진 해일과 2005년 미국 루이지애나를 덮친 허리케인 카트리나가 있다. 더욱 놀라운 사실은 2001년 6월, 웹봇이 3개월 내에 미국인들의 삶을 송두리째 바꿔 놓을 사건이 발생할 것이라고 예측했다는 점이다. 9월 11일 세계 무역 센터 테러가 일어나기 석 달 전에 나온 예측이었다.

에드몽 웰스,
『상대적이며 절대적인 지식의 백과사전』

제8막

루베도: 나비

1

2045년 12월, 모니카 매킨타이어의 나이 여든다섯.

메카 압사 사고가 일어난 지 30년이 흘렀다.

모니카의 이마에는 주름이 깊게 패었고 머리는 눈빛처럼 하얗게 셌다. 여전히 형형한 눈은 도수 높은 검은 테 안경에 가려져 있다.

그녀는 전면적인 개보수를 마친 스코틀랜드의 고성에서 혼자 고즈넉한 삶을 살고 있다.

청정한 숲을 흔드는 거친 바람 소리, 며칠씩 내리쏟아져 조상들의 대지를 적셔 주는 장대비, 야생의 동식물, 세속과 떨어진 은둔의 장소. 그녀가 늘 추구하던 평온한 고독이 여기 있다.

그녀의 첫인상은 이제 제니퍼 코널리보다는 오래전에 작고한 엘리자베스 2세에 가깝다.

얼굴에는 세월의 풍상을 겪은 흔적이 역력해도 몸은 아직 쓸 만하다. 늙음이 초라함을 동반하는 것이야 어쩔 수 없는 일이지만 머리와 옷매무새만은 저녁 약속이 있는 사람처럼 늘 단정히 하려고 애쓴다.

왼쪽 다리에 의족을 했어도 운동은 게을리하지 않는다. 아직 관절이 크게 굳었다는 느낌도 들지 않는다. 항상 숙면을 취하고 건강한 식단을 유지한다. 무엇보다 생각에 깊이 빠져 있을 때가 아니면 얼굴에서 미소가 떠나는 법이 없다.

그녀는 수시로 스코틀랜드의 황무지를 산책한다. 오랜 시간 천천히 걸을 때도 있고 샨티라는 이름의 늙은 암말을 타고 속도를 즐길 때도 있다.

이 고장의 특징인 강추위가 찾아오면 온종일 벽난로 옆을 떠나지 않는다.

성 내부는 스파이 영화 세트장을 연상시킨다. 최신 보도 사진들과 고화(古畫)들, 중세 시대 전투를 묘사한 대형 걸개 그림들이 벽을 빼곡하게 메우고 있다. 녹슨 갑옷을 걸치고 미늘창을 들고 서 있는 병사 모형들도 독특한 분위기에 일조한다.

사뿐한 걸음으로 성안을 누비며 이따금 날카로운 울음소리를 내는 실루엣들의 정체는 다름 아닌 고양이다.

첫 번째 고양이 마수드를 떠나보낸 후 한두 마리씩 들이다 보니 어느새 털 달린 반려가 스물한 마리로 늘어났다.

모니카는 자신이 고양이라는 동물을 이토록 좋아하는 이유가 뭔지 늘 생각한다. 고양이는 여럿이 있어도 결코 독립성을 잃지 않는다. 개인주의적이고 이기적인 이 동물의 최대 관심사는 자신의 청결과 안락함, 그리고 쾌락이다. 자족의 대명사인 고양이는 항상 깨끗하고 단정하며 행복하다. 무엇보다 남의 일에 덥적이면서 이래라저래라 하지 않는다. 고양이는 타고난 듯 가지고 있는 이 지혜를 인간이 획득하기는 왜 그토록 어려울까. 불교에서도 인생은 고통이며, 누구나 제 몫의 고통이 있다고 하지 않던가.

야옹 소리와 벽난로 속 장작 타는 소리를 들으며 그녀는 행복감에 젖는다. 유폐에 가까운 고독 속에서 자신의 내면과 만난다.

모니카는 직업적으로도 만족스러운 삶을 살고 있다. 전업 작가로 벌써 〈검은 여왕〉 시리즈를 서른세 권째 쓰고 있다.

작품당 평균 3만 권이 꾸준히 팔린다는 것은 그만큼의 충성 독자가 존재한다는 의미다.

모니카는 작가라는 직업이 단거리 경주가 아니라 장거리 마라톤임을 알게 됐다. 창작 리듬을 꾸준하게 유지하면서 오래 쓰는 것이 중요하다. 작가에게 유행을 좇는 일은 무의미하며, 늘 독창적이고 새로운 작품을 선보임으로써 독자들과 깊은 교감에 기반한 관계를 만드는 것이 가장 중요하다고 그녀는 확신한다.

비록 베스트셀러 작가는 아니지만 그녀에게 글쓰기는 중요한 고정 수입원이다.

어차피 안분지족의 삶을 사는 그녀에게 큰돈은 필요하지 않다.

모니카는 자급자족에 가까운 삶을 살고 있다. 농사철에 부지런히 몸을 놀려 곡물과 채소, 과일에 이르기까지 식재료를 모두 자기 손으로 생산한다.

빵은 나무 화덕에서 직접 구워 먹고 방목해 키우는 젖소 네 마리에서 우유를 짜 마신다. 닭장의 암탉 스무 마리는 그녀 혼자서 다 먹을 수도 없는 달걀을 매일 아침 낳아 준다. 기르는 동물에서 고기를 취하는 일은 없다. 가축이 생산력을 상실하면 성안으로 들여 죽을 때까지 보살핀다.

어차피 그녀는 소식가다.

전기는 영지 안을 흐르는 강에 터빈을 설치해 만든 미니 수력 발전소에서 해결한다. 대형 배터리에 저장되는 전력은 집 안에 불을 켜고, 음악을 듣고, 컴퓨터를 사용하고, 겨울에 난방을 하기에 충분한 양이다.

모니카는 집필한 원고를 전송하거나 피오나 골드블룸이 송금해 주는 돈을 관리하기 위해서가 아니면 인터넷에 접속하지 않는다.

새 가전제품이 필요하거나 꼭 사야 하는 물건이 생기면 가짜 신분증으로 주문해 인버레어리 우체국으로 배달시켜 놓은 다음 말을 타고 찾으러 간다.

조그만 시골 마을에 사는 568명의 주민들은 두꺼운 안경을 쓰고 지팡이를 짚고 다니는 키 작은 노인이 작가 케이트 피닉스일 거라고는 꿈에도 상상하지 못할 것이다.

지정학에 대한 열정은 지금도 여전하고, 전략가로서의 분석력 또한 예전 못지않게 날카롭다.

그녀는 동서 대립에서 기인하는 갈등과 충돌을 여전히 관심 있게 지켜보고 있다. 냉전은 종식된 게 아니라 여전히 형태를 바꾸어 진행 중이라고 믿는다.

그녀의 소설 속에 묘사된 역사적 사건들은 대부분 양 진영의 정보기관을 지휘하는 두 주인공이 물밑에서 벌이는 싸움의 결과다.

지금 모니카는 평소처럼 장작불이 활활 타오르는 벽난로 옆에서 글을 쓰고 있다. 따뜻한 기운이 퍼지는 거실 벽에 불 그림자가 너울거린다. 고물상에서 산 중고 오디오에서 글렌

굴드가 연주하는 바흐의 피아노곡이 흘러나온다. 노트북 자판을 두드리며 비어트리스 콜리의 모험담을 쓰는 모니카의 무릎 위에 고양이 한 마리가 몸을 동그랗게 말고 누워 있다.

달리고 도망치고 뒤쫓고 총을 쏘는 추격전 장면을 묘사하면서 그녀는 짜릿함을 느낀다. 작가로서의 관록이 붙을수록 글쓰기는 영화 제작과 비슷하다는 생각이 든다. 어디에 카메라를 설치하고, 어떻게 클로즈업 숏과 미디엄 숏, 롱 숏을 번갈아 사용해 이야기에 리듬을 줄지 결정해야 한다. 예기치 않은 사건들과 놀라운 반전들로 이야기에 양념을 쳐야 한다. 액션 장면은 아낄 필요가 없다. 일촉즉발의 위기, 위협, 위험을 곳곳에 배치해야 이야기의 긴장감을 높일 수 있다.

주인공이 입버릇처럼 말하는 〈영웅은 시련을 통해 만들어진다〉가 바로 그녀의 글쓰기 철학이다.

모니카는 독자가 혀를 내두를 정도로 액션 장면을 반복 배치한다. 이런 장면에서는 자판을 두드리는 그녀의 손놀림도 덩달아 빨라진다. 그녀 자신이 좌충우돌하는 주인공이 된다. 글쓰기는 격렬한 신체 활동과 다를 바 없어, 한번 몰입해 쓰고 나면 몸무게가 1킬로그램씩 줄기도 한다. 주인공들과 희로애락을 함께했기 때문일 것이다.

모니카는 〈영악한 아이〉에서 〈피도 눈물도 없는 여왕〉으로 성장한 〈검은 여왕〉 시리즈의 두 주인공에게 각별한 애정을 느낀다.

어느 한쪽을 편애하지 않기 위해 부모의 심정이 되려고 애쓰지만, 보이나로 분해 글을 쓸 때 더 쾌감이 느껴진다는 사실을 부인할 수는 없다. 자신과 공통점이 거의 없는 인물이기 때문일 것이다.

솔직히 요즘은 보이나한테 더 정이 가⋯⋯.

아이러니라고 생각하며 모니카가 소리 내 웃는다.

웃는 행동은 상대가 있어야 가능하다고들 하는데 그녀는 이렇게 혼자서도 곧잘 웃는다. 엄밀히 말하면 혼자 있는 것도 아니다. 성안은 고양이들과 갑옷 차림의 마네킹들과 소설 속 가상의 인물들로 늘 북적인다.

추격전에서 격투 신으로 넘어가자 문장 호흡이 더 짧아진다. 모니카는 각각의 몸동작을 시각화하고, 빛의 위치와 각도까지 계산해 장면을 입체적으로 묘사한다.

그녀의 심장 박동이 빨라진다. 창작에 몰두하는 집사의 감정 변화를 누구보다 잘 감지하는 고양이가 무릎에서 갸르릉 소리로 그녀를 응원해 준다.

모니카가 가속 페달을 밟듯 자판을 두드려 댄다.

그녀는 소설 속에 들어가 있다.

화약 냄새, 땀 냄새, 장작 타는 냄새, 막 깎은 풀 냄새, 자동차 배기가스 냄새, 두 여왕의 향수 냄새가 모니카의 코끝에 닿는다. 밍근하고 비릿한 피 맛이 입천장에 느껴지는 순간 그녀가 자신도 모르게 눈을 질끈 감는다. 주인공이 어깻숨을 쉬는 소리가 들린다. 모니카의 호흡이 가빠진다. 심장 박동이 주인공에게 맞춰진다.

그녀의 열 손가락이 자판 위를 날아다니기 시작한다. 모니카 자신도 놀랄 만큼 기상천외한 장면들이 꼬리에 꼬리를 물고 이어진다. 소설가로서 그녀의 최대 고민은 개연성이다. 흥분한 나머지 선을 넘을까 봐 늘 노심초사한다.

하지만 개연성 없는 현실이 우리 눈앞에 버젓이 펼쳐지기도 한다는 것을 그녀는 안다.

세계 무역 센터에 테러가 발생하리라고 누가 짐작이나 했겠어?

이럴 때는 음식에 설탕을 입히듯 현실을 매만져 줄 필요가 있다.

한 챕터를 끝내면 다시 읽어 본 뒤 장 번호를 매기고 페이지 나누기를 하고 나서 다음 챕터를 쓰기 시작한다.

모니카가 잠시 타이핑을 멈추고 눈을 감는다. 고양이를 쓰다듬어 주고 나서 다시 자판에 손을 올리는 순간 현관에서 종소리가 들린다.

고양이가 갸르릉 소리를 뚝 그치며 긴장한 표정으로 털을 부풀린다. 뾰족하게 선 두 귀가 옴찔옴찔하며 현관 쪽으로 틀어진다.

모니카가 앞쪽 벽에 걸린 괘종시계를 쳐다본다.

짧고 긴 커다란 바늘 두 개가 21시 21분을 가리키고 있다.

이 시간에 누구지?

주변을 배회하는 사람인가?

빗속에 길을 잃은 관광객인가?

모니카가 쓰던 원고를 한 번 더 저장하고 나서 의자에서 몸을 일으킨다. 지팡이를 짚고 현관으로 향하는 그녀의 뒤를 고양이들이 뒤따른다.

현관 나무문을 때리는 빗소리가 요란하게 들린다.

모니카가 구멍으로 밖을 내다본다. 검은 실루엣이 서 있다. 머리에 후드가 덮여 있어 얼굴 윤곽이 선명하게 잡히지 않는다. 옷에서 빗물이 뚝뚝 떨어진다.

「무슨 일이죠?」

모니카가 두꺼운 나무문 너머로 소리를 지른다.

무응답.

「누구세요?」

여전히 응답이 없다.

모니카가 지팡이 속에 끼워져 있던 검을 꺼내 들고 조심스럽게 빗장 두 개를 푼다.

그녀가 천천히 문을 연다.

현관 불빛 아래서도 여전히 상대의 얼굴이 또렷이 포착되지 않는다.

죽음의 천사가 앞에 서 있나 싶어 모니카가 놀란 눈으로 그의 손을 내려다본다. 낫이 들려 있지는 않다.

하늘에서 시퍼런 번개가 불을 뿜는 순간 현관 입구가 번쩍번쩍한다. 우르릉 소리를 내며 천둥이 울린다.

차가운 전율이 모니카를 휘감는다. 몸이 굳어 버린 것 같은 그녀의 입에서 한마디가 빠져나온다.

「오랜만이야, 니콜.」

백과사전
인간 혐오로 유명했던 아이작 뉴턴

1642년, 아이작 뉴턴은 유복자로 태어났다. 세 살에 어머니가 재혼하자 양아버지 밑에서 자라다 다시 조부모에게 맡겨졌다. 사랑을 받지 못하고 자란 뉴턴은 마르고 허약한 아이였다. 학교 생활도 순탄치 않았다. 내성적이었던 아이는 친구가 없었고 학과 공부에도 집중력을 보이지 못했다. 그런 그가 유독 화학 과목만은 좋아했다.

성인이 된 뉴턴에게 농부 일을 시키려 했던 어머니는 여러 친척들의 만류를 듣고서야 겨우 학업을 계속하게 허락했다. 뉴턴은 케임브리지 대학의 트리니티 칼리지에 입학해 수학을 전공하고 개인적으로 천문학과 신학, 점성술을 공부했다. 1665년, 런던에 페스트가 창궐하자 그는 하는 수 없이 고향으로 돌아가 물리학과 광학을 공부하며 2년을 보낸다. 그는 빛을 연구하다 무지개 색깔을 전부 섞으면 흰색이 나온다는 사실을 알게 됐다.

그는 자신의 몸을 대상으로 고통스러운 신체 실험을 하곤 했다. 빛을 지각하는 원리를 파악하기 위해 안구와 눈꺼풀 사이에 뜨개바늘을 넣고 누르기도 하고, 상시적으로 수은에 노출된 채 실험물의 냄새를 맡거나 맛을 보기도 했다.

1672년, 뉴턴은 스물아홉 살에 왕립 학회 회원으로 선출

251

됐다. 그는 오목 거울을 이용해 기존 망원경보다 성능이 뛰어난 반사 망원경을 만들었다.

1687년, 뉴턴은 그의 역작인 『자연 철학의 수학적 원리』, 일명 〈프린키피아〉를 발표했다. 그가 발견한 세 가지 법칙인 관성의 법칙, 작용 반작용의 법칙, 운동의 법칙이 이 책에 담겨 있었다. 그는 행성들이 빨려 들어가거나 튕겨 나가지 않고 태양의 주위를 도는 현상을 이 법칙들로 설명했다.

아이작 뉴턴은 다른 과학자들과 교류하지 않았다. 그는 자신이 연구한 내용을 동료 과학자들에게 미리 알려 주지 않고 일방적으로 발표하곤 했다. 자신의 연구에 대해 의견을 개진한 당대의 유명 과학자 고트프리트 라이프니츠와 로버트 훅에게는 모욕적인 편지를 보내기도 했다.

1693년, 어머니가 사망하고 자신의 연금술 실험실이 폭발하자 그는 심한 우울증을 앓았다.

아이작 뉴턴은 말년에 왕 윌리엄 3세에 의해 왕립 조폐국장에 임명됐다. 그는 명예직인 이 직책을 아주 진지하게 받아들여, 직접 변장을 하고 위폐범 검거에 나서기도 했다. 심지어 수시로 고문이 이루어지던 신문 과정에 참여하기도 했고 교수형 집행을 참관하기도 했다.

지인들의 말에 따르면 아이작 뉴턴은 인간 자체를 혐오했다. 평생 독신으로 지내며 여러 마리의 고양이를 키웠던 그는 오직 고양이만을 진정한 반려로 받아들였다.

에드몽 웰스,
『상대적이며 절대적인 지식의 백과사전』

2

그토록 바라던 순간이 드디어 왔어.

니콜 오코너가 안도와 회한이 뒤섞인 한숨을 내뱉는다.

혹시 여기 없을까 봐, 아니 이미 이 세상에 없을까 봐 얼마나 가슴 졸였는지 몰라.

두꺼운 안경알 너머로 은빛이 감도는 모니카의 회색 눈동자가 보인다. 눈빛이 여전히 아름답고 날카롭다.

새까맣던 머리는 하얗게 셌구나.

현관 입구를 막고 서 있는 늙은 여자를 눈 하나로 뜯어보고 있자니 가슴에 미묘한 파문이 인다. 니콜은 차가운 비를 맞고 서 있다는 사실조차 의식하지 못한다. 세월의 무게보다는 오래된 친구를 만났을 때의 반가움이 앞선다.

「들어가도 될까?」

니콜이 모니카의 손에 들린 검을 손으로 가리킨다.

모니카가 검을 다시 지팡이에 꽂자 니콜이 허락이 떨어졌다 생각하고 문턱을 넘는다.

거실 풍경이 눈에 들어온다. 사진 액자들과 오래된 그림들이 가득하고 사람 키만 한 크기의 갑옷들이 벽을 따라 세워져 있다.

니콜이 물이 뚝뚝 떨어지는 외투를 벗어 걸 곳을 찾다 옆에 있는 안락의자에 걸쳐 놓는다. 그녀가 벽난로 앞으로 걸어가 불 앞에서 손을 비비며 몸을 말린다.

3

「너를 다시 만나게 될 줄은 꿈에도 몰랐어.」

모니카 매킨타이어가 뒤따라 들어와 벽난로 앞에 선다.

「죽기 전에 꼭 한 번 만나 보고 싶었어.」

니콜이 벽난로 속 불꽃을 응시하며 말한다.

그녀가 한마디 덧붙인다.

「암에 걸렸어.」

두 여자가 비로소 길게 시선을 주고받는다.

모니카가 피곤에 지친 니콜의 창백한 얼굴을 바라본다. 깊게 주름이 팬 얼굴 한쪽에 검정색 안대가 걸쳐져 있는 것을 보고 재빨리 시선을 돌린다.

눈을 살렸는지 늘 궁금했는데 이제야 알게 됐네.

다시 창밖에서 불이 번쩍하며 세월이 새겨진 방문객의 얼굴을 비춘다.

모니카가 지팡이를 벽에 기대 놓고 니콜에게 수건을 한 장 건넨다.

「세월이 우리 둘에게 공통적으로 남긴 흔적이 하나 있네. 백발 말이야.」

니콜이 벽난로 옆 의자에 자리를 잡고 앉아 가방을 무릎에 올리더니 시가 통을 꺼낸다. 아바나산 로메오 이 홀리에타

한 대를 집어 냄새를 맡고 나서 끄트머리를 앞니로 자른다. 벽난로에서 타고 있는 나뭇가지를 꺼내 시가에 불을 붙인다.

그녀가 시가를 한 모금 깊이 빨아 들인다. 긴장이 풀어지는 눈치다.

「네 손에 죽을 줄 알았는데, 이놈의 암cancer한테⋯⋯. 근데 있잖아, 내가 하필이면 게자리cancer야. 이런 게 운명의 아이러니가 아니면 뭘까? 별자리가 혹시 어떤 전조였을까? 게다가 난 게자리 상승 궁이야. 이런 사람의 특징은 남을 돌보길 좋아하고 가족을 소중히 여긴다지. 그래서 그런지 몰라도 난 항상 사람들에 둘러싸여 있고 싶어 했어. 팔자에 자식운은 없었지만 친구들과 연인들, 동료들은 항상 곁에 있었지. 그리고 숙적인 너까지.」

니콜이 입꼬리를 크게 끌어 올리며 웃는다.

「암이 확실해?」

모니카가 묻는다.

「병을 앓으면 사람이 세심해지나 봐. 흔한 단어에서 평소에는 생각지도 못했던 의미를 발견하게 돼. 가령 종양과 모르핀이라는 단어 말이야. 프랑스어 종양tumeur은 〈너는 죽는다tu meurs〉와 발음이 같아. 모르핀morphine은 〈편안한 죽음mort fine〉으로 읽힐 수도 있지.」

니콜이 자조적인 웃음을 띤다.

「어쨌든 죽기 전에 널 꼭 다시 만나기 위해 백방으로 애를 썼어.」

「어떻게 찾았어?」

「궁금해? 솔직히 쉽지 않았어. 엄청난 시간과 인력이 필요했지. 하지만 네가 부주의하게 흔적을 남겨 결국 찾아낼 수 있었어. 네가 남긴 희미한 흔적을 가지고 여럿이 머리를 맞댄 끝에 모니카 매킨타이어가 〈검은 여왕〉 시리즈를 쓴 소설가 케이트 피닉스와 동일 인물이라는 결론에 도달했지.」

니콜이 시가 연기를 푸우 내뿜는다. 모니카는 그런 상대를 관찰하느라 여념이 없다.

「한 권도 빠짐없이 아주 재미있게 읽었어. 넌 정말 대단해. 나 역시 비슷한 시도를 해봐서 그게 얼마나 어려운 일인지 알아. 난 너처럼 해내지 못했어. 글쓰기는 세상의 어떤 것과도 견줄 수 없을 만큼 고독한 행위지. 세상과 사람들로부터 단절된 채 혼자 무에서 유를 창조해 내는 직업이잖아. 작가라는 직업은 어떤 면에서 수도사에 가까워. 수도사 중에서도 침묵과 명상을 서약한 샤르트르회 수도사 말이야.」

무슨 생각이 났는지 갑자기 니콜이 픽 웃는다.

「자위행위와 비슷하기도 해. 혼자 즐기는 거니까, 안 그래? 이런 관점에서 보면 독자는…… 관음증에 걸린 구경꾼이라고도 할 수 있지.」

「넌 나와는 많이 달라. 혼자 즐기는 사람이 아니잖아……. 항상 사람들에게 둘러싸여 있길 원하지, 안 그래?」

모니카가 조롱하듯 말한다.

「난 자위가 필요 없었어. 주변에 늘 남자들이 많았으니까. 어떤 때는 한 명, 어떤 때는 두세 명, 물론 그보다 더 많을 때도 있었어. 그럴 땐 마치 내가 손과 입이 여러 개 달린 동물처럼 느껴지기도 했어. 그게 바로 집단의 힘이지.」

「〈난교〉를 그런 식으로 말하는 거야?」

「표현이 웃기네. 난 그보다는 〈육체의 에그레고르〉라는 말을 선호해.」

니콜이 표현을 바로잡아 준다.

「짝을 잘못 만나도 혼자보다는 둘이 나은가? 아니면 혼자가 더 나은가? 이건 영원히 해답이 나오지 않는 문제일지도 몰라.」

모니카가 한마디 한다.

「그렇지 않아. 좋은 짝을 만나는 순간 그 문제는 해결돼.」

니콜이 되받아치며 시가 연기를 내뿜고 말을 잇는다.

「네 소설의 주인공 보이나는 내게서 영감을 얻어 만든 인물이 맞지? 그렇다면 나한테 인세의 절반을 줘야지…….」

「내 소재를 어떻게 파악했는지 아직 얘기해 주지 않았어.」

「네가 케이트 피닉스라는 걸 알고 나서 여러 해커를 동원해 소재를 찾았어. 결정적인 건 네 컴퓨터였어. 아, 이건가 보네. 컴퓨터마다 위치를 알 수 있게 해주는 RFID 태그가 붙어 있다는 건 너도 알거야. 도난 시에 유용하게 쓰이는 이 태그가 이번에 네 위치를 파악하는 데 결정적인 역할을 해줬어.」

모니카가 당황해하며 전원을 끄고 컴퓨터를 덮는 모습을 바라보며 니콜이 말끝을 단다.

「오랜 기간 감쪽같이 신원을 위장하고 추적자들을 따돌리는 게 쉽지 않았을 텐데, 하여튼 대단해. 하지만 결국 너도 체스처럼 한계를 노출했지……. 최고의 인간 지능도 인공 지능에게 추월당하고 만 것처럼. 어쨌든 간에 감시가 일상이 된 정보화 시대에 비합법적 신원을 유지하며 그동안 익명으로 존재할 수 있었던 건 기적에 가까워. 네가 세계 기록 보유자

일지도 몰라.」

「당연히 날 죽이려고 찾았겠지?」

「처음에는 그랬어. 그런데 세월이 흐르면서 분노의 감정
도 서서히 희석되더라. 나중에는 너한테 고마운 마음까지 들
었어. 네가 없었다면 난 지극히 평범한 삶을 살았을 테니까.
결혼해 애를 낳고, 뭐가 됐든 평범한 직업을 가졌겠지.」

니콜의 시선이 장식장 위 술병들로 향한다. 그녀가 벌떡
일어나더니 위스키 한 병과 잔 두 개를 들고 와 테이블에 내
려놓는다. 그러고는 모니카의 허락도 받지 않고 위스키의 병
마개를 딴다.

「이렇게 마주 앉아 있으니 마치 전장을 같이 누볐던 퇴역
군인끼리 만난 것 같아. 우리의 화려했던 시절을 기억하며
한잔하는 게 어때?」

니콜이 호박색 액체를 잔에 따르기 시작한다.

「네가 들고 온 건 스카치위스키야. 스카치위스키가 아이
리시위스키와 뭐가 다른지 알아?」

모니카가 니콜을 쳐다본다.

「아, 네가 〈만물박사〉라는 걸 깜빡하고 있었어. 그래, 차이
점을 설명해 줘 봐.」

「아이리시위스키는 동으로 만든 증류기에서 세 번 증류해
만드는 맥아 위스키야. 특유의 부드러운 맛이 특징이지. 반
면 스카치위스키는 이탄 불에 말린 맥아를 쓰고 증류 과정을
두 번밖에 거치지 않아. 술에서 이탄 향이 나지.」

「내가 알기론 공통점도 꽤 많아. 알코올 도수도 40도로 같
고, 셰리나 포트와인을 담았던 통에 넣어 숙성시키는 것도

같고 숙성 기간이 최소한 3년 이상으로 긴 것도 같고.」

모니카가 빙그레 웃는다.

「교양인과 대화하는 재미가 쏠쏠하네.」

「그동안 대화를 나눌 기회가 거의 없었으니 서로에 대해 잘 몰랐을 수밖에. 우리가 비슷한 관심사를 가진 사람들이라는 것도 말이야. 어찌 보면 서로 닮았기 때문에 더 지독하게 증오했는지도 몰라.」

니콜이 말끝에 잔을 높이 든다. 모니카가 가볍게 잔을 부딪힌다.

두 백발노인이 위스키를 천천히 목으로 넘긴다.

「위스키 말고도 우리한테는 체스와 어원을 좋아한다는 공통점이 하나 더 있지.」

니콜이 말을 받는다.

「체크메이트의 〈체크〉, 그러니까 프랑스어로는 〈échec〉가 〈왕〉을 뜻하는 페르시아어 〈shah〉에서 온 말이라는 거 알아? 〈메이트〉, 프랑스어로 〈mat〉는 〈죽음mort〉이라는 뜻이니까 체스 게임은 한마디로 〈왕이 죽는 게임〉이라고 할 수 있어.」

「일반적으로 남자들이 즐기는 이 게임에서 가장 강력한 기물이 퀸이라는 사실을 난 항상 의아하게 여겼어. 폰처럼 한 칸만 움직일 수 있는 킹은 도망 다니는 게 일이잖아.」

「네 말이 맞아. 퀸이 가장 위력적인 기물이라는 사실은 어쩌면 여자가 남자보다 강하다는 방증이 아닐까? 남자들은 본래가 시각이 협소하고 비겁한 존재잖아.」

그들이 큰 소리로 웃는다.

「체스를 뜻하는 프랑스어 〈échec〉의 다른 의미가 〈패배〉라는 것도 난 늘 이해가 안 갔어. 〈패배〉가 아니라 〈성공〉이어야 하는 거 아니야?」

모니카의 한마디에 그들이 유쾌하게 웃으며 잔을 부딪힌다.

「이제 와 고백하는데, 네 어머니의 죽음에 원인을 제공한 사람은 바로 나였어. 내게 패배를 안긴 너에게 복수하고 싶었거든.」

니콜이 모니카를 빤히 쳐다본다.

모니카가 재빨리 감정을 억누르며 말을 받는다.

「네 애인 라이언 머피를 먼저 유혹한 건 나였어. 키 작은 빨간 머리는 내 타입이 아니었지만 너한테 상실감을 안겨 주려면 어쩔 수 없었지.」

「당연히 네 기획일 줄 알았어.」

「그랬구나. 그리고 한 가지 더, 그는 네가 쏜 총알에 맞아 죽은 게 아니야. 네 총에 든 실탄을 우리가 미리 공포탄으로 바꿔 놨거든.」

니콜이 고개를 까딱하며 감탄의 눈으로 모니카를 바라본다.

「내가 흑퀸의 승부수에 제대로 걸려들었었구나. 그런 줄도 모르고 죄책감에 시달리기까지 했으니. 정말 대단한 기획이었어.」

「넌 내 친구 소피 웰링턴을 죽였어.」

「전혀 고의가 아니었어. 그녀가 먼저 쏴서 응사했을 뿐이야. 사실 그때 나는 장기간의 감금 생활로 제정신이 아니었어. 감옥에서 내가 얼마나 고통스러웠는지 넌 모를 거야. 도망치기 위해 무기를 사용하는 건 나로서는 당연한 일이었어. 네가 내 입장이라도 마찬가지지 않았을까?」

모니카가 고개를 끄덕인다.

「너와 달리 내가 네 아버지를 죽인 건 냉철한 판단의 결과였어. 미안하게 생각해.」

니콜이 모니카에게 한 잔 가득 다시 술을 따라 주고 나서 건배를 제의한다.

「이 세상에 없는 우리의 소중한 존재들을 위하여.」

「그리고 에젤 경기장 사건이 있었지.」

니콜이 한숨을 내쉰다.

「목표물 하나를 제거하자고 꼭 그렇게 많은 사람들을 희생시켰어야 했어? 너무하지 않아?」

「살인을 압사 사고로 위장하려다 보니 그렇게 됐어.」

「그 아이디어는 어디서 나온 거야?」

「전시(戰時)에는 연쇄 살인범들이 활개를 쳐. 이건 확인된 사실이야. 폭염이나 태풍, 지진 같은 자연재해가 발생했을 때도 마찬가지야. 사망자가 워낙 많으니까 살인 사건이 쉽게 묻히지.」

「저열하지만 효과적인 방법이네.」

모니카가 냉소를 짓는다.

「내가 알기로 넌 집단을 활용하는 전략을 좋아하지 않아. 그렇지?」

「너만큼 폰을 활용하는 데 능수능란하지 않잖아. U2 콘서트 때를 생각해 봐.」

「각자의 스타일이 있으니까. 퀸을 활용하는 전략에서는 네가 확실히 나보다 한 수 위지. 너는 멀리 있는 목표물을 정면에서 혹은 대각선으로 강하고 빠르게 타격하는 스타일이잖아. 마치…… 스팅어 미사일처럼.」

니콜이 말을 받는다.

「그래, 스팅어 미사일은 성공한 기획이었어. 그걸로 훈장까지 받았지.」

모니카가 겸연쩍은 미소를 짓는다.

그들이 말없이 위스키를 목으로 넘기고 나서 대화를 이어간다.

「네가 훈장 얘기를 하니 말인데…… 마수드 암살을 배후조종 하고 세계 무역 센터 폭파를 기획한 공로로 나 역시 훈장을 받았어. 우리 둘 다 조직에서 인정받는 사람들이었던 건 분명한 사실이야.」

「우리가 비범한 면이 있는 건 사실이지. 유유상종이라는 말이 있잖아. 너같이 영민한 사람과 대화를 나누는 건 무척 기분 좋은 일이야.」

모니카가 술잔 두 개에 위스키를 더 붓는다.

「메카 사건은 어떻게 된 거였어?」

니콜이 묻는다.

「U2 콘서트 때의 실패를 만회하기 위해 기획했어. 나도 한 번쯤은 폰을 활용해 멋지게 성공하고 싶었거든.」

「그때 단박에 너라는 직감이 왔어. 그런데 압사 발생 장소는 어떻게 정한 거야?」

「공사 때문에 교각 일부가 약해진 상태라는 걸 발견하고 한번 해볼 만하다고 판단했지.」

「결국 대성공이었잖아. 규모로는 지금까지 기록된 최대의 압사 사고가 아니었을까? 2,431명이 죽었어! 게다가 부상자는 그 두 배에 이르고!」

「내 입장에선 대실패였어! 내가 원한 건 대량 살상이 아니었으니까. 게다가 또다시 눈앞에서 목표물을 놓쳤잖아. 난 폰을 활용하는 재주는 없는 게 확실해.」

「2,431명이 사망한 건 대기록이야! 게다가 넌 디테일까지 완벽했어! 네 말들이 다 흰옷을 입고 있었지. 그 수천 명의 백 폰들이 다리 아래로 추락하는 광경을 네가 연출한 거야. 내가 백을 잡고 네가 흑을 잡은 체스 게임의 완벽한 상징이었어.」

한동안 침묵이 흐른다. 먼저 침묵을 깬 건 모니카다. 그녀가 바지를 걷어 올려 타이타늄 의족을 보여 준다.

「판지시르 계곡에서 네가 쏜 총알에 맞아 이 다리가 없어졌지.」

「널 죽이기 싫어 일부러 다리를 조준했던 거야. 쉽게 죽이면 나 스스로 너무 초라하게 느껴질 것 같아서. 난 멋진 피날레를 원했거든. 우리 게임이 화려하게 막을 내리게 하고 싶었는데 그땐 아직 때가 아니라고 판단한 거야.」

니콜이 꺼진 시가에 다시 불을 붙여 몇 모금 빡빡 빨아 댄다.

「불편하게 만들어서 미안해.」

「아니, 미안해할 필요 없어. 이건 게임이니까. 보아하니 너도 나 때문에 메카에서 한쪽 눈을 잃은 것 같은데.」

이번에는 니콜이 안대를 들어 올린다. 어두컴컴한 공동이 드러나 보인다.

「입체적으로 볼 수 없는 게 제일 불편해. 가끔은 커피 잔인지 볼펜인지 구분이 안 갈 때도 있어. 눈이 두 개일 때는 3차원으로 지각하는 게 대단한 일인지 몰라. 3차원으로 봐야 사물과의 거리 파악이 가능하다는 것도. 한마디로 말해 내 눈에 보이는 세상은 이제 납작해졌어…….」

모니카는 갈수록 상대에게 친근감이 느껴진다는 생각이 들자 스스로 깜짝 놀란다.

「널 지독하게 증오했었어.」

니콜이 고백한다.

「얼마나 지독하게?」

「밤에 자다가 벌떡 일어나 네 이름을 중얼거린 게 한두 번이 아니야. 네가 무슨 악마라도 되는 것처럼.」

모니카가 어깨를 으쓱 추어올린다.

「나도 마찬가지야. 나 역시 첩보원들을 동원해 백방으로 네 행방을 찾았어. 고통스럽게 죽이려고.」

「나라는 존재에 그토록 관심을 가져 주다니 고마운걸! 나도 네게 집착증에 가까운 감정을 가지고 있었어. 부하들을 시켜 오랫동안 네 행방을 찾았지. 그들이 널 찾아냈다면 오늘 이 만남은 없었을 거야.」

「무능력한 부하들을 두었던 걸 다행이라 여겨야 하는 건가…….」

모니카의 잔이 빈 걸 보고 니콜이 다시 술을 부어 준다.

「온더록스로 마시겠냐고 물어보는 걸 깜빡했네.」

「아니, 얼음 없이 마시는 게 더 좋아.」

모니카가 대답한다.

멀찌감치 떨어져 경계하는 모습을 보이던 고양이 한 마리가 어슬렁어슬렁 니콜에게 다가온다. 뒷발에 힘을 주더니 사뿐히 손님의 무릎 위로 뛰어오른다. 또 한 마리가 니콜의 다리에 몸을 비벼 대며 냄새를 묻힌다.

「고양이들이 널 받아들였다는 증거야. 너를 더 이상 두려워하지 않는 거지.」

니콜이 빙그레 웃는다.

「고양이는 호락호락하지 않고 길들이기도 어려운 동물이라서 지금까지는 강아지를 더 좋아했는데, 네 고양이들을 보고 나니 생각이 달라졌어. 정말이지 사랑스러운 동물이야.」

「니콜, 널 처음 맞닥뜨렸을 때 난 드디어 적수를 만났다고 생각했어. 네가 폰으로 장벽을 쌓아 날 여지없이 무너뜨렸을 때 느꼈던 충격은 이루 말할 수 없어. 솔직히 그때는 내 실력을 과신해 다른 사람들이 다 우습게 보였어. 널 만만히 봤다가 보기 좋게 당한 거지. 내가 최고인 줄 알았는데 그게 아니더라고. 내 또래인 네가 나보다 한 수 위였던 거야. 그래서 분발해 너를 따라잡겠다는, 아니 너를 능가하겠다는 목표를 세웠지. 폰을 활용하는 게 네 특기라면 나는 말 하나로 네 폰들을 다 잡아 버리겠다고 결심했어.」

「일면식도 없는 네가 달려들어 목을 조를 때 내가 얼마나 놀랐는지 상상도 못 할 거야, 모니카. 그다음 게임에서 네가 나이트를 희생시켜 내 폰 장벽을 부수고 게임에서 이겼을 때 나는 깨달았어. 네가 내 인생에 등장한 게 우연이 아니라는

266

사실을 말이야.」

「나 역시 같은 생각이었어.」

「솔직히 질투심도 없지 않았어. 어린 마음에도 네 예쁘장한 외모에 시기심을 느꼈거든. 나이가 들면서 넌 영락없는 제니퍼 코널리였어. 이런 말 처음 듣는 거 아니지?」

니콜의 물음에 모니카가 미소 짓는다.

「부끄러운 고백이지만, 그걸 의식해 일부러 〈레퀴엠〉이나 〈노아〉를 보고 그녀의 제스처를 따라 하기도 했어.」

「이후에도 난 늘 네가 〈나보다 우월한 존재〉라고 생각했어. 늘씬한 키와 몸매, 자신감에 찬 시선, 걸음걸이, 체취까지 너의 모든 게 부러웠어.」

「나한테 사랑 고백이라도 하는 거야?」

니콜이 의미를 알 수 없는 미소를 짓더니 잠시 말이 없다. 그녀가 다시 말을 잇는다.

「메카에서 일부러 네 얼굴에 상처를 낸 것도 사실 질투심 때문이야. 흉하게 만들고 싶었어. 솔직히 그때 쾌감을 느꼈어. 지금 보니까 흉터가 거의 안 남았네.」

「성형 수술이 좀 필요했지……. 그리고 이젠 어차피 다 주름에 덮였고.」

「우리는 단순한 앙숙이 아니라 〈대척점〉에 있는 사람들이야. 나는 너라는 존재가 상징하는 모든 것, 자본주의, 금권주의, 부패, 천박함, 철학적 풍토로 자리 잡은 이기주의가 혐오스럽고 역겨워. 소위 서방 국가들이라고 하는 나라들은 노예로 전락한 노동자들에 대한 착취 시스템을 은폐하기 위해 인권을 방패막이로 내세우고 있어. 위선의 극치라고 할 수 있지. 더 끔찍한 건 뭔지 알아? 바로 그 노동자들이 자본주의 체제의 동조자가 된다는 사실이야. 미래의 노동자들의 교육을 책임지는 학교에서 그걸 가르치고 있지. 노예 상태를 기꺼이 받아들이라고 말이야. 목줄을 한 개와 똑같은 처지인데도 사람들은 그 목줄을 건드리는 걸 원하지 않아. 소위 자유 선거를 통해 지키지 않을 약속을 하는 위정자들에게 표를 던지는 것에 만족할 뿐이지.」

니콜의 목소리가 격앙된다.

「솔직히 나도 민주주의라는 개념에는 그다지 매력을 느끼지 않아.」

모니카가 말을 받는다.

「난 〈능력자들에 의한 통치〉라는 어원을 가진 귀족 정치를 더 선호해. 이런 정치 체계에서는 뭐가 잘못되면 최소한 누구한테 책임이 있는지는 분명하니까.」

「난 〈프롤레타리아 독재〉에 열광했었어. 중앙 집권 형식과 민중 권력의 정당성을 모두 충족시키는 개념이라고 생각했거든.」

니콜이 의견을 개진한다.

「그렇게 볼 수도 있겠지. 난 네가 IRA 테러리스트들을 지원하는 걸 보고 울화가 치밀었어. 그런데 갈수록 점입가경이더라. 어떻게 간통한 여성을 돌로 때려죽이고 동성애자를 처형하는 빈 라덴 같은 자와 손을 잡을 수 있어!」

모니카의 얼굴이 벌겋게 상기된다.

「부리기 쉬운 대상이라서 고른 것뿐이야. 그런데 놈의 배후에 내가 있다는 걸 어떻게 알았어?」

「빈 라덴은 어제의 동지를 오늘의 적으로 만드는 놈이라고 마수드가 경고해 줬거든. 그런데 네가 그와 만났다는 정보가 입수됐지. 둘이 중동 여성의 지위 향상을 논하기 위해 만났을 리는 없잖아.」

「불가능할 건 없지.」

「아무튼 난 네가 배후라는 결론을 내렸어. ……체스를 둘 줄도 모르는 젤라바를 입은 사내들의 머리에서 나왔다고 보기에는 지나치게 완벽한 각본이었거든.」

니콜이 웃음을 참느라 애쓴다.

「네 말이 맞아, 하나에서 열까지 가르치느라 고생깨나 했어. 놈들은 정교한 테러보다는 대량 학살에 능한 자들이었지. 대학까지 다녔다는 놈들이 얼마나 시야가 좁던지……. 나무만 보고 숲은 보지 못하더라고.」

「어쨌든 동기 하나는 확실한 놈들이었으니 다루기는 쉬웠겠지.」

「결정적으로 펜타곤 타격에 실패하고 말았어. 내 목표에 한참 못 미치는 125명 사망에 그쳤으니까. 게다가 네가 사망자 명단에 없었지. 너를 제거하는 게 내 또 다른 목표였는데 말이야.」

니콜이 다정하게 고양이를 쓰다듬어 준다.

「그건 그렇고, 마수드는 왜 암살하게 한 거야?」

모니카가 힐난하듯 묻는다.

「너무 많은 걸 알고 있었어. 본인은 몰랐지만 계속 도청당하고 있었지. 머리가 좋은 적은 일단 제거부터 하는 게 원칙이야. 게다가 빈 라덴이 마수드를 죽도록 싫어했어. 잘된 일이었지.」

「넌 이란 핵 개발에도 도움을 줬어. 이란 같은 권위주의적 신정 체제를 지원하는 건 프롤레타리아 독재를 신봉하는 네 철학과 배치되는 거 아니야?」

「큰 그림을 그리는 데 급급해서 그런 사소한 것까지 신경 쓸 상황이 아니었어. 어쨌든 이란은 미국의 적이고, 미국의 우방인 중동 국가들의 적이었으니까. 이란에 대한 지원은 공포의 균형이라는 차원에서 무척 중요했지.」

고양이들이 꼬리를 세우고 다가와 니콜의 냄새를 맡고 다리에 몸을 비빈다.

「집단이냐, 개인이냐. 이건 철학과 세계관의 문제야. 우리는 상반된 인식을 가졌지만 어떤 면에선 상호 보완적이라고 할 수 있어. 어느 한쪽이 전적으로 옳거나 틀린 게 아니니까. 너와 내가 이 나이 먹도록 살면서 깨달은 결론도 결국 그거 아닐까.」

「그래, 맞아. 우리 둘은 음과 양의 관계라고도 볼 수 있어.」

모니카가 고개를 끄덕인다.

「우리가 없었다면 세계사는…… 뭐랄까…… 역동성이 덜하지 않았을까?」

청록색 눈과 은회색 눈에 동시에 불꽃이 일어난다. 니콜이 시가에 다시 불을 붙여 빠끔거리며 연기를 피우자 고양이들이 놀라서 달아난다.

「모든 일에는 승자와 패자가 있게 마련이야. 이기고 싶은 욕구는 우리 스스로의 한계를 뛰어넘게 만들지. 사실 내가 찾아온 이유는 말이야, 너에게 한 가지 제안을 하고 싶어서야…….」

니콜이 푸우 하며 빨대 모양의 담배 연기를 뿜어내더니 말이 없다. 괘종시계가 왕복 운동을 하는 소리와 벽난로 속 장작이 타닥거리는 소리만이 귀에 들린다.

「무슨 제안인지 얘기해 봐.」

모니카가 눈을 깜빡이며 니콜을 쳐다본다.

「너랑 마지막으로 체스를 두고 싶어.」

모니카가 숨을 훅 들이쉬더니 손님을 빤히 쳐다보고 나서 자리에서 일어난다. 그녀가 금방 체스보드를 하나 들고 돌아온다.

「그래, 한 판 두자.」

「이건 보드가 너무 작고 말도 가벼워 보이는데 더 크고 묵직한 세트 없어? 마지막 게임인데 이왕이면 근사한 보드에서 승부를 가리자. 네가 체스보드와 기물 하나하나의 품질에 엄청나게 까다로운 사람이었던 걸로 기억하는데.」

모니카가 곧장 2층으로 올라가더니 대형 체스보드 하나와 큼지막한 나무 상자를 들고 내려온다.

그녀가 먼지를 살살 털어 내고 뚜껑을 밀어서 열자 정교하게 조각된 기물들이 가지런히 놓여 있는 게 보인다.

「내가 아끼는 고급 체스보드야. 특별한 게임에만 꺼내 쓰지. 기물 밑바닥에 묵직하게 납을 붙여 안정감을 줬어.」

니콜이 폰과 비숍, 킹을 차례로 들어 무게를 가늠해 본다.

「완벽해. 오늘 같은 특별한 게임에 딱 어울려.」

그녀가 모니카를 향해 위스키 잔을 들어 올리며 건배를 청한다.

「자, 결전에 들어가기 전에 마지막으로 건배하자.」

「날 취하게 만들어서 정신을 흐려 놓으려고?」

니콜이 한쪽 눈을 찡긋한다.

「분위기도 돋울 겸 좋잖아? 스코틀랜드인의 피가 흐르는 너도 아일랜드인의 피가 흐르는 나도 타고나길 술에 강한 체질이잖아. 웬만큼 마셔도 지적 활동에 전혀 지장이 없고.」

그들이 쨍 소리가 나게 잔을 부딪히고 나서 호박색 액체를 단숨에 들이켠다.

갑자기 니콜이 서늘한 목소리로 말한다.

「게임의 흥미를 더하기 위해 특별한 내기를 거는 건 어떨까.」

그녀가 흑퀸을 집어 들고 어루만진다.

「가령…… 우리 둘 다 이기기 위해 필사적인 노력을 하게 만드는 그런 내기 말이야.」

「난 이미 비장한 각오로 임하고 있어.」

니콜이 흑퀸을 만지작거리며 또 한마디 던진다.

「당연히 그렇겠지. 그런데 말이야, 난 뭔가 극적인 걸 원해. 기상천외한 내기를 걸고 게임을 했으면 좋겠어.」

「무슨 내기? 돈내기?」

「아니, 그것과는 비교도 할 수 없는 거.」

「글쎄, 그런 게 뭐가 있을까.」

「……목숨을 거는 게 어때.」

모니카가 의아해하며 미간을 찌푸린다.

「아까 암에 걸렸다고 하지 않았어?」

「맞아.」

「난 암에 걸리지 않았으니까 목숨을 거는 내기는 우리 둘에게 의미가 완전히 달라. 너한테는 죽음의 순간을 약간 앞당기는 위험을 감수하는 것 이상의 큰 의미가 없어. 너와 나는 전제 조건이 다르다는 말이야.」

「정말 그럴까?」

「당연히 그렇지.」

「사실은 말이야…….」

모니카는 순간 뭔가 잘못돼 가고 있다는 느낌을 받는다.

「네가 이렇게 나올 줄 알고 내가 미리 손을 좀 썼어. 아까 네가 체스 세트를 가지러 2층으로 올라갔을 때…….」

이런, 젠장.

「……FSB 화학 팀이 제조한 독약을 위스키병에 몰래 탔어. 물론 네 고양이들은 내 행동을 다 지켜봤지만.」

「독약? 조금 전에 네가 그 병에 든 술을 우리 잔에 똑같이 따랐잖아.」

「널 잘 아니까 계획이 들통나지 않게 하려면 그 방법밖에 없었어.」

「네 잔에도 독약이 들어갔단 말이지?」

「물론이야.」

「네가 그걸 마시는 걸 내 눈으로 똑똑히 봤어. 분명히 그냥 마신 척한 게 아니었어.」

「난 극적 효과를 높이기 위해 무슨 짓이라도 할 수 있어. 아무튼 난 페어플레이를 중요하게 생각하는 사람이야.」

「그래서 네 목숨까지 걸면서 독약을 탔다고?」

「통증이 전혀 없는 걸로 신중하게 골랐어. 이건 나한테는 말기 암의 고통을 피하게 해주는 자살에 불과하지만 너한텐 달라. 타격이 훨씬 클 테니까.」

바보같이 왜 이런 상황을 예상하지 못했을까? 내가 너무 순진했어.

「결국 내가 진 거네?」

「그렇지 않아. 해독제가 있거든.」

니콜이 형광 초록색 액체가 든 유리병을 흔들어 보인다.

「여기.」

모니카가 득달같이 달려들어 손을 뻗자 니콜이 재빨리 일어나 병을 높이 치켜든다.

「더 가까이 오면 바닥에 던져 버릴 거야. 이게 깨지는 순간 너도 나도 희망은 사라지는 거야.」

모니카가 흥분을 가라앉히고 침착하게 대응한다.

「네가 날 찾아온 목적이 결국은 날 죽이는 거였구나. 왜 미처 그 생각을 못 했을까. 세계관이 어쩌네 상호 보완성이 어쩌네 하면서 넌 날 죽일 궁리만 하고 있었던 거야.」

「아니야. 널 죽일 생각이었으면 아무 말 없이 네 잔에만 독을 타면 끝났어. 그렇게 하지 않고 해독제까지 가져온 건 나한테 복수보다 게임이 더 중요하기 때문이야. 네가 이기면 이 해독제를 줄게. 그러면 넌 지금처럼 건강하게 살다 갈 수 있어. 잘하면 1백 세를 넘길지도 모르겠네. 그리고 나는…… 네가 시체만 처리해 줘. 요 앞에 텃밭이 있던데, 좋은 거름으로 쓰일 거야.」

니콜은 끝까지 나를 놀라게 하는 비상한 재주가 있는 사람이야.

「자, 이제 우리 정정당당하게 겨뤄 보자. 이만하면 페어플

274

레이에 대한 약속을 할 만큼 했다고 생각하는데, 어때?」

니콜이 유리병을 초조하게 만지작거린다.

「이렇게까지 하는 이유가 대체 뭐야?」

「이미 말했잖아. 난 체스 게임에서 오는 긴장감과 흥분, 아드레날린의 분비가 너에 대한 증오심이나 내 생존 욕구보다 훨씬 중요하다고.」

고양이들이 다시 하나둘 니콜 옆으로 다가온다. 벌써 몇 시간째 성에 머물고 있는 내방객을 두려워할 필요가 없다고 집사에게 알려 주려는 눈치다. 번갯불이 번쩍번쩍할 때마다 밝아졌다 어두워졌다 하는 거실의 가구며 물건 들이 춤을 추는 것 같다.

모니카가 니콜의 진심을 읽으려고 애쓴다. 그녀의 푸른색 외눈에서 뚜렷한 만족감이 읽힌다.

니콜이 테이블 위의 탁상시계를 들어 뒷면의 톱니바퀴 장치를 돌리기 시작한다.

「한 시간이면 괜찮겠어?」

여전히 빈틈 하나 없는 강적이야. 지금 나는 그녀가 하자는 대로 할 수밖에 없는 처지야. 앞으로 60분 안에 내가 사느냐 죽느냐가 결정된다니 어처구니가 없어.

「그래, 좋아…….」

「앞으로 한 시간 동안 벌어질 일은 그동안 우리가 살아온 인생의 축소판이라고 해도 과언이 아닐 거야. 우린 적들과 싸웠고, 그다음에는 시간과 싸웠으니까. 이제 적에게 죽느냐 시간에 죽느냐가 남았어.」

「음, 난…….」

젠장, 버벅거리기까지 하네. 벌써 감정에 휘둘리고 있어. 죽음의
공포가 내 생각을 흐려 놓고 있는 거야.

「내가 괜히 나타나 네 고요한 삶에 파문을 일으켰어. 진심
으로 미안하게 생각해, 모니카.」

함정에서 벗어날 방법을 찾아야 해.

「함정에서 벗어날 방법을 고민하는 거야?」

젠장, 이젠 내 생각까지 읽고 있네.

「만약 내가 게임에 응하지 않으면?」

「체스 경기 규칙에 따라 내가 기권승을 하게 되는 거지. 그
렇게 되면…… 내가 이 해독제를 마시고 나서 네가 죽는 모습
을 지켜보게 될 거야. 너무 걱정하진 마. 전혀 고통스럽지 않
을 테니까. 내 말 믿어.」

고양이 한 마리가 모니카의 다리에 몸을 비비며 울어 댄
다. 무슨 할 말이 있는 것 같아 보인다.

모니카가 긴장한 얼굴로 고양이의 등을 쓰다듬어 준다.

「그동안 해왔던 대로 네가 흑을 잡을래?」

니콜이 모니카의 대답을 기다리지도 않고 백 진영이 자기
쪽으로 오게 체스보드를 돌려놓는다.

「준비됐지?」

니콜이 오른손으로 타이머를 누르고 나서 가운데 있는 백
폰을 앞으로 두 칸 움직인다. 그녀가 슬그머니 왼손을 올려
안대 뒤에 붙어 있는 작은 버튼을 누른다.

4

드라마틱한 게임이 펼쳐진다. 함정, 기습 공격, 반전을 거듭하며 두 진영이 한 치의 양보도 없는 접전을 벌인다.

니콜은 게임의 주도권을 잡았다는 생각이 드는 순간 희열을 느낀다.

사실 그녀가 진짜 흥분한 이유는 따로 있다. 최후의 결전을 위해 모니카 몰래 비밀 병기를 준비했기 때문이다.

지금 그녀의 안대 속에는 초소형 카메라 한 대가 감춰져 있다. 이 카메라는 그녀의 스마트폰과 연결돼 있고, 스마트폰은 다시 통신 위성과 연결돼 인터넷을 통해 전 세계 체스 커뮤니티에 게임을 생중계하고 있다. 니콜은 이 기획에 〈홀로 대 모두〉라는 작전명을 붙였다.

전 세계에 흩어져 있는 아마추어 체스 애호가들이 니콜의 안대 속 카메라를 통해 실시간 중계되는 게임을 지켜보면서 투표를 거쳐 최상의 다음 수를 제안하면, 그녀는 그 결과를 자신의 손목시계로 전송받게 된다. 시계 날짜판에 문자와 숫자로 그녀의 다음 수가 표시될 것이다.

한마디로 말하면 지금 현재 전 세계 1만 3천 명의 체스 애호가가 머리를 맞대고 니콜의 다음 수를 고민 중이다. 아무것도 모르는 모니카는 체스보드에 머리를 박고 생각에 골몰

한다. 그녀는 니콜이 수시로 손목시계를 들여다본다는 사실
조차 의식하지 못한다.

누가 이기는지 보자. 개인이 이길지…… 집단이 이길지.

5

째깍째깍.

무미건조한 초침 소리만이 적막한 성안에 울려 퍼진다.

모니카가 가슴을 젖히며 숨을 크게 들이쉰다. 불현듯 니콜의 스타일이 달라졌다는 생각이 든다. 상대가 새로운 전략을 쓴다면 거기에 맞춰 게임에 임하는 수밖에.

어이없게도 이 게임 결과에 내 목숨이 달리게 됐지만 냉정을 잃어선 안 돼. 위스키 때문에 정신이 아주 맑진 않지만 그건 상대도 마찬가지야. 누가 술에 더 강한지는 두고 보면 알겠지.

시계 소리가 서서히 둔기처럼 그녀의 뒤통수를 때리는 느낌이 든다.

째깍째깍! 째깍째깍! 째깍! ……째깍! ……째깍! ……째깍! ……째깍! …………째애까악 …………째애까악!

니콜이 외눈으로 그녀를 빤히 응시한다.

「지난번에 나한테 뭐라고 했었지? Vulnerant omnes ultima necat. 매 순간 상처를 입히고 종국에는 죽인다.」

감사의 말

이 소설은 친구 질 멜랑의 이야기에서 영감을 얻어 썼다. 왼쪽 팔꿈치로 전동 휠체어를 조작해 타고 다니는 절단 장애인인 질은 퐁텐데이노상 분수대 앞에서 시위를 마친 군중이 한꺼번에 수도권 고속 전철 샤틀레 레 알역으로 쏟아져 들어오는 순간 느꼈던 형용할 수 없는 공포를 내게 생생히 들려주었다.

〈휠체어에 앉아 낮은 위치가 되면 사람들이 널 보지 못해서 없다고 생각하고 지나가.〉

밀려 넘어져 사람들에게 밟힐 수도 있었던 상황이었지만 질이 침착하게 대응했고 운도 따라 준 덕에 끔찍한 일을 피할 수 있었다.

친구의 이야기를 들으면서 마치 내가 그 자리에 있었던 것처럼 등골이 오싹하면서 그동안 겪은 비슷한 순간들이 머릿속에 떠올랐다.

인파가 운집한 록 콘서트장에서 순간순간 두려움에 사로잡혔던 게 어디 한두 번이었던가. 러시아워 때 지하철에서 출입문 유리에 얼굴을 붙인 채 옴짝달싹 못 하고 서 있을 때도 비슷한 공포가 밀려온다. 파업이 일어나 열차 운행이 최소화되면 상황은 더 끔찍해진다. 사람들은 대체 어떻게 그

지옥 같은 순간을 견디며 매일매일 지하철을 탈 수 있는 걸까?

군중은 두려움을 불러일으킨다. 그건 사실이다. 그렇다면 그 이유는 무엇일까?

나는 많은 사람이 한 가지 목적을 가지고 동시에 한자리에 모일 때 벌어지는 상황에 대해, 그것의 장단점에 대해 깊이 고민하기 시작했다.

그러다 법대에 다닐 때 사회학 수업에서 읽었던 귀스타브 르 봉의 『군중 심리』가 생각났다. 오랜만에 다시 책을 꺼내 읽으면서 메디 무사이드의 유튜브에 올라온 영상들도 흥미롭게 보게 됐다. 메디 무사이드는 『군중학: 군중이 우리에 대해 알려 주는 것』(플라마리옹 출판사)의 저자이기도 하다. 『거대 집단: 새로운 지능의 힘』(파야르 출판사)을 집필한 집단 지성 전문가 에밀 세르방슈레베르와도 여러 차례 긴 대화를 나누었다.

오늘날 지구상에는 80억 명이 살고 있다. 앞으로 이 많은 사람들이 이런저런 이유로 한자리에 모일 기회는 점점 더 많아지리라 생각한다.

이 책을 쓰는 데 도움을 준 알뱅 미셸 편집부와 독자들에게 감사의 마음을 전한다.

알뱅 미셸 편집자들은 30년 전부터 한결같은 마음으로 나를 지지해 주는 작은 공동체이자 에그레고르다.

그리고 1991년부터 변함없이 내 책에 관심을 가져 주는 독자들은 이보다 더 거대한 에그레고르를 형성해 내 창작 활동에 에너지를 불어넣어 주고 있다.

혼자면 더 빨리 가지만 함께면 더 멀리 간다.

물론 이 반대로 생각하는 것도 얼마든지 가능하다…….

니콜 오코너와 모니카 매킨타이어의 생각 중 어느 것이 맞는지는 독자들이 책을 읽고 판단할 일이다…….

이 소설을 쓰는 동안 들었던 음악

- AC/DC의 곡「올라타다」
- 케이트 부시의 곡「언덕을 달리다」
- 피터 게이브리얼의 앨범「그래서」에 수록된 곡「포기하지 마」
- 구스타브 홀스트의「행성」모음곡 중「화성」

스코틀랜드 음악
- 제임스 호너가 작곡한 영화「브레이브하트」의 사운드트랙
- 트리 얀의 곡「그대 재커바이트를 위한 노래」
- 피시의 앨범「거울 광야에서의 철야 기도」

아일랜드 음악
- 코어스의 앨범「언플러그드」
- 퀜달의 곡「아이리시 지그」
- U2의 곡「일요일 피의 일요일」
- 전통 민요「카니마러 자장가」

　베르나르 베르베르의 자전적 에세이 『베르베르 씨, 오늘은 뭘 쓰세요?』에 보면 그가 작가의 꿈을 키우며 남다른 아이로 성장하는 데 결정적으로 작용했을 몇 가지가 나오는데, 그중 그리스 로마 신화와 체스가 특히 눈길을 끈다. 아버지가 어린 아들의 침대 머리맡에서 읽어 준 그리스 로마 신화는 낯선 세계를 상상하는 힘을 키워 주었을 것이고, 체스는 (가시 세계와 비가시 세계를 막론하고) 세계를 움직이는 거대한 힘과 원리를 이해하고 싶은 욕망을 불러일으켰을 것이다. 특히 체스는 작가에게 〈모든 것은 전략의 문제라는 것〉을 깨닫게 해줌으로써 단순한 소설적 소재를 넘어 세상을 이해하는 하나의 방식이 되었을 것이다.

　체스라는 소재는 베르베르의 소설에 크고 작은 비중을 띠며 다양하게 등장한다. 가장 인상적으로 기억에 남아 있는 작품이 『뇌』다. 사뮈엘 핀처가 컴퓨터 〈디프 블루 IV〉를 꺾고 세계 체스 챔피언에 오르던 날 돌연사한 사건이 이야기의 출발점인데, 뇌를 연구하는 신경 정신 의학자인 핀처가 세계 체스 챔피언이라는 사실이 의미심장하다. 『뇌』에서 체스가 인간 신체의 작은 우주인 뇌가 지닌 비밀과 무한한 가능성이 발현되는 통로 중 하나로 인식된다면, 이번 소설 『퀸의 대각선』에서 체스는 국제 지정학의 작동 원리이자 작품 전체를 관통하는 핵심 키워드다. 베르베르는 세계를 하나의 거대한 체스보드로 인식하는 두 여성 주인공을 내세워 인간이라는 존재가 이 체스보드 위에서 어떤 보이지 않는 힘에 의해 움직여지는 말에 불과한 건 아닌지 묻는다. 그렇다면 이 행마의 주체는 과연 누구인가?

『퀸의 대각선』은 〈뉴스의 시청자가 아니라 뉴스를 만드는 사람, 역사를 만드는 사람〉이 되고자 하는 두 여성이 국제 정치 무대에서 격돌하며 벌어지는 일을 다룬다. 주인공 니콜과 모니카는 체스에 천재적인 재능을 가졌다는 공통점 외에는 모든 면에서 대척점에 있는 인물들이다. 혼자 있기를 두려워하며 오토포비아 증세가 있는 니콜은 역사를 움직이는 힘은 결속된 집단이라고 믿는 반면, 인간 자체를 혐오하는 안트로포비아 환자인 모니카는 개인의 뛰어난 역량이 인류 진보의 원동력이라고 확신한다. 둘의 관계는 실제 역사 속 인물인 브루니킬디스와 프레데군디스의 악연과 닮아 있다. 6세기 프랑크 왕국의 두 왕비가 남편인 왕은 물론 왕국 전체를 체스보드의 말처럼 부리며 권력 쟁탈과 정적 제거에 몰두했듯이, 동서 진영을 대표하는 두 전략가인 니콜과 모니카도 상대를 제거하겠다는 목표 하나를 위해 현대사의 굵직굵직한 사건들을 기획한다.

두 주인공의 상반되는 캐릭터와 세계관은 체스 게임 전략에서뿐만 아니라 세계사적 사건을 기획하는 그들의 방식에도 고스란히 반영된다. 집단주의자인 니콜은 폰으로 장벽을 쌓아 상대를 서서히 포위해 가는 압박 전술을 선호하는 반면, 개인주의자인 모니카는 목표물을 기습 타격하는 퀸이나 나이트의 현란한 단독 플레이에 의존한다. 1960년대 말부터 벌어졌던 현대사의 큰 사건들, 가령 IRA 무장 투쟁, 아프가니스탄 전쟁, 소련 붕괴, 이란 핵 위기, 심지어 911 테러까지도 이들이 만든 〈작품〉이다.

『퀸의 대각선』은 베르베르가 쓴 최초의 사실주의적 소설이라는 점에서 그의 작품 세계에서 독특한 위치를 차지한다. 이 소설에는 사람처럼 말하는 동물도, 전생이나 사후 세계도, 신이나 외계인도 등장하지 않는다. 실제로 벌어진 역사적 사건들의 배후에 각각 KGB 요원과 CIA 요원으로 활동하는 두 여성 주인공이 존재한다는 설정 때문에 이 작품은 SF 소설보다 스파이 소설에 가깝다. 두 주인공의 강한 캐릭터와 독기, 역사에 대한 소명 의식은 전통적으로 남성이 지배하는 국제 정치 무대에서 살아남기 위한 생존 전략으로 받아들여진다.

최근 몇 년 사이 세계 정세는 격동하고 있다. 한반도에서의 긴장 고조는 물론이고 타이완 해협 위기, 러시아-우크라이나 전쟁, 이스라엘-하마스 전쟁 등이 동시다발적으로 일어나 불안정성을 가중시킨다. 〈개연성 없는 현실이 우리 눈앞에 버젓이 펼쳐질〉 때 우리는 그것을 어떻게 읽어 낼 것인가? 거기에 어떤 의미를 부여할 것인가? 급변하는 현실은 우리 삶과는 어떤 관계가 있는가? 〈냉전은 종식된 게 아니라 여전히 형태를 바꾸어 진행 중〉이라는 주인공의 생각에 고개를 끄덕이다 보면 백 군대와 흑 군대가 마주 보는 체스보드가 자연스럽게 머리에 떠오른다.

　『퀸의 대각선』은 스파이 소설로서의 긴장감과 박진감 외에도 아기자기한 잔재미가 많은 소설이다. 독자들은 그동안 몰랐던 20세기 후반 세계사를 쉽고 재미있게 배우게 될 것이다. 특히 독자들에게 정확한 역사적 사실이 전달될 수 있도록 〈백과사전〉 이순신 장군 항목을 감수해 주신 황현필 한국사 연구소에 감사를 전한다.

　입체적으로 묘사된 체스 대국 장면들 또한 체스 규칙을 모르는 독자들도 몰입할 수 있을 만큼 흥미진진하다. 물론 이 소설의 압권은 단연코 두 전직 스파이의 마지막 재회 장면이다. 숙적인 니콜과 모니카가 인생의 황혼에서 최후의 대결을 벌이는 장면은 비장하기도 하지만 낭만적이기도 하다. 그 숱한 스파이 소설과 영화에서 단 한 번도 본 기억이 없는 장면이다. 그들은 여자 제임스 본드였고, 그들에게 인생은 마지막까지 한 판의 체스 게임이었다. 통쾌했다.

2024년 6월
전미연

옮긴이 **전미연** 서울대학교 불어불문학과와 한국외국어대학교 통번역대학원 한불과를 졸업했다. 파리 제3대학 통번역대학원 번역 과정과 오타와 통번역대학원 번역학 박사 과정을 마쳤다. 한국외국어대학교 통번역대학원 겸임 교수를 지냈으며 현재 전문 번역가로 활동 중이다. 옮긴 책으로는 베르나르 베르베르의 『꿀벌의 예언』, 『베르베르 씨, 오늘은 뭘 쓰세요?』, 『상대적이며 절대적인 고양이 백과사전』, 『행성』, 『문명』, 『심판』, 『기억』, 『죽음』, 『고양이』, 『잠』, 『제3인류』(공역), 『파피용』, 『상대적이며 절대적인 지식의 백과사전』(공역), 『만화 타나토노트』, 에마뉘엘 카레르의 『리모노프』, 『나 아닌 다른 삶』, 『콧수염』, 『겨울 아이』, 카롤 마르티네즈의 『꿰맨 심장』, 아멜리 노통브의 『두려움과 떨림』, 『배고픔의 자서전』, 『이토록 아름다운 세 살』, 기욤 뮈소의 『당신, 거기 있어 줄래요?』, 『사랑하기 때문에』, 『그 후에』, 『천사의 부름』, 『종이 여자』, 발렝탕 뮈소의 『완벽한 계획』, 다비드 카라의 『새벽의 흔적』, 로맹 사르두의 『최후의 알리바이』, 『크리스마스 1초 전』, 『크리스마스를 구해 줘』, 알렉시 제니 외의 『22세기 세계』(공역) 등이 있다. 〈작은 철학자 시리즈〉를 비롯한 어린이책도 여러 권 번역했다.

퀸의 대각선 2

발행일 2024년 6월 25일 초판 1쇄

지은이 베르나르 베르베르
옮긴이 전미연
발행인 홍예빈 · 홍유진
발행처 주식회사 열린책들

경기도 파주시 문발로 253 파주출판도시
전화 031-955-4000 팩스 031-955-4004
www.openbooks.co.kr